VÁ. VÁ SEMPRE EM FRENTE.
PARA 한국 독자들에게

DE

GO

GO

by Nick Farewell

GO

지은이 닉 페어웰 **옮긴이** 김용재 **1판 1쇄 인쇄** 2013년 10월 28일 **1판 1쇄 발행** 2013년 11월 5일
발행처 도서출판 비채 **발행인** 박은주 **주소** 서울특별시 종로구 북촌로 63-3
등록 2005년 12월 15일(제300-2005-215호) **주문 및 문의 전화** 031)955-3220 **팩스** 031)955-3111
편집부 전화 02)3668-3292 **팩스** 02)745-4827 **전자우편** viche@viche.co.kr

이 책의 한국어판 저작권은 저자와 직접 계약한 도서출판 비채가 소유합니다. 저작권법에 의해 보호를 받는 저
작물이므로 무단 전재와 무단복제를 금합니다.
ISBN 979-11-85014-41-8 03890 책값은 뒤표지에 있습니다.

이 도서의 국립중앙도서관 출판시도서목록(CIP)은 서지정보유통지원시스템 홈페이지(http://seoji.nl.go.kr)와
국가자료공동목록시스템(http://www.nl.go.kr/kolisnet)에서 이용하실 수 있습니다.(CIP제어번호: CIP2013021907)

GO

닉 페어웰 장편소설

김용재 옮김

비채

우리 부모님과

삶에 있어서 재능을 지닌 모든 이에게

그리고

이 책의 주인공처럼 영웅인 사촌동생 진우에게

인간의 종말을 받아들이기를 거부한다. 인간은 저항할 뿐 아니라, 극복할 것임을 믿는다. 인간은 불멸이다. 그것은 인간이 피조물 중 유일하게 쇠진하지 않는 목소리를 지닌 때문만이 아니라 공감과 희생, 인내할 줄 아는 영혼을 가졌기 때문이다. 시인의 목소리는 인간의 기록으로만 사용되어서는 안 된다. 그 목소리는 인간이 저항해서 이겨낼 수 있도록 돕는 기둥이자 버팀목이 되어야 할 것이다.

_윌리엄 포크너, '노벨상 수상 기념 연설'에서

해볼 테면 진정으로 해봐라. 그렇지 않다면 시작도 하지 마라. 그것은 네 여자 친구를, 아내를, 친척을, 그리고 네 마음마저 잃을 수도 있다는 뜻이다. 사나 흘씩 굶주릴 수도 있다는 뜻이다. 공원 벤치에서 얼어 죽을 수도 있다는 뜻이다. 또한 조롱과 고립을 의미한다. 고립은 선물이다. 나머지는 모두 저항에 대한 시험이다. 네가 그것을 얼마나 간절히 원하는지, 거절당하면서도 그 일을 할 것인지에 대한 시험이다. 그건 네가 상상해온 무엇보다 좋을 것이다. 해볼 테면 진정으로 해봐라. 그보다 좋은 다른 감정은 없다. 너 혼자만이 신들과 함께 있을 것이다. 밤은 불타오를 것이다. 너는 삶을 곧장 완벽한 웃음으로 가져 갈 것이다. 그것이 유일하게 존재하는 참된 싸움이다.

_찰스 부코스키, 《팩토텀》에서

/

Go Back

/

2013년 올해 나와 내 책은 같은 운명을 마주했습니다. 함께 한국에 돌아온 것입니다. 브라질에 완전히 동화되어 존재조차 잊고 있었던, 28년이란 긴 시간의 공백도 끝났습니다. 한국어를 말하며 조국을 떠났는데 전혀 다른 언어를 말하며 돌아왔습니다. 한국 땅을 다시 밟던 순간까지 나는 브라질 사람이었고 그렇게 살아왔습니다. 하지만 발을 내디디자마자 한순간 기적처럼, 마술에 걸린 것처럼 설명할 수 없는 무언가를 느꼈습니다. 공항을 출발해 도로와 길, 집, 건물, 무엇보다도 만나는 사람들이 내가 부인할 수 없는 한국인이라는 사실을 단번에 깨닫게 해주었습니다.

지난 1985년, 나는 열네 살의 나이로 브라질로 이민을 떠나 단 한 번도 한국에 오지 않고 살았습니다. 한국을 부정했기 때문이 아니라, 새로운 삶으로 나 자신을 꿋꿋이 밀어넣었기 때문이었습니다. 브라질 사람이 되고 싶었다기보다는, 더욱 완전한 인간이고 싶었던 사명 때문이었습니다. 내 부모님이 그렇게 가르쳐주셨고, 나 역시 그것이 삶을 배우고 이해하는 길이라고 인식했기 때문이었습니다.

전형적인 브라질 사람처럼 나 또한 축구를 하며 글을 익혔습니다. 방과 후 학교 운동장을 뛰어다녔고, 포르투갈어 한마디 못했지만 친구들과 힘껏 공을 찼습니다. 친구들은 모두 친절했습니다. 자신의 나라에 살러 온 사람들을 차별하지 않고 수용하는 것이 브라질 사람들의 국민성입니다. 브라질이야말로 이민자들의 땀으로 이루어졌고, 그 한가운데에 선 나는 사회에서 설 자리를 찾으려고 열심인 한 시민이었습니다. 자신들만의 공동체에서만 살아가는 대부분의 한국 이민자들과 달리, 나는 브라질 사람들 사이에서 사는 것을 선택했습니다. 그러면서 조금씩 한국말을 잃어갔고, 브라질 사람으로서 감정을 느끼고 표현하는 재능을 갖게 되었습니다. 언제부터 머릿속으로도 한국어가 아닌 포르투갈어로 생각하기 시작하게 되었는지는 모릅니다. 그냥 그렇게 되었다는 것만 압니다. 그것은 매우 자연스러우며 본능적이고 믿을 수 없을 만큼 빠른 과정이었습니다. 사실, 살면서 만난 브라질 사람들은 모두 내게 큰 가르침을 주었고, 나는 딱히 한국 사람이라거나 브라질 사람이라거나 하는 인식 없이, 그저 브라질에 사는 한 인간이라는 느낌으로 살았습니다.

생각해보면 한국 사람들은 이성(理性)적입니다. 요모조모 조사하고, 생각하고, 분석한 후 결정을 내립니다. 브라질 사람들은 조금 다릅니다. 감성적이고 즐거움을 대놓고 표현하며 거리낌 없이 사람들 앞에서 포옹하고 키스하는 사람들입니다. 내가 브라질에서 배운 것도 바로 그런 것입니다. 느끼는 것. 자신의 삶을 돌아보고 마음의 소리를 듣고 행동하는 것입니다.

《GO》는 내게 단순한 한 권의 책이 아닙니다. 《GO》는 내 배움의 증거이자 내가 인생에서 정말 중요하다고 믿는 것들에 대한 일종의 논문과도 같습니다. 나의 첫 번째 소설인 이 책이 브라질 교육부로부터 인정받아 2009년부터 브라질 전국의 공립고등학교에 비치되었습니다. 바로 그날부터 나는 매일같이 수십, 수백 통의 감사 편지와 메시지를 받았습니다. 《GO》가 어떻게 자신들의 삶을 바꾸었는지 설명하는 감동적인 글과 함께 책 제목인 'GO'를 몸에 문신한, 믿기 힘든 사진들을 보내오는 독자들도 많았습니다. 다른 사람들의 삶을 변화시키도록 도와주고 싶었던 내 생각은 어쩌면 순진무구한 착각이었는지도 모릅니다. 결국 가장 많이 변화한 것은 나 스스로의 삶이었기 때문입니다. 독자들이 내게 보내준 무한한 신뢰에 책임을 느끼게 되었고, 너무나 감사해서 이번 생에 조금이나마 보답할 수 있을지 모르겠습니다. 축구와 삼바, 흥겨움, 그리고 선의. 비할 수 없는 유머 감각을 가진 나라 브라질이 가르쳐준 이 모든 값진 가치들과 함께 나는 스스로 낮추는 마음 즉 겸손을 배웠습니다. 나는 브라질에서 사회적 위치가 그 사람을 말하지 않는다는 것을 배웠습니다. 경제적 조건이나 학력은 더더욱 아니라는 것을 배웠습니다. 내가 상파울루 대학을 졸업하고, 사회가 요구하는 모든 교육과정을 수료했다 하더라도, 우리를 인간으로서 결정짓는 것은 단 하나의 재능, 바로 사랑하는 능력입니다. 소설 《GO》는 나의 이타주의와 브라질 사람들이 내게 가르쳐준 것을 돌려주려는 시도로 시작되었습니다. 절대 포기하지 말라고, 브라질 사람들에게 말해주고 싶었습니다.

인생의 모든 어려움과 거리감에도 불구하고 절대 포기하지 말라는 메시지를 담아 나는 자신의 정체성을 찾아가는 한 영웅의 현대적 우화이자 동시대의 신화를 만들었습니다. 모든 지혜가 그렇듯 메시지는 단순합니다. 그리고 한국을 방문한 나 역시 정체성을 찾고 있습니다. 나는 한 나라를 만나러 오는 것이 아니라 나 자신을 만나러 온 것입니다. 내가 이해하지 못하고, 사람들이 나를 이해하지 못할 거라는 두려움은 한국을 향한 첫 눈길과 "여기가 내 나라다"라는, 또박또박 말한 첫 한국말과 함께 사라졌습니다. 우리가 두 개의 마음을 가질 수 있을까요? 동시에 두 나라를 사랑할 수 있을까요? 그렇습니다. 나는 거리를 돌아다녔고 그곳에서 어떤 완전함을 느꼈습니다. 목적도 없이 혼자 돌아다니는 발걸음 속에 사람들이 나를 받아들이지 못하리라는 우려감 또한 사라졌습니다. 그 대신, 신기하게도 무엇도 이상하게 느껴지지 않는다는 사실만을 확인했습니다. 본 적 없는 골목길을 걸어다녔고 전 같으면 결코 이해할 수 없을 사람들을 만났습니다. 처음에는 나 자신을 이해하지 못했습니다. 하지만 여기가 내 집이고 내 부모가, 선조가 피와 땀과 눈물을 흘렸던 곳이라고 생각하자 진정한 공기와 삶이 몸속에서 순환하는 것이 느껴졌습니다. 결국 나는 내 정체성을 만나러 오는 길에 있었습니다. 현재의 내가 누구인지, 과거에는 누구였으며 미래에는 누구일지 만나는 길에 있습니다. 한국 독자들이 이 책을 통해 내가 브라질로부터 배운 교훈을 이해한다면 정말이지 기쁘겠다고 생각해봅니다.

어떤 사람들은 내게 이렇게 말합니다. 넌 한국 사람이고 여기서 태어났으니까 집에 온 것처럼 느끼는 게 당연해. 처음엔 그 말이 맞다고 생각했습니다. 하지만 그렇지는 않았습니다. 완전한 한국 사람이 되기에

28년의 공백은 어쩌면 너무 길고, 종종 이방인이 되어 이해되지 않는 습관과 예의범절을 마주치곤 했습니다. 건방지게 들릴 수도 있지만 많은 부분 불필요하거나 시대에 맞지 않다고 느껴지기도 했습니다. 하지만 그것 또한 틀렸다는 것을 지금은 압니다. 내가 겪지 못한 것을 이해하기 위해서는 최소 스물여덟 해가 필요할 수 있다는 것을. 나는 한국과 한국 사람들을 완전히 이해할 수 없을지도 모릅니다. 하지만 사랑할 수는 있습니다. 나는 다시금 브라질 사람들의 교훈을 떠올립니다. 사랑하는 것. 그것이 진정한 이해요, 앞으로 배울 것이라고 되새깁니다. 진정한 한국인이 되는 것을 배우는 것. 언젠가 내가 브라질 사람이 되었듯 나는 이제 한국인이자 브라질인이라는 긍지를 가지고 싶습니다. 이것이 앞으로 내가 걸어갈 긴 여정이 될 것입니다.

한국에서 《GO》를 출판하는 것은 내게 큰 기쁨입니다. 세상의 어느 작가도 이 감정을 온전히 이해할 수 없을 것입니다. 왜냐하면 나는 여기서 태어났고, 내가 브라질의 감정으로 형성한 캐릭터를 한국 독자들에게 소개할 수 있기 때문입니다. 무척이나 영광스럽습니다. 이 느낌을 표현하기에 글이라는 매개체가 충분하지 않을 수도 있습니다. 다만, 한국 독자들이 내 소설 속 캐릭터들을 사랑해주기만을, 마음의 눈으로 읽어주기만을 간절하게 바랍니다. 그리고 우리 모두가 인간이라는 대전제를 내게 확인시켜주기를, 브라질 사람들이 품고 사는 삶의 의지를 느껴주기를 바랍니다. 서로 사랑하고 이해하는 능력 말입니다. 그 차이가 클까요? 아마도 두 나라 사이의 바다만큼 크고 넓을 것입니다. 하지만 마음을 열고 우리가 서로 통한다는 사실을 보게 된다면 더없이 가까울 것입니다. 보잘것없는 우리의 존재를 이해하려고 애쓰고 있기에 우리 모두는 세상의 크기만 한 의심을 갖고 사는 피조물입니다.

마지막으로 출간을 위해 애써준 도서출판 비채에 감사드리며 특히 이 책이 환상적으로 나올 수 있도록 세세한 부분까지 신경써준 이승희 편집장에게 감사드립니다. 그리고 특별히 전병근 형에게 감사하고 싶습니다. 그는 내게 '형'이 무엇인지 가르쳐준 진정한 형이었고, 내 책을 한국에서 출판하도록 도와주었습니다. 형이 바라듯, 브라질의 열기를 한국에 가져와 한국을 뜨거운 나라로 만들 수 있기를 바랍니다. 또한 언제나 긍정적인 충고를 해주고, 독창적인 생각의 원천이 되어준 후견인 유재성 회장님께, 그리고 내 까다로운 요구를 들어주며 번역이라는 어렵고 힘든 작업을 해준 김용재 교수님에게도 감사드립니다. 끝으로 내 고향과의 관계를 영속적으로 유지시켜주고, 내 뿌리에 대한 자긍심을 갖게 해준 한국의 모든 친척에게 감사드립니다.

고맙습니다.

지금 나는 우리 집에 있습니다.

2013년 가을, 서울에서.

Nick Farewell 이규석

Go Back

Neste ano, o ano de 2013, o meu destino e o destino do meu livro coincidiram: voltamos à Coreia. Foram longos 28 anos de um lapso do tempo que eu ignorava existir de tão integrado que eu estava ao Brasil. Saí do meu país natal falando uma língua e voltei falando uma completamente diferente. Eu fui e era brasileiro até o momento em que pisei no solo coreano. Como se fosse uma mágica, por um milagre instantâneo, senti algo inexplicável. Desde o aeroporto, as avenidas, as ruas, as casas, os edifícios e principalmente as pessoas me fizeram entender de uma vez por todas que sou indefectivelmente coreano.

Migrei para o Brasil em 1985 com 14 anos e nunca mais voltei. Não por negação, mas pela vida que me empurrava para a nova realidade, e com uma missão de não me tornar brasileiro, e sim, tornar-me um ser humano mais completo, como meus pais me ensinaram e também me conscientizei de que esse era o meu caminho para entender e aprender cada vez mais sobre a vida.

Alfabetizei-me jogando bola como um típico brasileiro. Depois das aulas, corria para a quadra da escola e, apesar de não falar uma única palavra em português, jogava bola com os meus amigos. Amigos todos gentis, uma característica dos brasileiros, de acolher e não discriminar os que vem morar em seu país. País este que na verdade foi construído com o suor dos imigrantes e onde agora eu era um cidadão ativo buscando um lugar na sociedade. Optei — e também pela força da convivência — por estar entre os brasileiros, e não como a maioria dos imigrantes coreanos fez, que é viver em torno de uma comunidade. Aos poucos fui perdendo a minha capacidade de me comunicar em coreano e ganhando a habilidade de expressar e vivenciar os sentimentos brasileiros. De modo que não sei precisar quando foi que eu comecei a pensar em português e não em coreano. Só sei que aconteceu. De maneira natural, instintiva e com uma rapidez incrível, fui me tornando brasileiro. Na verdade, os brasileiros me deixaram uma grande lição. Nunca pensei que eu fosse coreano, nem brasileiro. Eu pensava sempre que eu era um ser humano vivendo no Brasil.

Os coreanos costumam ser racionais. Medem, pensam, analisam e tomam suas decisões. Os brasileiros não. Eles sentem. Eles se alegram publicamente, abraçam e beijam em público sem o menor constrangimento. É isso o que eu aprendi no Brasil: sentir. Eu olho para trás a minha vida e concluo que o meu aprendizado se resume em escutar e seguir o que o meu coração diz. O resultado está no livro que você está prestes a ler. GO não é apenas um livro. GO é um testemunho do meu aprendizado e uma espécie de tese sobre o que eu realmente acredito que seja importante nessa vida. O testemunho este que foi reconhecido pelo Ministério da Educação do Brasil e desde 2009, o meu primeiro romance faz parte do acervo das bibliotecas dos colégios do Brasil todo. Desde então, tenho recebido todos os dias dezenas, centenas mensagens de agradecimentos, além das inacreditáveis fotos de tatuagens do título do livro que os leitores me mandam com emocionados relatos de como o GO ajudou a mudar suas vidas. Ledo engano. Na verdade, eu que desejava ajudar as pessoas mudarem as suas vidas, vi a minha própria vida mudar. Tornei-me responsável pela imensa confiança depositada e fui tomado por um sentimento de gratidão que étamanha que não saberia se consigo retribuir ainda nesta vida. Tudo isso sem nunca perder de vista a humildade e sem esquecer jamais a coisa mais importante que aprendi no país do futebol, samba, alegria, bondade e senso de humor ímpar. No Brasil,aprendi que o importante não é a sua posição social. Não é a sua condição econômica, muito menos são os estudos e exercícios de intelectualidade que você empreende. Embora eu tenha me formado na Universidade de São Paulo e cumprido todas as etapas da exigência social, oque determina você como um ser humano é apenas uma habilidade: a capacidade de amar. GO surgiu do meu altruísmo e da tentativa de devolver para os brasileiros o que me ensinaram. Queria dizer para eles nunca desistirem. Então elaborei uma fábula moderna, um mito contemporâneo na figura de um herói que busca a sua identidade para dizer que na vida, apesar das dificuldades, apesar das distâncias, você nunca deve desistir. E essa é a única mensagem,e simples como toda sabedoria deve ser. E com essa viagem à Coreia, eu também estava buscando a identidade. Na minha visita, eu não estava indo ao encontro de um país, eu estava indo ao encontro de mim mesmo. O meu receio de não entender, de as pessoas não me entenderem, acabou na primeira visão e nas primeiras palavras que eu disse com todas as letras em coreano: "Aqui é meu país." Será que alguém pode ter dois corações? Será que alguém pode amar duas coisas ao mesmo tempo? Sim. Eu andava pelas ruas e me sentia completo. Aquela apreensãoque eu tinha de pessoas não me entenderem, de não me assimilarem, acabou com as minhas andanças — a esmo, sozinho —, maravilhando-me da constatação simples de que nada me era estranho. Andava pelas vielas que eu nunca vira. Encontrava pessoas que eu jamais poderia entender. Eu dizia coisas que ao primeiro momento não me compreendiam. Mas aqui é a minha casa. É onde meus pais, meus antepassados, derramaram sangue, suor e lágrimas. É o meu verdadeiro oxigênio e a vida circulando por mim. Enfim, eu estava no caminho do encontro da minha identidade. Quem eu sou, quem eu fui e possivelmente quem eu serei, daqui em diante.

Nada mais me faria mais feliz do que meus compatriotas entenderem as lições que aprendi no Brasil. E que também entendessem que eu sou coreano, mas também sou brasileiro. E ao mesmo tempo não sou um, nem outro. No pouco tempo da minha estada aqui, muitos tentaram simplificar dizendo que é normal me sentir em casa já que sou coreano, e que nasci aqui. No início achei se tratar da verdade. Mas não é. Para ser completamente coreano, existe uma lacuna de 28 anos. Não vivi aqui, muitas vezes não entendo certos costumes e etiquetas que aos meus olhos de estrangeiro são incompreensíveis. Confesso que na minha soberba, muitas coisas eu achei retrógradas, ultrapassadas e desnecessárias. Estava novamente errado. Como eu poderia entender algo que não vivi? Então, percebi que eu, no mínimo, deveria levar 28 anos para entender o que não entendo ouconcordo. Novamente me lembrei da lição dos brasileiros. Amar. Eu posso não entender a Coreia e também os coreanos, mas eu posso amar. E é esse o entendimento verdadeiro e o que me cabe para aprender. Aprender a ser um coreano de verdade. Quero ter o orgulho de ser coreano e brasileiro. E isso é um longo caminho que estou a percorrer, assim como uma vez me tornei um brasileiro.

É uma grande alegria a publicação do GO na Coreia. Nenhum autor do mundo pode entender esse meu sentimento. Pois eu nasci aqui e vim apresentar os personagens que eu gerei com os sentimentos brasileiros. E posso dizer com muita clareza que éuma honra e nenhuma palavra vai ser suficiente para expressar o que eu sinto. Só espero que os coreanos possam amar o meu livro. Que leiam com os olhos do coração. Que sintam a vontade latente de vida que têm os brasileiros, confirmando-me a minha premissa de que somos todos humanos. Com grande capacidade para amar e compreender um ao outro. São grandes as diferenças? Talvez do tamanho dos oceanos que separam os dois países. Mas é perto também, se abrirmos o coração e vermos que somos todos iguais. Somos todos criaturas com uma dúvida do tamanho do universo, tentando compreender a nossa curta e pequena existência.

Por fim, gostaria de agradecer a equipe da Viche da Gimm-Young Publishers, que foram sempre atenciosos, em especial a minha editora Seung Hee Lee que acreditou no meu livro, trabalhou duro e se preocupou com todos os detalhes para que a edição coreana do GO ficasse absolutamente memorável. E também Byung Geun Jeon, que me ensinou sobre o que é ser hyung(형), ele é meu 형, e quem possibilitou a publicação do meu livro. Espero que ele possa trazer quentura brasileira para a Coreia, como deseja. Meus mais sinceros agradecimentos ao meu tutor, CEO Jae Sung Yoo, pelos conselhos sempre assertivos e por ser uma fonte de ideias originais, e ao tradutor Yong Jae Kim por ter sofrido na difícil tradução e por atender às minhas complicadas exigências. E por último, a todos os meus parentes que moram na Coreia que mantêm meus laços permanentes com meu país natal e que me fazem orgulhar das minhas raízes.

Muito obrigado.

Estou em casa.

Seul, 8 de agosto de 2013.

Nick Farewell 이규석

나를 삶으로 다시 이끌어줄 누군가를 만나고 싶다. 에스컬레이터를 타고 올라가며 생각한다. 알고 있다. 나는 가슴에 구멍이 난 채 태어난 사람. 이 세상에 나 같은 사람들을 위한 자리가 있는지 항상 스스로 묻곤 한다.

'소유'란 내게 희미해져버린 개념이다. 나는 직업도 없고, 여자 친구도 없다. 친구는 더더욱 없다. 15제곱미터 남짓한 자그마한 월세 아파트에 산다. 세 사람이 우리 집에 찾아오면 한 사람은 화장실에 앉아 이야기할 정도라고 하면 상상이 될까. 더 구체적으로 말하자면, 화장실에서 나올 때는 반드시 뒷걸음질로 나와야 한다. 어쨌거나 내게는 보금자리이다. 최소한 벽에다 〈이해받지 못하는 사람들〉* 포스터를 붙일 수는 있다. 내가 싫어하는, 바보같은 표정을 지으며 "누구 작품이야?" 하고 묻는 친구들 질문에 대답하는 게 짜증나긴 하지만. 고백하건대, 제법 여러 번 짜증났었다. 더 궁금하다고? 이제는 별로 신경 쓰지 않는다. "영화 포스터야"라는 대답을 듣는다면 지금 내 기분이 매우 좋다고 짐작해도 좋다.

우리 집에 뭐가 있냐고? 한번 보자. 비디오테이프 몇 개, 음악 시디, 책이 있고, 낡아빠진 소파, 옷장, '타자기'에 불과한 낡은 컴퓨터가 놓인 책상, 거실 테이블, 식탁, 침대로 위장한 매트리스가 있다. 중요한 건 비디오와 책이다. 사람들은 이런 나를 보고 타란티노와 비트 작가**들의 팬이라고 오해한다. 땡! 틀렸다. 타란티노

---

* 프랑수와 트뤼포 감독의 1959년 작품. 원제는 〈400번의 구타(Les quatre cents coups)〉.

** 제2차 세계대전 후 미국의 샌프란시스코와 뉴욕을 중심으로 활동하던 비단체적인 그룹의 작가들.

의 영화는 좋아한다. 하지만 단순히 즐길 뿐이다. 비트 작가들도 좋아한다. 하지만 그들에게는 꿈이 없다. 그래. 믿지 못하겠지만 나는 미래를 꿈꾼다. 내가 그들만큼이나 (어쩌면 틀릴지도 모르지만, 그들 모두를 다 합친 만큼이나) 술을 마신다는 건 확실하다. 그렇지만 내겐 계획이 하나 있다. 계속 꿈꾸는 것이야말로 슬픔을 통제하는 유일한 방법이라는 걸 배웠기 때문이다.

내 계획이 뭐고 그걸 어떻게 이룰지 궁금하다고? 그 얘긴 나중에. 우선은 영화 이야기부터 하자. 수많은 영화를 언급할 수 있겠지만 제일 먼저 〈파리 텍사스〉*가 떠오른다. 특별한 이유는 없다. 단지 마지막 장면이 머릿속에서 떠나지 않는다. 우리가 소통할 수 없는 존재임을 확실하게 증명하는 핍쇼 클럽에서의 대화. 그건 남은 삶 내내 우리가 짊어지고 갈 거대한 저주이다. 영화의 제목은 증명할 수 없는 연대감과 부재하는 공간에 대한 거대한 메타포일 것이다. 파리와 텍사스는 서로 만날 수 있는 장소일 테니까. 아, 그런 곳이 정말로 있다. 상상하는 것보다 훨씬 더 가까이에. 알지도 모르지만, 미국 텍사스 주에는 '파리'라는 도시가 있다. 정말 있다. 빔 벤더스Wim Wenders는 천재다. 모든 영화를 마지막 10분에 해결할 줄 아는 감독이다. 영화 〈베를린 천사의 시〉는 봤겠지? 들어봐. 내 인생 최고의 영화를 꼽으라면 단연 〈시네마 천국〉이다. 그렇다, 내게는 느낌이라는 게 있다. 많은 친구들(친구라기보다 아는 사람이라고

---

* Paris, texas. 현대 독일을 대표하는 감독 빔 벤더스의 영화. 1984년 칸영화제 그랑프리를 받았다.

부르는 게 맞겠지만)은 이런 내 말을 듣고 종종 놀라곤 한다. 하지만 우리가 사는 세상이라는 게 결국 감정과 감상주의를 구분하지 못하는 사람들의 세상 아니던가. 내게도 나만의 엘레나*가 있었고, 지금은 꿈을 좇고 있다. 다른 영화는 없냐고? 이제 내 취향을 어느 정도 파악했을 테니 그 예를 한번 살펴보자. 〈라스베이거스를 떠나며〉와 〈집으로 가는 길〉, 아, 〈매트릭스〉도 있다. 내 취향은 이렇다. 나머지는 추측하기 바란다. 책은 별도로 다루었으면 한다. 내 계획과 직접적으로 관련되어 있기 때문이다. 비트 작가들을 많이 읽기 했지만 좋아하지는 않는다고 앞에서 이야기했다. 정말이지 나는 책을 많이 읽었다. 잘난 척이라고? 누군가 내게 이렇게 물을지도 모르겠다. "넌 고작 스물아홉 살이야. 그 나이밖에 안 된 친구가 책을 많이 읽었다고 자신할 수 있을까? 너, 너무 자신만만한거 아냐?" 하지만 그렇지 않다. 난 열아홉 살부터 본격적인 독서를 시작했고 3년 전까지 미친듯이 읽어치웠다. 넌 "그래, 그래서 어쨌는데?" 하고 물을 수도 있겠지. 그러면 난 열독하는 독자라고 나 자신을 소개할 것이다. 간단히 말해, 나는 하루 한 권의 책을 읽었다. 간단한 계산으로도 제법 많은 권수가 나올 것이다.

그렇지만 요즘 내가 몰두하는 건 '걷기'다. 삶은 길 위에 있다. 사무실에서 삶을 만나려고도 해봤지만 그럴 수 없었다. 만약 네가 언젠가 사무실에서 삶을 만난다면 부디 내게 말해주었으면 좋겠

---

* 영화 〈시네마 천국〉의 여자 주인공. 토토의 첫사랑이다.

다. 그게 내 삶을 완전히 바꾸어놓을지도 모르니 말이다.

예를 들어, 나는 지하철을 타고 다니는 걸 좋아한다. 지하철 안에서 사람들을 관찰하는 건 내 취미이다. 관찰을 통해 얻는 무수한 가르침들을 넌 상상조차 못할 것이다. 하도 많이 봐서일까. 내가 사람들을 알아보는 재능(슈퍼히어로의 슈퍼파워 같은 것)을 갖고 태어난 건 아닌지 슬쩍 의심도 해본다. 나는 사람들의 얼굴에서 삶의 기록을 읽는다. 목소리의 특징이나, 옆자리의 대화 내용도 제법 자주 알아챈다. 사람들이 머릿속으로 생각하는 것도 알아챈다. 전철을 너무나 좋아해서, 나중에 포르셰 스포츠카를 갖게 되더라도 아무 전철역에나 주차시켜놓고 전철을 타고 다니다가 다시 역에 돌아와 스포츠카를 몰고 집에 가고 싶을 정도다. 이 포르셰 이야기도 다음에 하겠다. 네가 좋아할 거라고는 생각하지만 나중에.

지금부터 할 이야기는 타인의 생각을 읽는 한 남자의 이야기가 아니다. 장담하건대 그건 누구라도 할 수 있다. 너에게 들려주고 싶은 이야기는 평범한 남자가 자신이 원하는 것을 가지기까지의 과정이다. 결국 내가 삶에서 원하는 건 무엇일까? 대답은 가장 어리석으면서도 천재적인 한마디가 될 것이다. '나는 살고 싶다.'

지금 나는 30페이지 정도 쓴 원고뭉치를 마주하고 있다. 내가 쓴 글이 정말 좋은지 조금도 확신하지 못한 채. 내 삶을 멈추게 하는 건 불안 그 자체가 아니라 지나친 자아비판이다. 한번은 똑똑한 사람(다른 이들은 크게 성공한 기업가라고 부른다) 앞에서 면접을 본 적이 있다. 그는 내게 "당신의 문제가 무엇인지 압니까? 바로 자기 자신에게 너무 가혹하다는 겁니다" 하고 말했다. 어쩌면 그 사람과 일했을 수도 있었겠지. 아마도 다섯 달 남짓. 그러고는 거리가 나를 다시 불렀을 것이다. 이미 이야기했듯 삶은 길 위에 있다.

알고 싶니? 내게는 계획이 하나 있다. 올해 말까지 시집을 출판하고 그다음엔 소설, 이름을 포함해 내가 온전히 창조해낸 여자에 대한 소설, 바로 내 첫 번째 소설 《쿠비코바Kubikova》를 출판하는 것이다. 멋지지 않은가? 그녀는 체코, 폴란드 혹은 우크라이나 같은 동유럽 국가 출신이다. 신비스럽고 활력이 가득한 여자다. 그리고 나 같은 루저가 그녀를 만난다. 나머지는 말 그대로 '이야기' 이다.

십 대 시절, 내 글은 왜 죄다 슬프냐는 질문을 받곤 했다. 대답하겠다. 내가 못난이였기 때문이다. 이제 나는 행복한 결말을 믿는다. 너도 알게 되겠지만, 인생과도 같다. 행복하지 않다면 그건 결말이 아니다. 그러므로 내 이야기는 행복한 결말로 끝날 것이다. 아니다. 다시 생각해보니, 비극적으로 끝날 수도 있을 것 같다. 비극에는 삶을 이해할 수 있는 많은 요소가 담겨 있다. 그렇다면 예술의 이름으로 삶을 양보해야 하는 걸까. 그런 예술은 개나 줘버리라고 해라. 자신의 인생에 대해 예술가가 되는 것이 모든 예술가들의 목표가 되어야 한다. 적어도 예술가라고 지칭하는 사람들의 목표 말이다. 누군가 나에게 무슨 일을 하느냐고 묻는다면 나는 진심으로 예술가라고 말하고 싶다. 하지만 아직은 그런 확신을 갖고 있지 못하다. 아니 확실하지가 않다. 예술가라니 너무 잘난척하는 것 같다. 그러나 넌 보게 될 거다. 언젠가 이렇게 대답하는 나를 보게 될 것이다. "나는 시인이야. 시를 쓰지, 나는 예술가야."

어떤 여자애를 만난 적이 있다. 웨이트리스였는데, 날더러 같이 나가자고 했다. 나는 언제나처럼 완전히 취해 있었다. 그녀가 내게 뭐 하는 사람이냐고 물었고 나는 한번 맞혀보라고 했다. 그녀는 3초 정도 나를 응시하더니 "당신은 시인!" 하고 대답했다. 하지만 의미 없는 말이다. 왜냐하면 그녀는 완전히 미친 여자였으니까.

30페이지. 두 달 동안 쓴 분량이다. 물론, 넌 내게 일 년을 제해 주어야 한다. 왜냐하면 일 년이라는 시간 동안 나는 삶을 최대한 살아냈기 때문이다. 그러지 않았더라면 이야깃거리도 없었을 것이다. 지금은 계속 글을 쓸 수 있도록 나 자신을 훈련시키는 중이다. 하지만 존재하지 않는 여자에 대해 쓰는 건 무척이나 어렵다. 내가 꿈꾸는 여자. 그녀는 대화할 때 영어를 쓰기도 한다. 뭐, 당연하다. 체코어로 말하는 인물은 너무 어려우니까. 흐음…… 브라질로 온 이유는? 사랑의 실패. 이것으로 완벽하다. 마음이 찢어진 동유럽의 여자. 난 이 이야기에 집중하려 한다.

밤이다. 밤은 내게 언제나 문제다. 사실, 저녁식사부터가 문제다. 요리를 싫어하기 때문이다. 하지만 먹는 것만큼은 아주 좋아한다. 주머니야 늘 가볍지만. 여하간 저녁은 정말 큰 문제이다. 한번은 단편 영화를 찍는다는 구실로 이탈리아 식당에서 편의상 사귄

친구들과 두 달간 공짜 저녁을 먹은 적이 있다. 우리는 식당에 모여 만들 영화에 대해 의논하는 척하자고 미리 말을 맞췄다. 물론 가짜 대본으로. 저녁을 먹은 후에는 각자의 길로 흩어졌다. 나는 주인의 선의를 더 남용하고 싶지 않은 데다 양심상 깨끗해지고 싶어서 영화 놀이를 끝냈다. 다시 생각해보니 이 이야기를 진짜 영화로 만들 수도 있을 것 같다. 내일 일을 누가 알겠는가.

오늘 밤은 영화도, 이탈리아 식당도 없다. 주머니에는 13헤알 60센타부*뿐이다. 맥도날드는 먹기 싫다. 핫도그도 싫다. 이제 남은 선택지는 친구를 찾아가는 것이다. 하지만 친구가 없는데 어떻게 할까? 아, 그래, 아는 사람들은 있다. 이런 밤에는 호베르투의 집에서 저녁을 먹곤 한다. 잠바를 걸친다. 내가 거리를 쏘다니는 걸 좋아한다고 이야기했던가? 물론 넌 나에 대해 알아가는 중이겠지. 삶은 여전히 길 위에 있다. 호베르투 집까지는 25분 정도 걸린다. 그는 광고계에서 일한다. X음료수와 Y비누에 대한 천재적인 광고를 만든 디렉터다. 사람들은 그를 보고 크게 성공한 사람이라고 부르겠지. 나와 이런 사람 사이에 무슨 공통점이 있느냐고? 우리는 학교를 같이 다녔다.

아파트에 도착했다. 젠장, 아무도 없다. 그의 부인 역시 광고계 사람이다. 나는 이들 부부와 저녁 먹는 걸 무척 좋아한다. 재미있

---

* 100센타부는 1헤알이며, 1헤알은 우리 돈으로 500원정도이다.

는 부부다. 부인인 카롤은 수다 떨기 좋아하는 부류의 여자다. 인도의 샤크라 이야기부터 드럼 앤드 베이스*의 최신 경향까지 모든 것에 대해 이야기한다. 좋다. 나를 현대 세계와 동떨어지지 않게 도와준다. 그렇지만 고백하건대, 가끔은 나를 짜증나게 한다. 호베르투에 대해 좀 더 이야기해보자. 그는 조용한 사람으로, 자신이 하는 일에 그렇게 행복해하는 것 같지는 않다. 그것이 나와 그 사람을 연결해주는 끈이라 할 수 있다. 사실 그는 남과 어울리지 않으면서 살아가려는 내 삶의 방식을 좋아한다. 그렇지만, 어쨌거나 생활비가 없다는 건 고달프다. 그런 걱정으로 종양이 생길 지경이다. 그들 부부와 나의 관계는 식당에 앉은 친구들(난 왜 친구라는 단어에 익숙하지 못할까?)끼리 의미 없는 주제에 대해 이야기하며 서로 배려하는 정도의 관계다. 그들 부부에겐 난 흥미로운 사람인 것 같다. 아마도 이렇게 생각하고 있을 것이다. "저 친구, 좋은 대학을 나왔으면서 왜 제대로 된 직장을 구하지 않을까? 이야기해보면 사회부적응자는 아닌 것 같은데." 두 사람은 모른다. 내가 진짜 인생을 살아가고 싶다는 걸.

유감스럽게도 오늘은 저녁식사가 없다. 이제 찰리 브라운의 집을 찾아가야겠다는 생각이 든다. 〈스누피〉에 나오는 찰리와 똑같은 머리(호박이라고 말하는 게 더 적절하겠지만) 때문에 그는 찰리 브라

---

* Drum and Bass(DnB). 전자음악의 한 종류로, 빠르고 복잡한 리듬과 그를 받쳐주는 베이스라인이 특징.

운이라고 불린다. 정말로 흥미로운 건 찰리가 살아가는 방식이다. 그의 '직업'은 매력적이다. 찰리는 10시에 일어나 천천히 옷을 입는다. 보통 클래식한 스타일의 양복, 넥타이 등등이다. 그런 그가 금방이라도 조각조각 부서져 쓰러질 듯한 판잣집에 산다는 게 재미있다. 찰리가 사는 곳이야말로 '벼룩집'이라 할 수 있겠다. 냉장고는 오래전에 박물관에 보냈어야 하고, 너무나 이상하게 만들어진 시멘트 바닥에는 구멍에 먼지가 쌓여 있다. 가구는 '아름다운 가게'에 기증할 수 없을 지경이다. 백열등은 너무 흐려 50와트도 안 되는 것 같다. 전혀 밝지 않다. 정확히 말하자면 무엇을 먹는지 알아볼 수 없을 정도다. 바로 그거다. 극과 극의 내 삶. 나는 호베르투 부부가 사는 자르징스 거리의 고급 아파트에서 찰리가 사는 트레멩베 공원의 허물어져가는 판잣집을 오가며 산다. 하지만 찰리는 철학가이다. 그는 스스로 말하듯 자신의 나쁜 취미를 유지할 수 있을 만큼의 돈을 번다. 내가 그 집에 갈 때마다 찰리는 삶의 메타포와 삶의 부조화, 삶의 의미에 대해 이야기하다가 모든 걸 종교, 과학, 영화, 만화, 미신과 섞어버린다. 아니다. 나는 찰리의 '여행'에 대해 말하는 게 아니다. 찰리는 약쟁이이다. 좋아하지는 않지만 나도 그의 손님이기에 찰리와 함께 대마초를 피워보려고 한 적이 있다. 고백하건대, 난 약은 안 한다(하하하하하). 항상 말해왔듯, 약을 하면 몸이 축 늘어진다. 찰리가 피우는 대마초 양을 보면 굳이 그 집에서 같이 피우지 않더라도 직접 피우는 것과 마찬가지일 것이다. 찰리의 '직업' 이야기로 돌아가보자. 그의 '직업'은 지하철 위조 승차권을 만드는 것이다. 즉, 대마초를 피워대는 만큼이나 많이 돌아다니는 것이 그의 직업이다. 10시 반에 찰리는 투쿠루비 지하철역에 도착한다. 내가 어디서 그 친구를 알았는지 지금쯤 짐작이 될 것이다. 찰리는 먼저 개찰구로 가서 조용히 자신의 표를 집어넣는다. 그다음 개찰기를 뛰어넘어 표를 다시 받는다. 내가 왜 이런 평범한 장면을 자세하게 묘사하는지 이해가 잘 안 된다고? 하지만 이게 바로 핵심이다. 찰리의 직업은 이런 일과 관계가 있다. 다시 그 장면으로 돌아가보자. 찰리는 주머니에서 마그네틱 선에 카세트테이프 필름 조각을 덧붙인 지하철 승차권을 꺼낸다. 이 승차권은 자동개찰기에 들어갔다 나오는데, 찰리는 재빨리 손을 내밀어 테이프 조각이 붙어있는 그 승차권을 잡는다. 마그네틱 선을 감지할 수도 없는데 왜일까? 승차권이 나오기도 전에 숨기려고 기다리는 걸까? 그렇다. 찰리는 미리 승차권을 최대한 늘려서 휘게 만들어서 준비해둔다. 그럼 테이프 조각은 휜 승차권 위에 팽팽해진다. 남은 것은 개찰기에 승차권이 먹히지 않도록 재빨리 붙잡는 일이다. 아마 넌 무슨 소린지 제대로 이해하지 못했을 거다. 도대체 무슨 말이냐고? 전자기유도라는 말을 들어본 적이 있는지 모르겠다. 만약 들어봤다면 설명하기가 아주 쉬울 테니까. 그렇지 않으면 그냥 내 추론 과정을 따라오면 된다. 이 모든 작업은 위조 승차권을 만들기 위한 것이다. 10헤알짜리 승차권* 한 장을 사서

* 지하철을 열 번 타는 표

테이프 조각을 마그네틱 선에 붙인다고 가정하자. 개찰기를 통과한 승차권을 받는 순간, 아홉 번 사용할 수 있는 승차권과 동일한 정보가 담긴 마그네틱 선이 있는 테이프 하나를 갖는 셈이다. 이제 암시장에서 마그네틱 선 없는 승차권을 몇 장 사서, 이 테이프 조각을 붙인 뒤 개찰기를 통과하면 된다. 그걸로 무얼 하느냐고? 간단하다. 암시장으로 가서 장당 1헤알에 팔면 된다. 이 같은 방식으로 30~40장의 승차권을 만든다고 가정할 때(찰리는 정말이지 제대로 된 일꾼이다) 6000헤알 정도의 월수입을 올린다는 계산이 나온다. 왜 6000헤알이냐고? 그가 게을러서가 아니라 한 달 중 며칠은 쉬기 때문이다. 사실 찰리는 일을 무척 좋아한다. 하지만 이따금 쉬어줘야 한다. 그러지 않으면 지하철 직원들에게 의심받기 때문이다. 훌륭한 대학을 나와서 좋은 직장을 가졌다고 우쭐대는 네가 찰리보다 돈을 못 번다면 기분이 나쁠지도 모른다.

내가 찰리 일에 찬성한다고 생각하지는 말기를. 내가 도덕주의자는 아니지만, 그게 범죄라는 건 안다. 그렇지만 사람들이 생존에 대해 가지고 있는 개념을 어느 정도 뒤엎는 이 이야기를 난 매우 좋아한다. 잘못되었다는 건 나도 안다. 하지만 세상이 네가 생각하는 대로 움직이지 않는다는 사실이 살짝 당황스러우면서도 시적이지 않은가. 매트릭스? 그럴지도 모른다. 그러므로 "선입관은 너희 집 책상서랍에 놔두어야 하는 것이다." 아니 불태워버려야 한다는 게 더 낫겠다. 완전히.

8시 경에 찰리 집에 도착했다. 불빛이 전혀 보이지 않는 걸 보니 찰리는 아직 퇴근하지(알겠다, 이제 '직업'이니 '퇴근'이니 하는 단어는 빼겠다) 않은 것 같다. 대문을 열고 들어가서 계단에서 벽돌 한 장을 빼낸다. 세 번째 계단 오른쪽, 두 번째 벽돌이다. 열쇠가 있다. 집에 들어간다. 진한 대마초 냄새가 왠지 불쾌한 또다른 냄새와 섞여 콧속으로 들어온다. 호흡을 조절해야겠다. 괜찮다. 잠시 후에는 괜찮을 거다. 집 안을 둘러본다. 이미 말했듯 집은 돼지우리다. 아니, 그 말조차 칭찬에 가깝다. 원자폭탄도 이렇게 엉망으로 만들어놓지는 못할 거다. 나는 이쪽에서 옷가지를, 저쪽에서 접시를, 저기 안쪽에서는 잡지들을 모아 옆방에 전부 쓸어넣는다. 그런 후에야 최소한의 앉을 공간이 생긴다. 이제 기다리는 일만 남았다. 기다리는 동안 바닥에 흩어져 있는 책 몇 권을 본다. 케루악Kerouac, 버로스Burroughs, 긴스버그Ginsberg와 비트 작가들의 작품이다. 그래, 대부분의 내 친구(아니 아는 사람)들은 이들 작가들의 팬이다. 아니, 숭배하고 있다. 여기에 부코스키Bukowski와 블레이크Blake를 더하면 어느 정도 윤곽이 보일 것이다. 아참, 급한 마음에 내 문학적 기호에 대해 말하는 것을 깜박했다. 나는 단지 이렇게 말하고 싶다. "진정한 모험은 집 안에만 있는 사람들에게는 일어나지 않는다. 세상으로 나가서 찾아야 한다." 삶은 길 위에 있다. 제임스 조이스. 난 이미 알고 있다. 넌 조이스가 문학에 있어 성스러운, 감히 범접할 수 없는 대가라고 생각했을 것이다. 만약 네가 전형적으로 조이스를 좋아하는 사람들, 그러니까 지식인들을 통해 조이스를 알게 되었고, 그 두꺼운 《율리시스》에 대해 거부감을 가졌다면, 다시 한 번 생각해볼 때다. 나는 삶은 길 위에 있다고 말했다. 잘 생각해보면 삶을 만날 수 있는 다른 장소도 존재한다. 그래, 답은 바로 조이스의 책이다. 조이스에 대해 완전한 의견을 남긴 사람은 피터 밀리건Peter Milligan으로, 그는 작품에 나오는 아일랜드 사람의 입을 빌어 이렇게 말한다. "삶이란 건 아주 복잡해. 나는 신과 제임스 조이스에게 맡기지."(어디에 나오는 말이냐고? 만화 〈HQ Skreemer〉에 있는 말이다. 뭐라고? 만화는 좋아하지 않는다고? 음, 선입견에 대해 조금 전 내가 뭐라고 했더라? 가끔 자신의 선입견으로 인해 불타 없어져버릴 것 같은 사람들을 본다. 하지만 그냥 놔두자).

신神. 신은 3이란 숫자에 있다. 첫 번째는 제임스 조이스이고, 두 번째는 누구일까? '신은 사랑*'(음, 조잡한 말장난이다)이라고 말한 토마스 만이다. 천사들의 언어를 썼던 남자. 《마의 산》의 결말을 읽다보면 눈물을 흘리지 않을 수 없다. 토마스 만만이 오직 '어느 날, 우리 주위에서 비 내리는 밤하늘을 태워버리는 뜨거운 열병으로부터, 죽음이라는 보편적인 축제로부터 사랑이 출현할 것인가?'라는 질문, 즉 우리 시대에 맞는 유일한 보편적 질문 앞에서 우리의 의심을 야기하고 불러일으킬 수 있다. 여기에 대해서는 더 이야기하지 않겠다.

세 번째로는 보다 일상적으로, 쾌락주의라는 현대사회의 조건을

---

* 브라질에 '신은 사랑이다'라는 개신교 교회가 있다.

희화한 대표적인 인물, 바로 위대한 어니스트 헤밍웨이를 들 수 있다. 그에게는 철학도, 평범한 대화도 없으며 오직 순수한 본능만이 있다. 재미있는 비유 하나가 생각난다. 이 세 사람은 신(제임스 조이스)과 인간(어니스트 헤밍웨이), 그리고 성자(토마스 만)를 대표한다. 나의 신들이다. 그러니 내게 정키junky나 언더그라운드 문학을 이야기하지 말아주기를. 나 역시 비트 세대의 영향을 뼛속 깊이 받은 일부 현대 작가들처럼 글을 쓸 수 있겠지만, 미안하다. 나는 다른 원천에서도 영향을 받았다. 이건 선입견이 아니다. 일반적으로 비트 문학을 좋아하는 사람은 관용적이지 않다. 너무 관용적이지 못해 내가 '그냥저냥' 좋아한다고 말하면 날 죽이겠다고 위협할 정도다. "그냥저냥이라니, 그게 무슨 소리야? 농담하는 거지, 그렇지? 제법 교양있어 보이는데, 뭐? 부코스키도 아냐? 제기랄. 요즘은 재미있는 사람을 만나기가 왜 이리 힘들담."

아, 진짜 싫다. 하지만 내 대답은 대개 잘 다듬어져 있다. 예컨대 여자의 아름다움의 정도에 따른다. 내가 잘하는 대답은 이렇다. "그래, 당신이 언급한 작가들은 다 읽었거든. 그럼 당신은, 내가 좋아하는 작가들 다 읽었어?"

자, 불행하게도 저녁을 먹어야 했다. 정확히 말하자면 무언가를 삼켜야 했다. 배고픔이 나보다 훨씬 더 강하다. 우리의 찰스 슐츠*가 몇 시에 도착할지 전혀 모르겠다. 내 주머니에는 이제 9헤알과 잔돈 몇 푼이 있을 뿐이다. 핫도그를 먹고 지하철 차비로 쓰고 남은 돈이다. 그러므로 제대로 된 저녁을 먹겠다는 꿈은 이제 날아가 버렸다. 그럼 뭘 하며 시간을 보낼지 생각해보자. 바라건대, 음식보다는 소화가 잘되기를. 실망시켜서 미안하지만, 연기를 피우는 불법적인 행위를 말하는 건 아니다. 네가 또 틀렸다. 나는 마약을 반대하지는 않는다. 오히려 그 반대다. 누구나 자신이 옳다고 생각하는 걸 해야 한다. 약에 대한 생각이 바뀐 후 나 또한 달라졌을 뿐이다. 옛 작가들은 자신의 경험과 의식의 사용(좋은 말이다), 혹은 최소한 지적인 사용을 말했다. 이제는 이렇게 말하는 사람들만 만난다. "그냥 믿어, 믿어봐. 젠장. 보내봐. 즐겼어? 좋은 거야? 동서가 기똥찬(여기서 고백하건대 나는 속어를 아주 싫어한다) 집을 샀어, 친구가 클래식한 자동차를 샀는데……" 이런 말들. 이런 쓸데없는 말을 견디려면 약을 할 수밖에 없다. 그래서 내가 약을 일반화하고 있는지도 모른다. 가끔은 술처럼 무척 좋다. 일단 들이켜면 차이는 확실해진다. 한마디로 말해, 나는 약을 한다.

한번은 푸른 눈을 가진 아주 멋진, 그리고 (내가 좋아하는 방향으로) 미친, 그것도 인도 철학을 하는 여자(믿어주라)를 안 적이 있다. 그녀는 코카인을 했다. 평생 해본 약 중 가장 좋았다. 우리는 인도 우주관에 대해 이야기하며 8시간이나 같이 보냈다. 키스도 하고, 온몸을 애무하면서 보냈는데 너무나 좋았다. 하지만 이튿날은 말

* Charles Monroe Schulz(1922~2000) 〈피너츠〉 시리즈로 유명한 미국의 만화가. 여기서는 친구인 찰리를 가리킨다.

그대로 개판이었다는 게 유감이다. 게다가 내게는 이틀 연속이었다. 더구나 그 전날은 몸이 100퍼센트 완전하지 않았다. 우리가 들이마신 코카인 양이 말, 아니 코끼리나 감당할 수 있을 정도의 것이어서 비아그라만이 고칠 수 있는 최악의 효과가 일어났다. 그렇다. 확실히 약은 완전하지 않다.

마침내 문고리가 돌아간다. 찰리다. 난 갑자기 일어난다. "그래, 찰리, 잘 지냈어?"

"브라더, 그동안 어땠어?"

그는 면도를 해야 할 정도로 수염이 자라있었다. 지난 번 만났을 때 면도하라고 이야기한 적이 있다. 면도하지 않으면 지하철 역무원들의 주목을 한몸에 받게 될 거라고 말했다. 하지만 찰리는 사이키델릭 음악과 로스 에르마노스*에 매료되어 있어서 내 말은 아무 소용이 없었을 거다.

찰리는 처음으로 위조 승차권을 팔았을 때 번 돈으로 구입한 007가방을 연다. 그 안에는 위조 승차권이 담긴 말보로 담뱃갑이 잔뜩 들어 있다. 보다시피 그는 실용적이고, 위장할 줄 안다. 곧 알게 되겠지만 찰리는 바보같은 범죄자가 아니라 엄청나게 똑똑하다. 사실 찰리는 웬만한 회사의 팀장도 거뜬히 될 사람이다. 네 상

---

* Los Hermanos. 브라질 얼터너티브록 밴드. 멤버 전부가 수염을 기른 것으로 유명하다.

사가 될 수도 있었을 게다. 찰리는 올해 서른 살 정도로, 교외에서 오래 살았다. 그는 문화학교가 자신을 구원해주었다고 말하곤 한다. 아직도 헌책방에서 구입한 보들레르의 시집 《악의 꽃》을 나이 증명, 아니 출생증명서처럼 자랑스럽게 보여준다. 만약 네가 "책이 무슨 소용이 있어" 하는 의심이 든다면, 바로 이 친구에게서 감동적인 예를 찾을 수 있다. 멜로드라마를 찍고 싶거나 싸구려 감동을 주고 싶어서 하는 얘기가 아니다. 찰리의 부모님이 살해당했을 때 그는 정신이 돌아버릴 지경이었다. 교외에서 돈도, 친척도 없이 살아가야만 했던 열다섯 소년은 한동안 미친 사람처럼 거리를 헤매고 다니다가 무료 급식을 하는 문화학교에 이끌렸다고 했다. 당시 찰리는 수업을 마치고 교실에서 나가다가 우연히 보들레르의 시를 들었다. 애원하는 듯한, 호소하는 듯한 슬픈 목소리가 그의 마음을 흔들었다. 사람들이 감성적으로 태어나는지, 혹은 후천적으로 감성을 얻는 것인지 묻지는 마라. 중요한 건 그때 소년 찰리는 펑펑 울었으며 삶의 의지를 되찾았다는 사실이다. 나머지 이야기는 그냥 그렇다. 찰리는 부정否定의 시기에 있다. 범죄에 대해 더이상 죄의식을 느끼지 않는다. 자신이 사회제도를 무너트리기 위해 태어났다는 생각만 품고 있다. 찰리가 습관처럼 말하는 '거지같은 제도' 말이다. 솔직히 보들레르 이야기가 진짜인지는 알 수 없다. 하지만 그 책을 꼭 쥔 채 눈물이 고인 찰리의 모습을 보면 믿지 않을 수 없다. 믿을 수 없는 인생의 주인공들을 만나는 내 특별한 능력만 의심할 뿐이다.

"친구, 오늘 끝내줬어. 영업에 불이 붙네. 이제 6~7학년 애들도 데리고 다녀. 가방 매고, 교복 입고, 책 갖고 다니는 그런 애들이야. 정말이야, 학생용 승차권을 위조하는 방법도 찾았어."

그래, 정말 대단한 발견이었다. 그가 유일하게 위조하지 못한 승차권은 학생용이라고 종종 말하곤 했다. 그 이유는 알려지지 않았다. 그리고 '어떻게' 위조에 성공했는지 상세히 말해주지는 않았지만 찰리는 무척 흥분해 있었다.

"이제 학생용만 위조할 거야. 아무도 방법을 모르거든. 지하철 직원들도 몰라. 암시장에서 팔면 대박 나는 거지. 한 재산 땡길 거야. 엄청나게!"

얘가 다른 일에 머리를 쓴다면 얼마나 좋을까 하는 생각을 왜 그때 하게 됐는지 모르지만, 세상은 완전하지 않다. 그는 그저 상파울루에서 가장 뛰어난 위조 승차권 제조가일 뿐이다. 그가 그렇게 말하고, 나도 믿는다.

"축하하자. 이번에는 내가 쏠게."

마치 언제는 내가 축하턱을 낸 것처럼 말해준다. 사실 나도 그러고 싶다.

첫째는 그가 예의바르기 때문이고, 둘째는 언젠가 내가 쏠 차례가 올 거라는 확신을 가지고 있기 때문이다. 그런 일이 몇 번 있긴 했다. 찰리가 아니라 다른 사람들에게 베풀었지만. 오늘 나는 그저 즐기고 싶다. 찰리는 언젠가 내가 갚을 거라는 걸 안다. 그것도 곱절로.

찰리가 오락이라고 부르는 건 정말 잔돈푼이나 번 범죄자들이 하는 짓이다. 가끔 그가 보들레르를 너무 진지하게 받아들이는 게 아닌가 싶다. 지금 우리는 보카 두 리슈*쪽으로 가고 있다.

그곳에 대한 내 인상? 그건 겉모습에 달려 있다. 가끔은 인간들이 끝없이 타락하는 광경을 떠올리게 된다. 대부분의 경우는 토하고 싶어진다. 하지만 어떤 때는 울고 싶다……. 기뻐서 울고 싶다! 정말이다. 그런 곳에서 진짜 삶을 만날 수도 있을 것이다.

기도를 보는 사내가 언제나처럼 힘차게 인사한다. 찰리는 VIP다. 사람들의 인기를 받아낼 줄 아는 친구다. 나 또한 불쾌감을 불러일으키는 사람은 아니라고 말하고 싶다. 아니 사람들이 내가 멋진 사람이라고 생각해주리라 믿고 있다. 정말이다. 무식한 사람일수록 그렇게 느끼고 있다.

우리는 늘 같은 테이블에 앉는다. 시내의 나이트클럽은 전부 똑같다. 수많은 거울, 지겨운 스트립쇼가 벌어지는 무대, 홀을 빙 둘러싼 테이블과 가죽소파나 벨벳소파. 물론 여자도 많다. 이쯤에서 고백할 게 하나 있다. 나는 몸 파는 여자들에게 연민을 느낀다. 하지만 같이 노는 건 좋아하지 않는다. 내가 돈이 없기 때문이기도 하다. 그렇지만 고백하건대, 이런 곳을 자주 찾는 손님들이 창녀

* 쓰레기장 입구

(미안, 콜걸)들에게 갖고 있는 무의식적 혐오감이 내겐 없다. 손님과 콜걸의 관계는 종종 이상하다. 정상적인 관계를 맺는 친구들이 있기도 하지만, 대부분 콜걸이 세상에서 가장 저급하다고 여긴다. 그래서 욕하고 때리며 거칠게 다룬다. 여자들 말을 들어보면 대부분 그렇다. 여기 네가 관심을 갖게 될 재미있는 사람들이 있다. 이곳의 여자들과 애인 관계를 갖는 사람들. 거기에는 철학적 관찰이 어울린다. 나는 콜걸이야말로 진정한 사랑의 의미를 유일하게 이해하는 여자들이라고 늘 생각해왔다. 왜냐고? 간단하다. 사랑과 섹스의 차이를 아는 유일한 여자들이기 때문이다.

찰리는 행복하다. 조니워커 블랙을 한 병 시킨다. 됐다. 여자들이 홍수처럼 몰려들 거다. 하지만 나는 언제나 이런 게 불편하다. VIP 대접을 받는 건 당연하다. 여자들은 나한테까지 몰려든다. 나는 돈이 없기 때문에 재미가 없다. 그렇다고 내가 돈을 빌려달라고 할 사람도 아니다. 문제는 내가 항상 재미없는 표정을 짓고 있고, 신문기자 같은 태도로 앉아 있다는 것이다. 솔직히 이런 여자들과 어떻게, 무엇을 이야기해야 좋을지 난 모르겠다. 어떤 여자들은 재미있어하고, 또 어떤 여자들과는 금세 말싸움이 붙는다. 그럴 때면 "여자는 남자의 엉덩이를 좋아하지. 왜냐하면 지갑이 거기 있거든"이라는 내 친구(아는 사람)의 말을 기억하곤 한다.

처음에 우리 옆에 앉았던 여자들은 못생겼다. 언제나 그렇다. 그다음에는 좀 나아진다. 일종의 위계질서라고 할 수 있다. 아니면 창피해서 그런 걸까(콜걸인 걸 생각하면 웃기기까지 하다). 갈색 머리 여자는 셜리(이렇게 쓸까? 그래, 콜걸 이름이니까)이고, 금발로 물들인 여자 이름은 마르타다. 역겹다. 끊임없이 귀찮게 구는, 엄청나게 질리는 타입이다. 말하자면 이미 다른 데서 퇴짜를 맞았기 때문에 관심을 보이지 않아도 계속 이야기하자고 보채는 그런 유형의 여자다. 하지만 자리를 뜨게 만드는 건 시간문제다. 다른 여자를 보는 척하면 그녀는 금방 이렇게 말할 것이다. "딴 여자가 좋아요, 그래요? 나도 당신 같은 사람은 싫어요. 내 시간만 잡아먹으니까."

찰리는 이 여자를 좋아하는 것 같다. 사실 찰리는 미적 감각이 별로 없다. 나는 돈은 없지만 못생긴 여자와 대화하지는 않는다. 오늘 여기선 재미있는 이야기를 몇 개 들을 것 같다.

갈색 머리를 한 예쁜 여자애가 눈에 띈다. 푸른 눈. 아마 렌즈이겠지. 나보고 한잔 달라고 한다. 이름이 뭐야? 마리아나. 괜찮군. 최소한 이름은 고를 줄 아는 여자다. 그럼 당신 이름은요? 호베르투. 찰리는 날 보고 웃는다. 이 여자가 이름을 지을 줄 안다면 나도 지을 줄 안다. 갑자기 'Could find my way to Mariana?'라는 후렴구가 생각난다. 픽시스*라는 밴드가 부른 아름다운 메타포. 잘 모르는 사람을 위해 설명하자면, 마리아나는 태평양에 있는 가장 깊은 해구海溝의 이름이다. 그녀가 이런 이름을 지으며 사랑과 고통을 연계할 의도가 정말 있었는지는 모르겠다. 다만 그렇다고

---

* Pixies. 미국 보스턴에서 결성된 얼터너티브록 밴드다. 1986년 결성, 1993년 해체, 2004년 재결합했다.

믿고 싶다.

그녀는 예쁘다. 내가 찰리의 돈을 쉽게 쓰도록 만드는 그런 여자들 중 하나다. 그렇지만 오늘 나는 기분도 좀 언짢고, 생각도 너무 많다. 뭘 할 수는 없을 것 같다. 결국 언제나 똑같은 이야기다. 돈. 그렇지만 나야말로 웃기는 놈 아닌가. 무얼 바라는가? 여기서 사랑의 부스러기라도 만나기를 바라는가? 그녀의 다리에 손을 얹은 채 말을 건넨다. 한순간 머리가 잘 안 돌아간다. 잊어버리는 것, 그것이 내 의무다. "너도 네가 예쁘다는 걸 알아?" 염병할. 여자 꼬시는 대회에 참가한 게 아니잖아. "어디 가슴 좀 볼까" 하고 손을 들이민다. 그녀는 내 손을 슬쩍 밀치면서 거부한다. "이러지 마세요. 이러지 말고 그냥 해요"라고 말하는 그런 여자 알지? 그녀가 너무 자연스럽게 "이층으로 올라갈까?" 하고 말하자 온몸에 소름이 돋는다. 아니, 토하고 싶다는 게 맞겠다. 왜 그녀는 아무 말 없이 그냥 있지 않았을까? 그럼 어느 날 다시 와서 내게 관심을 보인 그녀에게 아무 질문도 하지 않고 그냥 손 잡고 이층으로 올라갔을 텐데. 그게 훨씬 좋았을 텐데.

오늘은 모든 게 내 신경을 긁는다. 찰리를 툭 친다.

"나갈까?"

"뭐? 지금 막 도착했잖아!"

"찰리, 여긴 너무 위선적인 것 같아, 여자들도 바보같고. 좀 괜찮은 여자들이 있는 데로 가자."

이런! 나는 이 한마디로 거기 있던 여자들 전부를 화나게 만들었다. 이제 우리는 쫓겨날 거다. 찰리는 바보가 아니다. 재킷을 집어 든다. "오케이, 나가자. 하지만 괜찮은 여자들이 있는 곳으로 가는 거야. 알겠지?"

"오케이. 화끈한 데 아님 안 가잖아. 괜찮은 여자들이 있는 델 알아. 돈은 있어?"

찰리는 가슴을 툭 치며 말한다. "바로 여기. 원하는 여자를 살 수 있는 돈이라면 여기 있지!"

두 번째 나이트클럽. 찰리는 입구를 보고 놀란다. 곳곳에 기도가 있다. "입장료가 얼마야?" 찰리는 또다시 놀란다.

"돈이나 내, 찰리, 어서 돈이나 내." 내가 말하자 그는 중얼거린다. "후회하지 않겠지?"

한번도 가본 적 없는데도 친숙한 곳이 있다. 바로 이 술집이 그렇다. 젠장. 심장이 조여오기 시작한다. 이게 뭐지? 그래, 나는 가슴에 구멍이 난 채 태어난 사람이지. 정말이다. 비유가 아니다. 가끔은 정말 아프다. 이게 대단한 역설이다. 삶을 살아가는 재능만 갖고 태어난 사람에게 삶은 정말 힘들 거다. 그게 바로 나다. 창조 능력이 즐거움에서 나온다고 생각하지 마라. 즐거움은 풍부함에 대한 감각이다. 그것만으로는 무엇도 창조할 수 없다. 슬픔, 절망, 빈곤. 그래, 이게 진정한 영감의 원천이다. 클럽의 거대한 홀에 발을 들이는 순간, 내가 생각하는 모든 것은 정체성에 대한 착각이다. 거울이 이를 확인해준다. 나 역시 나 자신을 배반한다. 이 모든 것을 창조한 사람과 내가 비슷하다는, 이 거지같은 운명을 확인해 줄 사람을 만나고 싶다. 이건 꿈이 아니다. 희망이 아니다. 그저 이 중적 정체성을 인식할 수밖에 없는 비참한 피조물에 내재된 바람이다. 거울의 저주. 거울 없이는 자기 자신을 볼 수 없다. 초월하려는 내 모든 시도에 난 이미 무뎌져 있다. 아니, 혼자 그렇게 하기에는 능력이 없다는 사실을 인정한다. 나는 아담과 이브의 신화로부터 도망치려고 애쓰지만 실패한다. 온 사방에 수많은 사과와 뱀들이 있는 이곳에서 (이건 꼭 저주의 농담 같다) 내 이브를 만날 수 있을까? 왜 이 모든 게 극히 우스꽝스럽고 역겹게 느껴질까? 안다. 내 여정을 따라오는 너에게 이 모든 것이 너무도 명백하다는 걸. 하지만 만일 네가 망할 판도라의 상자를 열었다면, 희망과 마주칠 때까지 끝까지 열어두기를 바란다. 낡았다. 더럽다. 우스꽝스럽다. 그렇지만 넌 나와 함께이니 출구를 같이 찾아보자.

홀은 꽉 차 있다. 양복에 넥타이를 맨 사람들. 담배 연기, 술, 물론 여자들도 많다. 이런 장소에서 나를 즐겁게 하고 자극하는 건 익명성이다. 이곳에는 부자도, 변호사도, 부자인 척하는 사람도, 집이 부자인 철부지들도, 심지어 찰리 같은 친구도, 물론 나 같은 사람도 있다. 우린 빨간 벨벳 소파에 앉는다. 찰리는 아직 피곤한 것 같다. 나는 관찰하며 생각하기 시작한다. 금발 여자가 좋다. 여기서는 눈 색깔까지도 고를 수 있다. 파란 눈이나 초록색 눈을 가진 여자가 좋다. 그럼 이제 여행을 떠나보기로 하자. 내가 고른 여자가 니체나 셰익스피어에 대해 이야기할 수 있거나, 피츠제럴드

나 헤밍웨이 같은 고전 작가를 읽었다면 금상첨화일 텐데. 에즈라 파운드는 너무 지나친 욕심일 게다. 헤밍웨이가 조이스의 소설 《율리시스》를 밀매했다는 사실, 알고 있니? 난 개인적으로 헤밍웨이의 문학적 재능을 의심한다(그렇다고 그를 선호한다는 사실을 부정하는 건 아니다). 그러나 위대한 작품을 향한 그 열정적인 노력에 감동받지 않을 수 있겠는가. 헤밍웨이가 책을 왜 감추었는지 나는 정확히 알고 있다. 내가 그 시대에 살았더라도 똑같은 일을 했을 것이다. 실제로 나는 책 한 권도 쓰지 못할 수도 있다. 헤밍웨이처럼 되고 싶지도 않다. 그렇지만 그 시대에 살았다면 나도 눈 한번 깜박하지 않고 《율리시스》를 밀매했을 것이다. 그 일이 내 인생에 있어 유일한 일이었다고 해도 그랬을 것이다. 그래, 이런저런 생각이 든다. 아마 내가 겁을 먹고 있나 보다. 여자들은 종종 나를 주눅 들게 한다. 고등학교 다닐 때 친구인 브루나웅이 충고해준 이후 조금은 달라졌지만. 그는 "거절당해봤자 '노'라는 말을 듣는 것뿐인걸" 하고 말해주었다. 간단한 말이었지만 내게 제대로 작동했다. 그러나 여기는 낯선 구역이다. 네가 인텔리인지 아닌지 여자들은 관심 없다. 가끔은 아름다운 외모가 중요하다. 그렇지만 네가 휘트먼의 시를 외우든 로르카를 읽었든 여자들은 대수롭게 여기지 않는다. 내가 무슨 말을 하고 있는 거지? 대부분의 여자들은 이런 것에 신경 쓰지 않는다. 젠장. 바깥세상 역시 거대한 창녀촌인가? 농담이다. 그렇지만 이런 나쁜 생각이 최소한 재미는 있다고 생각했다. 금발 여자. 파란 눈의 금발 여자를 찍었다. "찰리, 위스키나 한 병

사!" 하고 말했다. 그는 메뉴판을 보더니 "존나! 수표를 써야겠는 데"라고 말하며 세 번째로 놀랐다. 나는 눈 깜짝 않고 "그냥 써"라고 응수했다. 찰리가 위스키를 병째 샀다. 나는 금발 여자를 향해 잔을 든다. 165센티미터 정도의 키. 실리콘 유방 같지 않은 예쁜 가슴을 갖고 있다. 이 시점에서 완전히 마초 같지 않은 말이나 저속해 보이지 않는 말을 어떻게 할 수 있을까? 그녀는 아름답다. 하지만 버림받았으며 슬프면서도 이해받지 못한 그녀의 분위기에 난 더 끌렸다. 이해받지 못한? 틀림없이 이런 곳에서 일하는 사람들에 대한 상대적인 개념일 것이다. 나는 일어나서 그녀에게 간다. 내 손에 잔 두 개가 들려 있다. 그녀는 혼자 앉아 있다. 흥미롭게도 그녀의 시선에는 내가 읽을 수 없는 무언가가 있다. 내가 이해할 수 있는 것보다 더 많은 쓸쓸함이 있다. 그녀는 한 줄기 바람처럼 멜랑콜리를 내뱉는다. 한 걸음 걸을 때마다 내 몸 안에서 선회하고 나를 괴롭게 한다. 하지만 그녀는 너무 아름답다. 숨조차 쉬지 못할 지경이다. 정말 숨을 쉴 수 없다.

"한잔할래?"

"아니, 괜찮아. 난 술 안 마시거든."

"……"

내가 맹세하건대 이런 때에는 정말 시간이 멈추는 듯하다. 빈 공간이다. 놀랍게도 아무것도 움직이지 않는다. 어떠한 반응도 있을 수 없는 그런 허공. 나는 무슨 말을 더 해야 할지 몰랐다. 내 이름조차 잊어버렸다.

"하지만 옆에는 앉아 있을게."

그녀가 날 구해준다. 난 이미 정신이 완전히 나갔다.

"솔직히 말하지. 난 이런 일에는 전혀 소질이 없다고. 게다가 빈털터리거든. 동전 한푼 없어."

"저기 하얀 줄무늬 재킷 입은 사람 보여? 저 사람 역시 돈은 없대. 그렇지만 한 달에 두 번 여기에 온다나 봐."

"내 말을 잘 이해 못했나 보네. 난 돈도 없고 두 달에 한 번 여기 오지도 못해."

그녀는 미소 지었다. 아름답다. 미소 속에 나를 편안하게 해주는 무언가가 있다. 그 미소 속에 눕고 싶었다. 거기에 해먹을 걸고 눕고 싶었다. 무척, 정말 무척이나 행복할 거라는 확신이 들었다. 그렇지만 나는 자리에서 일어난다.

"불편하게 했다면 사과할게."

"이렇게 가버리면 내 맘이 불편할 거야."

지금 그녀에게 청혼해야 한다. 슈사*의 '의자 뺏기 놀이'보다 재빨리 자리에 앉았다.

"어째서?"

"이런 곳에서도 돈으로 살 수 없는 것들이 있어. 이를테면 진정성 같은."

나는 갑자기 할 말을 잃었다. 내 머릿속에서 수많은 질문이 팝

* Xuxa. 브라질의 1980~90년대 인기 유아 프로그램 진행자였다. 한국의 '뽀미 언니'와 비슷하다.

콘 터지듯 터진다. 이름이 뭔지, 여기서 무엇을 하는지, 어떻게 이곳에서 일하게 되었는지, 당신 같은 사람이 어떻게 이런 곳에, 부모님은 어떤지, 어디 출신인지…… 하지만 한마디도 나오지 않았다. 한 모금 더 마신다. 캬…… 아, 이런. 여자에게 침을 뱉을 뻔했다.

"내 이름은 바네사야."

"난…… 찰리(또다른 가짜 이름? 여자들보다 내가 더 창피해하는 모양이다)."

"스누피가 아니고? 나 그 만화 진짜 좋아해. 찰리 브라운이 공을 찰 때마다 공을 잡아당기는 루시도 있잖아. 그 여자애 이야기는 어때? 그 만화 진짜 재밌어."

오 하느님. 이제 무얼 기다려야 합니까? 하프를 연주하는 천사들의 음악? 절 완전히 죽여주시네요. 제가 콜걸에게 반하고 마는 걸까요?

"넌? 여기서 노는 여자는 아니겠지, 그렇지? 혹시 몰래 위장하고 들어온 기자인 거 아냐?"

"미안……. 내가 환상을 깨트렸네. 미안. 나 여기서 일해."

"응. 나도 〈찰리 브라운〉 좋아해. 라이너스, 담요 끌고 다니는 녀석을 좋아하지. 찰리 브라운하고 나는 공통점이 있는 것 같아. 둘다 여자애들과 잘 어울리지 못하니까."

그 순간 가능한 한 가장 자연스럽게 보이려고 애쓰면서 돈이 많았으면 하는 생각을 한다. 그녀와 자고 싶어서가 아니다. 그녀를 여기서 꺼내주고 싶어서다. 그래, 미친 짓이라는 건 안다. 그렇지만 넌 지금 이곳에 없다. 정확히 말해서 그녀와 같이 있지 않다. 만일 그랬다면 내 어리석은 생각을 이해했을 것이다.

"무슨 소리야. 전혀 안 그래. 자긴 잘생기기까지 한걸. 여자들한테 너무 많은 걸 기대하는 거 아냐? 사실 여자들은 그리 많은 걸 원하지 않아."

"뭘 원하는데?"

"약간의 애정과 이해. 그리고 필요할 때 옆에 있는 것."

아, 나는 언제나 너와 함께 있고 싶어. 필요하건 필요하지 않건 언제나 옆에 있을게. 물어보고 싶지는 않았지만 "여기서 뭘 해" 하는 질문이 머릿속을 떠나지 않는다.

"미안. 당신 같은 여자가 여기서 뭘 하지, 하는 생각을 멈출 수가 없어서……."

"괜찮아. 돈 벌어. 알아. 쉬운 삶이 아니지."

"술도 안 마시잖아. 어떻게 견디는 거지?"

잘못 말했다. 잘못 말했다. 이런 말을 하려던 게 아니었다.

"나 자신을 잃어버릴 수는 있거든. 마치 존재하지 않는 것처럼, 육체만 버린 것처럼."

내 인생에서 들은 말 중 가장 슬픈 말이다. 그녀의 선택을 판단하기 전에 나는 생각한다. 이 미친 세상을 생각한다. 모든 게 질서 밖에 있다. 의미가 없다. 돈으로 만들어진 질서들은 완전히 방향을 잃게 만든다. 나는 그 논리를 이해할 수 없다. 어린 시절, 사람을 평가하는 기준은 좋고 나쁨이면 충분하다고 생각했다. 지금은 그렇지 않지만.

"쉽지 않겠네, 그렇지?" (씨팔! 나는 왜 이런 바보같은 말만 할까?)

"응…….."

내 평생 이렇게 무기력하게 느낀 적이 없다. 성스러운 존재에게, 신에게 모든 것을 고쳐달라고 기도할 수 있을까? 엉망인 내 인생과 고통받는 여자의 인생을 고쳐달라고? 이토록 날개를 갖고 싶은 적이 있었던가. 나는 그곳에서 가능한 한 빨리 도망치고 싶었다. 그녀도 함께 데려가고 싶었다. 하느님, 어찌할까요?

"여기서 나갈까?"

그녀가 말했다.

"나도 그 말을 하려던 참인데……. 어딜 가지?"

"나한테 맡겨."

"정말?"

"정말."

말했던가. 나는 흥미로운 사람을 알아보는 재능이 있다. 혹은 타인을 믿는 부류의 사람들을 만나기도 한다. 사실 나를 다시 삶으로 이끌어주는 누군가가 필요했었다. 이번이 기회일지 모른다.

"같이 온 친구에게 말만 좀 할게. 여어 찰리!" 그녀는 나를 이상하게 본다. "이 여자애랑 같이 나갈게. 괜찮지, 응?"

찰리는 여자들에 둘러싸여 있다. 많이 취했다. 괜찮다고 손짓한다. 나는 출입문을 밀치고 나간다.

"조금 전 '찰리'라고 했지?"

택시를 탄 후 모든 걸 설명했다. 그녀는 미소 짓는다. 내 평생 본 미소 중 가장 슬픈 미소였다. 그렇지만 나를 포근하게 해준다. 그 미소가 어디서 오는지 세밀하게 묘사하고 싶다. 어떻게 만들어지고, 어떻게 근육이 움직이는지, 어떻게 사라지는지, 입술 아래쪽 구석에서 서서히 사라져가는 과정을 묘사하고 싶다. 그녀의 불행이 어디서 오는지. 안다. 나 역시 그곳에서 왔다.

이쯤에서 철학 이야기를, 아니, 인생에서 나를 괴롭히는 것들을 살짝 언급하는 게 좋겠다. 첫째, 절대 사라지지 않는다고 느끼는 이 공허한 감정. 마치 철학적 딜레마 같다. 나는 절대로 채울 수 없는 물병이다. 물을 부어도 절대 채울 수 없다. 비우려 해도 완전히 비울 수 없다. 즉, 영원히 중간에 놓여 있다. 비울 수도 채울 수도 없다. 반쯤 비어 있고 반쯤 채워져 있다. 네가 이런 나를 이해할 수 있을까. 바로 여기, 내 옆에 날 이해해줄 마지막 희망이 앉아 있다. 하지만 시도한다는 의미일 뿐 끝이라는 의미의 마지막 희망은 아니다. 이번에 실패한다 해도 제대로 할 수 있는 또다른 기회를 갖기 위해 애쓸 것이다. 왜냐하면 이미 말했듯 나는 여기 행복해지려고 와 있으니까. 교훈은 이미 배웠다. 내가 희망을 다 잃었을 거라 생각한다면 네가 순진한 거다.

희망을 주는 여자는 값비싼 옷을 입고 있다. 일 년 간 온 힘을 다해 번 돈을 다 썼을 것이다. 오케이. 내가 어떻게 생존하는지를 말해주지. 알파벳 두 개로 이루어진 벨트가 모든 것을 말해준다. D&G(돌체 앤 가바나). 돈 없다는 뜻의 D. 아, 내 작은 머릿속에서는 왜 허구한 날 재미없는 농담이 생겨날까? 화려한 네 블라우스는 아마 베르사체이겠지. 구치 가방과 프라다 구두. 그리고 마지막으로 이세이 미야케 향수. 인상적이라고? 셀러브리티들의 사진을 싣는 〈카라스〉* 기자 같다고? 죽어서도 묻힐 곳 없는 사람들을 무시하지 마. 나는 인생 수업을 하고 있다. 그리고 인생 수업은 또한 이러한 것들을 포함한다. 부자건 가난한 사람이건 그들의 라이프스타일을 이해하지 못한다면 어떻게 삶을 이해할 수 있겠어?

"어디로 가는 거지?"

"금방 알게 될 거야."

억양으로 보아 그녀는 남부 출신이다. 콜걸이 실제로는 빚이 많은 여자라고 그녀는 씁쓸하게 말한다. 빚을 갚기 위해 일을 한다고. 물론 자신들의 라이프스타일을 유지하려고 일하기도 하지만. 어디로 가는지는 잘 모르지만 난 조금씩 그녀에 대한 매력을 잃어간다. 결국 나는 무엇을 찾고 있는가? 완전한 여자? 내 가슴에 난 이 몹쓸 구멍을 채워줄 수 있는 여자? 그건 아닌 것 같다. 나는 절망한다. 대수롭지 않게 여기려 해도 마음이 편치는 않다. 소유하지 못한다는 느낌은 가끔 나를 괴롭힌다. 나는 스물아홉 살이고 아무

* Caras. 유명인사 관련 기사를 싣는 브라질 잡지

것도 소유하고 있지 않다. 음습한 생각에 익숙한 이런 무서운 감정 외에 자랑스러워할 만한 아무것도 없다. 사람들이 현실이라고 부르는 삶과 연결을 정당화시키는 어떤 따뜻한 관계조차 갖고 있지 않다. 나는 이리저리 흔들리고 있다. 갑자기 모든 게 감상적으로 느껴진다. 택시 안에 있는 나는 내 인생의 여자가 되었으면 하고 절실히 원했던 콜걸 옆에 앉아 알지 못하는 곳으로 가고 있다. 갑자기 그녀가 내 어깨에 손을 얹더니 말한다.

"괜찮아? 거의 도착했어."

하느님, 내가 얼마나 빨리 도착했으면 하고 바랐는지 당신은 상상도 못할 겁니다. 나는 아무데나 도착하고 싶습니다. 정말 어디든 도착하고 싶습니다. 내 책, 《쿠비코바Kubikoba》를 생각해줘요. 그녀는 존재해야 합니다. 내 책은 존재해야 합니다. 내 장소는 존재해야 합니다.

"다 왔어."

뭐라고? 어디? 아, 그냥 클럽이다. "춤추자. 날 밝을 때까지." 그녀가 말한다. 오케이. 좋다. 그렇지만 맹세하건대 날이 밝으면 난 신발을 털면서 "우리 집보다 더 좋은 곳이 없지. 우리 집보다 더 좋은 곳은 없어." 하고 말할 거다. 그걸로 끝. 그다음엔 15제곱미터의 내 아파트에 있는, 침대로 위장한 매트리스로 곧장 들어갈 거다. 클럽은 거대했다. 다섯 가지 분위기로 구역이 나뉘어져 있다. 이 모든 장식이 단순히 즐기려는 목적이라면 다양한 분위기가 무슨 소용이 있는지 잘 모르겠다. 사람들은 여기 있는 사물들의 외침을 알아차리지 못하는 건가. "자, 날 좀 봐주세요! 당신이 인생을, 그 문제들을 잊게 해주려고 내가 여기 있는 거예요. 잊어버려요. 여긴 끝내주잖아요. 멋있잖아요. 얼마나 웅장한지 봐요. 당신도 대단하고, 멋져요." 이렇게 생각하고 나니 여기 있는 사람들의 얼굴을 똑바로 볼 수 없다. 모두가 바보같다. 마비된 사람들. 조소의 대상들. 일시적인 쾌락주의자들이다. 모르겠다. 내가 즐길 수 있을까? 대답은 '그렇다'. 아직 'Fuck You'라는 단추를 누르지는 않았다. 하지만 네 목에 매달려 춤추는 여신을 모든 수컷들과 여자들(당연하다)이 춤추는 걸 멈추고 멍하니 바라봐줄 때의 쾌감이란 그 어떤 최음제보다 강렬하다.

그녀는 성스럽게 춤춘다. 나는 언제나 여자들이 춤추는 걸 보고 싶어한다. 춤추는 여자보다 섹시한 건 없다. 정말이다. 그리고 바네사는 진짜 잘 춘다. 자신의 발을 축으로 삼아 우아하게 턴을 한다. 머리를 흔드는 상체의 움직임에 따라 머리카락이 허리에서 조화롭게 부딪친다. 그리고 두 손을 다리에 대며 춤을 맺는다. 지금 나는 천당에 있는 것 같다.

하지만 숙취로 인해 내일 나는 지옥에 있을 것이다. 이게 알콜중독자의 즐거움일까? 우리 몸 안에 들어와 모든 게 붕 떠다니는 듯한 느낌 속에 정말 좋다고 생각하게 만드는 이 이상한 무감각이 그런 걸까? 아니면 그 첫 번째 술집의 더러운 소파에 앉아 침을 흘리고 있다가, 갑자기 대마초 냄새로 절은 찰리 집에서 깨어나게 되는 걸까? 갑자기 모든 게 빙빙 돌기 시작한다. 오, 하느님. 신발

을 털어야겠다. 집으로 돌아가야겠다. 집으로 돌아가야겠다. 그래
야겠다…….

깨어났다. 다행히 모든 게 꿈에 지나지 않았다. 그냥 몸을 추슬
러 집으로 가면 된다. 모든 게 괜찮다. 꿈은 아주 좋았다. 아름다운
여자한테 반했었다, 그렇다. 잠깐만. 대마초 냄새. 욱! 찰리 집이
다. 어떻게 왔는지 모르지만……. 불쑥 일어났다. 어제 만난 여자
가 테이블에 앉아서 대마초를 피우고 있다. 이런, 꿈이 아니었다.

"피울래?"

나는 손가락으로만 거절한다. 어떻게 여기에 왔지? 아무런 기억
이 나지 않는다.

"어떻게 왔지?"

"기억 안 나?"

"그러니까 내가 당신하고…….""

그녀는 의미심장한 미소를 짓는다.

"어젯밤 제대로 즐겼다고만 말할게."

잠시 나는 아주 행복했다. 나와 이 멋진 여자가. 잠깐만. 아무것
도 생각나지 않는다. 아무것도 기억나지 않는다.

"지금 나가야 해서. 자긴 좀 더 누워 있어. 피우던 거 여기 둘게.
열쇠는 나갈 때 수위한테 맡겨줘."

그녀는 문을 닫으며 내게 키스하는 시늉을 한다. 검소한 방이

다. 호텔 방처럼. 그렇지만 오피스텔이겠지. 미국식 부엌, 큰 옷장 (당연히, 직업상 필요한 물건을 보관하기 위한 것). 한 가지 질문이 뇌리를 떠나지 않는다. 어떻게 그녀가 이 정도로 날 믿을 수 있을까? 모르겠다. 이런 부류의 사람들은 다른 사람들을 잘 알 것이다. 나는 상상한다. 갑자기 혼자라는 게 느껴진다. 텅 빈 방. 두려워하던 일이 일어났다. 내 내면의 '병'이 비었다. 완전히 이상한 텅 빈 방이 나를 더욱 혼란스럽게 만든다. 전에는 집으로 가는 길을 몰랐다면 이제는 완전히 방향을 잃고 말았다. 내가 원하는 것에 집중하려고 해본다. 펜이 필요하다. 글을 써야겠다. 여기서 나를 잃어버리지 않으려면 집중해야 한다. 종이와 펜이 절실히 필요했다. 전화번호부를 찾았다. 마음속에 떠오르는 걸 전부 끼적이기 시작한다. 단어들은 전화번호부의 수많은 다른 단어와 숫자들과 섞여 혼란스럽다. 염병할. 이게 내 인생이다. 뒤섞인 글자들, 서로 겹쳐진 단어와 문장들. 정신 나간 사람처럼 글을 써내려간다. 너무 꼭꼭 눌러써서 페이지 마다 구멍이 뚫린다. 이 책은 존재해야 한다. 찢겨도, 구겨져도, 눌려도 책은 존재해야만 한다.

방은 나와 대화하지 않는다. 가구가 설치된 이 방은 나와 대화하지 않는다. 이게 내 인생의 문제이다. 나는 대화하지 못한다. 최근에는 독백만 가졌을 뿐이다. 언제나 나 자신과 대화할 뿐이다. 나 스스로 만들어낸 인물들과의 끝없는 독백. 결국 나는 언제나 나 자신과 대화하는 것이다. 비록 그녀가 나만큼 슬프다고 해도 나는 그녀와 대화할 수 없다. 결코. 끝이 보이지 않는 사막을 횡단하는 여행과 같다. 나는 전화번호부의 페이지를 찢는다. 가능한 한 재빨리 옷을 입는다. 나가기 전 재떨이에 놓아둔 '꽁초'가 보인다. 더 이상 인위적인 걸 느끼고 싶지 않다. 아픔이든 쾌락이든 내가 정말 원하는 건 진짜 감동이라는 사실을 깨달았다. 약을 하지 않는 것도 그래서다.

나는 절망 속에 집에 도착한다. 종이와 펜을 찾은 후 넋 나간 사람처럼 글을 쓰기 시작한다. 그 전에 쳇 베이커Chet Baker의 노래를 튼다. 글을 쓰고 싶거나 술을 왕창 마시고 싶다면 쳇 베이커 음악은 최고의 선택이 될 것이다. 적어도 내게는 그렇다. 슬픈 멜로디가 집중을 도와준다. 그래서 글 쓰는 것도 술 마시는 것도 멈출 수 없다. 그 노래가 끝나면 니나 사이먼Nina Simone의 노래를 틀 거다. 책을 다 쓴 후에는 니나 사이먼의 'Mississipi Goddamn'*을 들으며 기념해야지. 하지만 오늘은 니나 사이먼의 그 어떤 음반도 나를 구원하지 못할 거라는 이상한 느낌을 받는다. 너무나 우울한 느낌이자 글 쓰는 의지를 잠재우는 강한 멜랑콜리이다. 차라리 술 마시는 게 낫다는 생각이 든다. 와인을 딴다. 조금씩 취하자 내가 쓴

---

* 1960년대에 가수 니나 사이먼은 흑인들의 시민권 운동에서 깊은 영감을 받아 1963년에 '미시시피 고담 Mississippi Goddam'이라는 노래를 썼다. KKK가 미국 앨라배마주 버밍햄에서 폭동을 일으켜 흑인 어린이 4명을 살해한 것이다. 이 노래는 미국의 인종주의를 신랄하게 비판하고 있는데, 가사의 일부는 이렇다. "오, 하지만 이 나라는 온통 거짓말로 가득찼네/사람들은 모두 파리처럼 죽고 말 거야." 흑인들의 시민권을 주장하기 위해 4만 명이 행진했고, 사이먼은 행진을 마치는 자리에서 '미시시피 고담'을 노래했다.

원고지 또한 젖기 시작한다. 내 꿈속의 여자가 원고지에서 울고 있다. 그녀는 자신의 삶을 견딜 수 없다. 그녀는 공허한 삶을 생각한다. 거대한 신비 앞에서의 무의미함. 그녀는 떠나고 싶다. 새로운 삶을 시작해, 자신이 여기 속하지 않는다는 낡은 느낌을 단번에 없애고 싶다. 여기선 누구도 날 사랑하지도, 이해하지도 않는다고 조 코커Joe Cocker가 조용히 노래하는 동안 그녀는 세상에서 가장 알려지지 않은 곳으로 가기로 한다. 그렇다, 내가 와인을 넘기는 동안 그녀 또한 머나먼 카프카의 나라에서 술을 마신다. 내가 한 모금, 그녀도 한 모금. 어느 순간 그녀는 침대 위에 펼쳐놓은 세계지도 위에 술 한 방울을 떨어트릴 것이다. 브라질. 상파울루. 그곳이다. 니나 사이먼이 멀리 사라지기 시작한다. 이 세상의 어느 곳에서 나처럼 술에 취한 여자가 미지의 만남을 꿈꾸다 잠든다. 나는 그곳으로 간다. 가야겠다. 이게 내 꿈의 세계다. 누군가 나를 기다리고 있다. 나는 그곳으로 간다. 잠이 든다.

아침에 깨어보니 내 앞에 70페이지 정도의 원고가 놓여있다. 잠시 자랑스러웠다. 그리고 이상하게도 그리움이 일었다. 모르는 사람에게 그리움을 품을 수 있을까? 꿈의 세계에서의 만남도 만남이라고 할 수 있을까? 햇빛 때문에 눈을 뜰 수 없음에도 그녀의 눈은 계속 나를 보고 있는 듯하다. 독한 커피 한 잔을 마셔야지. 목요일. 오늘은 무슨 일을 하며 생활비를 버는지 너에게 이야기하는 날이다. 아니 몇 푼 버는 얘기라고 부르는 게 낫겠다. 이렇게 숙취에 따른 두통을 보장해주는 돈이다. 사실 나는 모든 일을 조금씩 한다. 하지만 오늘은 내가 좋아하는 일을 하는 날이다. 바로 디제이 일이다. 웃지 마라. 진지하다. 나는 디제잉을 제법 한다. 겸손하게 말하고 싶지만 나는 음악을 꽤 안다. 1980년대 음악과 모던록 밴드를 제법 안다. 어느 정도 성공한 디제이라고도 할 수 있다. 디제잉이란 자신의 기호를 극단적으로 드러내고, 어떤 노래가 다른 노래보다 더 좋다고 생각하고, 이 노래가 저 노래보다 더 댄스에 적합하다고 확신하고, 먼저 이 음악을, 다음에는 다른 음악을 틀 것이라 생각하고, 이 노래는 그래, 저 노래는 아냐, 사람들이 스테이지를 나가게 할 테니…… 등을 파악하는 일이다. 결국 자신의 기호를 믿어야 할 수 있는 일이다. 내가 하는 일과 관련해서 좋아하는 글귀가 하나 있다. "신은 디제이이다." 음악을 고를 때 우리는 하느님에 대해 살짝 장난친다. 지금쯤 넌 내가 저글링이나 속임수, 스크래치 등 수많은 기술로 장난치는 그런 디제이가 아니란 걸 알아차렸을 것이다. 나는 단순히 노래를 선택하고, 그 노래를 튼다. 나는 얼터너티브록 클럽의 디제이이다.

나는 200헤알을 번다. 하루 일당으로 나쁘지 않다. 그러나 하루에 번 돈을 전부 다 써버릴 거라는 확신이 든다. 돈과 난 서로 이상한 관계다. 나는 돈의 가치를 알지 못한다. 돈을 모아 물건을 사는 사람들이 있다. 그 일이 내겐 그렇게 간단치 않다. 내게 돈은 추상적 개념이다, 어떤 여자친구(씨팔, 잘 알지도 못하는데 무슨 여자친군가?)가 내게 이 이야기를 해준 후로는 더 추상적이 되었다. 그 이야기를 들려주기 전에 한 가지 의견을 구하고 싶다. 누구나 한번쯤 돈이 인간의 발명품 중 최고라고 생각해본 적이 있지 않을까. 발명의 재주를 말하는 건 아니다. 내게 있어서 돈은 신앙을 만들어냈다. 상상해보라, 사람들이 돈을 믿기 때문에 돈은 가치를 지닌다. 돈은 종잇조각 그 이상은 아니다. 돈은 사람들이 가치를 지니고 있다고 믿기 때문에 가치를 지닌다. 어느 날 모든 사람들이 돈을 믿지 않게 되면, 돈은 아무런 가치를 갖지 않게 될 것이다. 매트릭스 같은가? 한번 들어봐. 디즈니랜드 알지? 거기서 모든 사람들이 돈을 쓰는 모습을 상상해보라. 아이들과 디즈니랜드에 가면서 돈을 들고 가지 않는 사람은 없다. 이 소비는 계획된 일이다. 이들은 자신들이 돈을 갖고 있다는 것을 알고 있으며 그 돈을 사용할 것이다. 간단하다. 이제 엄청나게 많은 방문객을 상상해보라. 그리고 달러. 그들은 가지고 간 달러를 펑펑 써댄다. 하루가 끝나갈 때쯤, 디즈니랜드는 엄청난 돈을 벌게 될 것이다. 그 액수는 실로 천문학적일 것이다. 수천만, 수억 달러에 이를 것이다. 그것도 매일같이. 이 돈을 어디에 보관할까? 어떻게 그 많은 돈을 운반할까? 스크루지 영감의 금고를 생각해보았는가? 바로 그거다. 디즈니 세계에 있는 스크루지의 금고와 비슷한, 정말 튼튼한 금고를 상상해보라. 그들은 받은 돈을 전부 거대한 창고로 가져간다. 그다음 미국 연방준비은행의 고문이 참관한 가운데 돈을 세기 시작한다. 그 고문이라는 사람의 존재 이유는 지켜보면 금방 이해하게 된다. 돈을 다

세고 나서 고문이란 사람은 금액을 기록한 후 세계에서 가장 유명한 디즈니랜드의 은행 계좌에 입금하는 걸 허락한다. 그러고 나서 사람들이 들어와 돈을 태워버린다. 뭐라고? 마지막 이야기를 놓쳤다고? 반복하겠다. 돈을 태워버린다. 바로 그거다. 고문은 자신이 확인한 이후 태워버리라고 지시한 금액이 거기에 있다는 걸 다시 확인한다. 자, 돈을 수송하는 문제가 해결되었다. 그렇지만 태워버린 돈은 어디로 간 걸까? 연기로 변했다. 이 이야기를 이해하는 데 일주일이 걸릴 수도 있을 거다. 혹은 영원히 이해하지 못하든가. 그러므로 나에게 돈의 가치에 대해 얘기하지 마라. 돈은 가치가 없다. 아, 지구상의 경제학자들에게 말하는 걸 잊었다. 달러는 금에 비례한 가치를 보유하고 있지 않다. 오케이. 이 이야기는 진짜가 아닐 수 있다. 불가능한 것 같다고? 그럴까? 판단은 네 몫이다.

전화벨이 울린다. 파울라웅이다. 9시에 가겠다고 했다. 나보고 모던 밴드 음악을 좀 더 틀라고 요청한다. 내가 농담처럼 얘기했지만 좆 같은 스트록스The Strokes* 노래가 제대로 통했나 보다. 내 비밀의 방에 가 모던록 밴드 음악을 찾아봐야겠다. 이런저런 음악을 고른다. 벨이 또 울린다. 또 파울라웅이다. 나보고 아무도 모르는 음침한 밴드 음악은 틀지 말라고 한다. 켄트Kent** 같은 스웨덴 밴

* 미국 뉴욕 출신의 5인조 록 밴드. 개러지록의 대표 밴드이기도 하다.
** 스웨덴 출신의 4인조 록 밴드.

드 말이다. 나는 짜증나서 한마디 쏘아붙인다. "파울라웅, 그 친구들은 최근 나온 밴드들 중 최고예요. 곧 걔네들 음악 좀 틀어달라고 나한테 애걸할걸요. 스트록스는 걔네들 옆에 서면 풋내기나 다름없다고요. 그리고 스웨덴어로 노래하면 좀 어때요? 음악은 세계 공통이잖아요. 알잖아요? 알았어요, 알았다고요. 안 튼다고요." 파울라웅은 또 디제잉하는 중간 중간에 밴드 이름을 마이크에 대고 외치지 말라며 말을 마친다. 나는 그가 내 면전에 있기라도 한 것처럼 전화를 확 끊어버린다. 씨팔. 왜 나는 돈이 없지? 돈만 있더라면 돈을 주고 이 밴드를 데려와 공연을 열었을 텐데. 최악의 경우, 내 록 클럽을 열어 켄트의 노래를 틀기라도 했을 텐데. 사람들은 분명 좋아할 거다. 난 확신한다. 그들은 라디오헤드Radiohead처럼 서정적이고 복잡하며, 스트록스처럼 쿨하다. 이렇게 한번 해보기를. 드라이브하며 켄트 노래를 듣는 거다. 좋아하지 않더라도 좋아하는 표정을 지으며. 그러다 신호등에 멈추거나, 모던록 클럽이든 싸구려 술집이든 들어갈 때쯤, 너는 이 지구에서 가장 쿨한 표정을 짓게 될 것이다. 벨이 다시 울린다. 나는 고함친다. "썅, 파울라웅, 또 뭐야?"

"나야, 다니. 오랜만이야…… 무슨 일 있어?"

내 형편없는 삶을 더 형편없게 만든 여자. 옛 여자친구다.

"잘 지내? 나야 뭐, 잘 지내지, 넌? 오늘 파울라웅의 클럽에서 일해. 올래? 알았어. 그럼 다음에 보지 뭐."

니미럴. 나는 얼마나 바보같은가. 쉰 번이나 날 엿먹였는데도,

같이 있자고 애원하다시피 하고 있으니(애원하다시피가 아니고 그냥 애원하는 거다). 언제쯤 나는 깨닫게 될까. 두세 달쯤 그녀에게 화를 내다가 이내 모두 잊어버리는 나. 이런 게 선택적 기억인가? 혹은 그녀에게 내가 도망칠 수 없게 만드는 이상한 힘이 있는 걸까? 나만의 카르마일까? 나는 구제할 수 없는 바본가? 최고의 마조히스트인가? 모르겠다. 친구가 별로 없어서 그럴 거다. 친구는 무슨 친구? 아는 사람들이지.

"좋은 식당을 하나 발견했어."

내 200헤알이 날아간다.

"좋아. 데리러 갈게. 아니, 문제없어. 파울라웅이 차를 빌려줄 거야."

와우. 그녀는 성공했다. 하지만 나는 얼마나 멍청한가. 그런데 말이야, 테네시 윌리엄스는 이렇게 말했거든. 아무것도 느끼지 못하는 것보다 고통을 느끼는 게 낫다. 그래, 나도 안다. 핑계라는 걸 잘 안다고.

모든 걸 제대로 정리한다. 조심스럽게 작성한 선곡 리스트, 레코드, 시디, 그리고 하나 더. 특별한 물건. 식당까지 가는 동안 재생할 음악 시디.

클럽에 일찍 도착한다. 8시다. 그 아파트에 혼자 있기가 힘들어서이기도 하다. 클럽 이름은 '더 패신저The Passenger'로, 이기 팝Iggy

Pop의 노래 제목에서 가져온 이름이다. 만약 하느님이 원하시면 저는 이 클럽의 패신저 즉 여행자가 되겠어요, 하고 농담하곤 한다. 파울라웅의 잔소리를 듣는 데에는 이미 오래전에 신물이 났다. 백팩을 열고 CDJ*를 꺼내놓는다. 바로 그때 파트리시아가 나를 친다. 말 그대로 '친다'.

"이봐, 오늘 날 위해서 스트록스 좀 틀어주지 않을래?" 마치 내가 언제는 틀지 않았던 것처럼 말한다.

"좋아."

"나한테 헌정해줄 거지?"

"파울라웅이 디제잉 중 말하는 걸 금지했어."

"정말?"

하느님, 왜 이런 바보같은 여자를 만드셨나요? 아니면 내가 편협한 건가요?

"정말이야. 좀 짜증나 있더라고."

내가 예의가 밝아서 그런 것 아닐까? 그녀는 뭐라고 중얼거리며 나간다, 하지만 그 전에 내게 말한다.

"하지만 틀어줄 거지, 그렇지?"

난 곧장 걸어간다. 지미트리가 있다.

"맥주 한잔 줄래?"

* 디제이용 시디 플레이어

"그래."

지미트리는 정말 좋은 사람이다. 언제가 클럽을 열 만큼의 돈이 모이면 꼭 같이 일하자고 할 거다.

"장사는 어때?"

"별로야. 금요일하고 토요일만 꽉 차."

이상하게도 나는 대화를 더 이어가지 못한다. 서로 호감을 갖고 있음에도 우리의 대화는 오래가지 못한다. 게다가 솔직히 난 좀 냉소적이다.

"그렇겠지."

입에 맥주잔을 가져가며 스테이지 쪽으로 간다. 젠장! 완전히 망했다. 제일 먼저 스미스The Smiths*의 'Heaven Knows'를 틀 것이다. 선곡 리스트를 다시 검토한다. 내가 옛 여자친구에게 이토록 집착하는 이유를 너는 이해할 수 있을까. 좋든 나쁘든 나는 그녀와 대화를 나눌 수 있다. 이건 꽤 심각한 문제다. 내가 대화할 수 있는 사람은 얼마 되지 않고, 있다고 해도 아주 적다. 하지만 다니와는 그럴 수 있다. 몸은 피곤하지만 벌써 만나고 싶어진다. 디제잉에 집중하려고 애쓴다. 이게 해결책이다.

10시다. 일을 시작한다. 스테이지에는 대여섯 명이 있다. 자정이 넘어야 사람들로 북적일 것이다. 11시 반까지 볼륨을 낮추어

---

* 1980년대에 활동한 영국 맨체스터 출신 록 밴드. 1980년대 영국 인디 음악에서 가장 중요한 밴드로 일컬어진다.

음악을 튼다. 그 후에는 정상적인 볼륨으로 튼다. 맥주 한 병을 더 마신다. 홀 반대편에 있는 파울라옹이 마시지 말라는 표정을 짓는다. 됐거든! 모던록이 끝나면 재생하려고 1980년대 음악을 골라놓는다. 언제나 효과가 있지. 오늘도 다르지 않을 거다. 그렇지만 나는 조금씩 주눅 들어간다. 내가 좋아하는 일을 하고 있지만, 다니 문제는 언제나 내 마음을 짓누른다. 절대적으로 혼자 있는 건 쉽지 않다. 이 디제이 부스가 얼마나 작은지 생각해본 적은 없지만, 잠시 폐소공포증에 걸린 듯하다. 갑자기 숨쉬기가 힘들다. 이어폰을 뺀다. 숨을 쉬어야겠다. 부스 문을 연다.

"이봐, 오늘 '칸트'는 안 틀 거야?"

"뭐라고?"

"지난주에 틀어준 밴드. 밴드 이름을 크게 외치기까지 했잖아."

내 상태가 좀 이상한가 보다. 이 뉴 오더New Order*의 노래는 4분 20초 후에 끝난다.

"아, 켄트말이지, 알아."

나는 정신없이 그냥 대답한다. 다른 때 같았으면 그 말에 열광했을 것이다.

"안 틀어줄 거야?"

"그럴 것 같은데."

"근데, 몸 안 좋아 보인다. 괜찮아?"

---

* 영국의 뉴웨이브 일렉트로닉 댄스뮤직 밴드. 원래 1976년 맨체스터에서 결성된 밴드 Joy Division이 그 전신이다.

"괜찮지 않은 것 같아."

깊이 숨을 들이마신다. 눈을 감는다. 모든 게 빙빙 도는 것 같다. 고개를 숙인다. 아니. 고개를 드는 게 낫겠다. 'Every time I see you falling' 뉴 오더의 노래가 들려온다.

"이거 마셔."

켄트를 틀어줄 거냐고 물은 여자애다. 내게 물병을 건넨다.

감동이다. 미소를 지으려고 해본다. 믿지 못하겠지만 물보다 그녀의 친절한 행동이 나를 편하게 해준다.

"고마워. 이름이 뭐야?"

"진저Ginger."

"진저 로저스? 프레드 아스테어의 진저?"*

"응."

"이런, 다들 그렇게 묻겠네."

"상관없어. 다들 그러니까."

Wisdom of the fool won't set you free.

"부스로 돌아가야겠어."

"켄트 틀어줄 거야?"

그녀가 나를 보고 외친다.

부스로 들어간다. You say the words that I can't say.

"아니."

---

* 진저 로저스와 프레드 아스테어는 콤비로 활약하며 1930년대 뮤지컬 영화계를 주름잡았다. 두 사람이 함께 추는 탭댄스 장면이 유명하다.

나는 대답한다.

이제 일을 끝내는 것만 생각한다. 다니를 위해 가져온 시디에 집중하려 한다. 기분을 돋울 겸 트랙 하나를 틀어볼까. 와우, 조금 나아진 듯하다. 잠깐만. 파울라웅이 절망적으로 그만 틀라는 손짓을 하고 있다. 나는 머리를 내젓는다. 다음 동작이 나를 놀라게 한다. 그는 오른손을 목에 대고 죽인다는 시늉을 한다. 난 급히 지상 세계로 돌아온다. 그래 참아, 이 일자리를 잃을 수는 없지. 절망적으로 내 최고의 음악을 찾는다. 찾았다.

메모에는 이렇게 써 있다.

'긴급 또는 클라이맥스.' (최근에는 긴급이 잦다)

염병할, 이런 재미없는 말들을 써 가지고 다녀야 하다니!

제트The Jet*의 'Are you gonna be my girl'
바인스The Vines**의 'Ride'
스트록스The Strokes의 'Reptilia'

급하다. 노래를 튼다. 함성이 터진다. 스테이지가 갑자기 벌집 쑤신 듯 벅적댄다. 사람들로 가득 찼다. 아, 살았다. 파울라웅은 팔짱을 낀 채 벽에 기댄다.

---

* 개러지록, 펑크록을 기반으로 한 호주의 록 밴드.
** 역시 호주의 록 밴드로 미국에서 더 많이 알려져 있다.

새벽 2시. 끝. 밤이 끝났다. 뱅이 나와 교대한다. 이제 어려운 일이 남았다. 다니와의 만남. 이미 셀 수도 없이 한 일이지만, 돌아와 달라고 또다시 애절하게 부탁해야 할까? 우리 관계는 절대로 끝나지 않을까? 하지만 그전에 수행할 '불가능한 임무'가 있다.

"파울라웅. 차 좀 빌려줄래요?"

"뭐라고?"

"여자친구랑 저녁 약속이 있는데, 당신 차 좀 빌렸으면 해요."

"잘하는군. 믹싱기도 다룰 줄 모르면서 차를 운전한다고?"

맹세컨대 그때 나는 살인충동을 느꼈다. 정말 화가 났다. 파울라웅은 계속해서 내 화를 돋웠다. 왜인지 모르지만 들고 있던 맥주병을 세게 움켜쥐었다.

"내 차 빌려줄게."

지미트리가 다가와 맥주병을 슬쩍 잡으며 말한다.

"오늘 차를 가지고 왔거든. 좋은 차는 아니지만 굴러가긴 해. 6시까지 가져오면 될 것 같아. 어때?"

하루를 구원하는 사람들도 있고, 삶을 구원하는 사람들도 있다. 지미트리는 온 우주를 구원하는 사람이다. 너도 알게 될 거다. 언젠가 그에게 감사를 표할 것이다.

"좋아, 지미. 내가 빚졌네."

"그럼 빚졌고말고. 차나 도로 잘 갖다놔."

그는 미소를 짓는다.

"걱정 마."

이제 나는 다니의 집으로 가고 있다. 그녀는 지금 엄마와 함께 산다. 예전에 우리는 함께 살았다. 물론 싸우고 화해하고 싸우고 화해하고 싸우고 화해하곤 했다. 그렇지만, 솔직히, 이제 우리 관계가 마지막에 도달했다는 현실을 피할 수 없을 것 같다. 차를 몰고 가는 동안 생각을 정리한다. 다니와의 삶에는 미래가 없다. 끝없는 지옥이 될 것이고 계속 그럴 것이다. 이제 끝내야 한다. 슬프지만 진실이다. 끝내고 진실을 봐야 한다. 그녀와 이야기를 하고 우리 이야기에 마침표를 찍어야 한다. 백미러를 보는 바로 그 순간 나는 다니와 함께한 삶을 생각한다. 배신, 질투, 변덕. 단호히 생각을 정리하며 나는 한숨을 쉰다. 우리 관계를 끝내야 한다.

제법 우울한 마음으로 다니 집에 도착한다. 얇은 꽃무늬 드레스를 입은 다니는 언제나처럼 아름답다. 누구 차인지 묻지도 않고 탄다.

"우리 어디로 가?"

"일본 식당 어때?"

내 돈 200헤알이 날아간다.

상파울루에서 사는 이점이라면 새벽 2시에도 식당을 갈 수 있다는 것이다. 물론 좋은 식당에 한해서이지만.

"널 생각하며 지냈어."

함정이다. 함정. 얼른 도망쳐!

"정말?"

몹쓸 년. 왜 나는 이 함정에서 나오지 못할까?

"우리 둘에 대해서도."

"이미 우린 너무 많이 생각하며 살고 있잖아." 난 단정적으로 말하려 했다.

"이제 우리에게 탈출구는 없는 걸까?"

"없을 것 같아."

"친구가 될 순 없을까?"

"……언제부터 우리가 친구가 되려고 했지?"

"한 10년 전부터?"

"그래. 다니, 그게 인생이야. 이제 끝낼 때가 된 것 같아."

그런 말을 한 나 자신에 깜짝 놀란다.

"오래전에 이미 끝났다고 생각하지 않아?"

그 말에 내 마음이 무너진다. 한순간 신호등이 희미하게 보인다.

"네 말이 옳아. 어떻게든 관계를 연장해보려고 시간을 끌었지. '냉장고 속의 사랑'이라고나 할까. 조금이라도 오래 보관하려고 우리 감정을 냉동시킨 것 같아."

"우리 둘만 있었던 시절이 그리워. 아무도, 그 어떤 것도 없던." 다니가 고개를 숙인다.

"난, 우리가 우리였던 시절이 그리워. 이제 남은 건 서로 상처 주지 않으려고 애쓰는 옛 애인이라는 감상적 역할뿐일 테니."

"그럴 필요 없잖아, 안 그래?"

모든 성스러운 것을 걸고 맹세하건대, 나는 그 질문에 대답하고 싶었다. 답을 알고 있다고 해서 그 답을 확인해줄 확신까지 갖고 있는 건 아니다. 그렇지만 우린 이제 어떻게 될까? 괴롭고 씁쓸하게 헤어지는 것 외에 무엇이 남아 있을까? 이미 녹아서 물이 되어버린 사랑을 다시 꽃피우게 할 수 있는 게 무엇일까? 내 잠긴 목소리가 끝없는 메아리가 되어 돌아온다. 잠 못 이루는 어느 새벽 나는 깨어나 잠에 취해 꿈을 꾸고 있는지도 모른 채 오랜 시간, 아주 오랜 세월 동안 그녀의 얼굴을 꿈속에서 찾고 있을지도 모른다. 그러나 이번에는 더 불가능하다는 걸 안다.

"우리의 삶에 불가능이 존재하지 않았으면 해."

"하지만 존재하잖아."

"그래……."

나는 세상의 그 무엇보다 이 여자애를 사랑했다. 나는 그녀와 함께 살았고, 수천 번도 더 용서했고 용서받았다. 수백만 번이나 부수어졌다가 다시 붙었다. 어째서 헤어짐의 순간은 반드시 찾아오는 것일까. 잘 모르겠다. 우리가 다른 해결책을 찾을 수 없는 존재이기 때문인지도. 그저 슬프고, 슬프고, 아주 슬프다는 것만 안다.

"다니, 이제 우린 마지막이야."

"집으로 돌아가야 할 것 같아."

"음악 하나 들려줄게. 요즘 내가 듣는 거."

가져온 시디를 튼다. 예전에도 다니에게 종종 음악을 틀어주곤 했다. 그녀는 어떤 노래가 왜 좋은지 이해할 수 있는 감성을 지닌 유일한 사람이었다. 굳이 이유를 설명해줄 필요가 없었다. 다니는 그냥 이해했다. 첫 소절이 시작된다. 팀 플레처Tim Fletcher*가 슬프게 노래를 읊조리는 동안 나는 가사를 번역해 다니에게 들려준다. 언제나 그렇게 했다. 다니는 아주 좋아했다.

"이 부분을 들어봐. 시적이지. '별들이 자라는 곳으로 당신이 날 다시 데려갈 수 있을까' 정말 시적이지."

나는 그렇다는 말을 듣고 싶어서 몸을 돌려 다니 쪽을 본다. 그녀는 울고 있다. 눈물을 뚝뚝 흘리고 있다. 나는 다시 앞을 본다. 어떻게 해야 할지 모르겠다.

"그리고 창을 통해 날아가는 별을 볼 수 있을까." 나는 가사를 계속 옮긴다.

그 어느 때보다 더 슬픈 마음으로 집으로 돌아간다. 왜 하느님께서는 우리의 삶에 불가능을 허락하셨나. 그 이유만이라도 알고 싶다. 펜을 든다. 글을 쓰고 싶다. 쓸 필요가 있다. 다시. 미친 사람처럼 글을 쓴다. 한 글자 한 글자, 한 단어 한 단어, 한 문장 한 문장, 한 단락 한 단락, 한 페이지 한 페이지, 한 챕터 한 챕터. 하지만 쓸모없는 글들이다. 찢어버린다, 다시 쓴다. 찢어버린다, 다시 쓴다. 찢어버린다, 찢어버린다, 찢어버린다⋯⋯. 내 삶을 찢어버리고 다시 쓰고 싶다. 한 글자 한 글자, 한 단어 한 단어, 한 문장 한 문장,

* Timothy "Tim" Fletcher. 캐나다 출신으로, The Stills 밴드의 보컬과 기타리스트로 활동.

한 단락 한 단락, 한 페이지 한 페이지, 한 챕터 한 챕터. 찢고 또 쓰고 싶다. 하지만 그럴 수 없다. 그렇게 할 수가 없다.

어디부터 잘못된 것일까? 언제부터 잘못되기 시작했을까? 어째서 유일하게 남은 게 감상적 이미지뿐일까? 위스키를 딴다. 병 속으로 들어가 다시는 나오고 싶지 않다. 꿀꺽꿀꺽 마신다. 위스키가 내 목을 태우듯이 내려간다. 이렇게 쓴 적이 없다.

원고를 술로 적셔버린다. 내 인생에 길잡이가 되지 못하는 이 개같은 원고가 무슨 소용일까? 누구를 속이고 싶은 걸까? 나는 실패한 과대망상증 환자이다. 내가 건드리는 무엇도 제대로 되지 않는다. 이 개같은 원고 뭉치가 무슨 소용이 있을까? 무엇이 내가 이렇게 쓸 수 있도록 했나? 내가 인생에서 가져본 건 고통밖에 없다. 마지막에 남는 게 정말 이것뿐일까? 내 꿈은 어디에 있지? 언제나 내게서 도망치는 진실은 어디에 있지? 내가 필요로 할 때 내 인생은 어디에 있지? 책장에서 먼지를 뒤집어쓴 대여섯 권의 책과 이 모든 게 왜 이 텅 빈 방으로 요약될까? 성냥을 그어 종이에 댄다. 위스키의 농도를 테스트해볼 셈이다. 불이 붙을까? 내가 사랑하는 사람들과 소통하지 못한다면 이 개같은 인생이 무슨 소용인가. 불가능으로 인한 고통과 무능력함. 이제 그런 건 필요 없다. 내가 누구를 속이려는 걸까? 나는 결코 성공한 작가가 될 수 없을 것이다. 좌절한 자의 겉치레 같은 생각들이다. 하지만 그럴 수 없다. 그럼 나중에 난 무엇을 할까? 어떻게 살아갈까? 평범한 인생? 카페에서 커피나 만들고 있을까? 주문이나 받고 있을까? 전화나 받고 있을까? 사무실에서 보고서를 작성하고 있을까? 이런 걸 받아들여야만 할까? 바로 이게 나인가? 불편하다. 무척 불편하다. 처음에는 나를 인생으로 데려다줄 사람이 필요했지만 이제는 자살하고픈 생각을 지워줄 사람이 필요하다. 나는 성냥을 켰다. 담뱃불을 붙이려는 게 아니다. 이걸 끝내고 싶다. 희망을 더 갖는 걸 견딜 수 없다. 현재의 상황에서 희망을 가진다는 건 안 가지는 것보다 나를 훨씬 더 아프게 한다. 양동이에 원고를 집어넣고, 성냥을 던진다. 그리고 위스키를 조금 더 마신다. 〈라스베가스를 떠나며〉의 주제곡이 좀 더 멜랑콜리하게 느껴진다. 안녕. 글 쓰는 것을 멈췄다. 내 보잘것없는 작가로서의 인생에 마침표를 찍는다. 글을 다시 쓰기 전에 서둘러 잠이 든다.

신문의 구인구직 지면을 손에 든다. 무엇을 찾고 있는 걸까. 내 삶에 불을 질러버린 어제보다 더 절망적이다. '행정 보조'에 동그라미를 친다. '마케팅 보조'에도 동그라미를 친다. '애널리스트'에도. 그다음이 궁금하다고? 아무것도 변하지 않았다. 동그라미로 된 내 인생만이 계속되고 있다. 하지만 정말 흥미로운, 질리지 않는 어떤 일에 내 지적 능력을 사용할 순 없는 걸까? 얼터너티브록 클럽의 디제이로서의 내 경력에 투자할 수 있을까? 오, 하느님. 내 인생을 어떻게 할까요? 나는 왜 질문을 멈추지 못하나. 됐다. 더 묻지 않기로 했다. 면접을 보자. 무슨 일이 생기는지 한번 보자.

수요일이다. 또다시. 패신저. 그렇지만 오늘은 디제잉이 없다. 쉬는 날이다. 지난주 열심히 일한 덕분이다. 사실 내가 디제이 부스에서 멀리 떨어져 있는 동안 어떻게 행동할지도 알고 싶다.

"어이, 지미, 레드 한잔 줄래?"

"잠깐만 기다려."

"계산서 안 적어?"

"놔둬. 세 번째 잔부터 적을게, 됐어?"

지미는 정말 좋은 사람이다. 만일 내가 책을 써서 부자가 되면…… 아, 개같네. 이제 책은 없다. 남은 술을 그냥 꿀꺽 삼킨다.

"이거 받아."

누구지…… 지난주에 만난 여자애다. 이름이 뭐였지? 아, 진저. 진저 로저스. 그녀가 작은 상자를 건넨다.

"이게 뭐야?"

"빈 시디. 그때 그 밴드, 켄트 노래 좀 넣어줘."

마음 상태가 나쁘지 않았다면 정말이지 그녀한테 반했을 거다.

"정말? 정말 그 밴드가 좋다고?"

"그렇다니까. 좀 구워줘."

여자애는 그리 나쁘지 않다. 푸른 눈. 와우, 매력적이다.

"그래…… 넣어줄게. 걱정 마. 근데 항상 여기 와?"

됐다. 별 볼 일 없는 이야기를 하는 것보다 누군가에게 흥미를 가지는 것만으로도 충분하다.

"항상 와. 친구들과 같이 있어. 소개해줄까?"

"좋아."

씨팔. 왜 이렇게 말했을까? 최고의 사회부적응자 주제에.

시끌벅적한 패거리를 본다. 스무 살 남짓 되어 보이는 남자 둘에 유행하는 옷을 입은 여자애 셋. 나는 이런 부류의 사람들을 '모에 마moema 애들'이라고 부르곤 했다. 설명하자면, 모에마란 괜찮은 집들이 늘어선 비싼 동네다. 이른바 중산층 이상이 사는 동네. 전부 교육을 잘 받았고, 잘생겼으며 안정적인 분위기 속에서 자라 당연히 대부분 출세한다. 짜증날 정도로 수월하게.

"주앙, 마르코, 마리나, 산드리냐, 아나."

"이 사람은……"

쉿, 내 이름을 묻는다.

"미스터 파렌하이트. 디제이. 파렌하이트라고 불러도 돼."

위기를 넘겼다.

"아, 수요일마다 디제잉하지?" 얼굴에 주근깨가 있는 착하게 생긴 여자애가 묻는다.

"그래……. 그게 나야."

"전에 틀어줬던, 'Are you gonna be my girl'로 시작하는 인디 노래 좋았어."

그래 내가 말했지. 안 그래?

"나도 좋아하는 노래야." 내가 미소 짓는다.

"오늘은 왜 안 해?" 미니스커트를 입은 여자애가 묻는다.

"쉬는 날이야. 하지만 너희를 위해 몇 곡 틀어줄 순 있지."

"멋져!" 모두 환호한다.

나는 소파에 앉아 진저와 이야기를 나눈다. 진저. 이 이름이 좋다.

"그러니까 무슨 일을 해? 한번 맞혀볼까. 아마도 전공은 광고?"

"땡."

"알겠다. 행정?"

"땡."

"연출?"

"틀렸어. 인류학 석사를 땄어."

"정말?"

"응."

"몇 살인데?"

"스물넷."

그때 나는 무척 놀랐다. 인류학 석사학위가 있는 아름다운 여자라니. 내게만 일어날 수 있는 일 아닐까. 그래, 내 인생 대부분의 대목에서 난 운이 없다고 불평하곤 했다. 하지만 다른 면에서는 불평할 수 없다.

"남자친구 있어?" 그녀가 소개해준 남자들을 손으로 가리키며 묻는다.

"있어."

행운 따윈 잊자.

"아……. 누군데?"

"여기 안 왔어. 절대로 올 사람이 아냐."

좋다. 좋아지고 있다.

"관계란 건 복잡한 거지."

"그쪽은?"

"있었지. 하지만 잘 안 됐어."

처음부터 이런 이야기로 시작하는 대화를 좋아하지 않는다. 한 번도 제대로 된 적이 없다.

"그럼 지금은 무슨 공부하고 있어?" 주제를 바꾸고 싶다.

"패션에 관심이 많아. 특히 일상생활에 적용할 수 있는 패션. 패션은 삶의 표면적인 표현에 불과하다고 비난하는 사람들도 있잖아. 하지만 그 한계를 넘어설 때 무슨 일이 일어날지 궁금해. 진정한 삶의 표현으로서의 패션. 이해하고 싶고 그다음 이야기를 담고 있는, 그러니까 인간미가 드러나는 옷을 만들고 싶어. 아직은 생각을 정리 중이지만."

나는 확고한 사람이 좋다. 내가 하고 싶은 일을 결정하기까지 오래 걸렸기 때문이기도 하다. 게다가……. 갑자기 나는 한없는 멜랑콜리에 사로잡힌다(스매싱 펌킨스의 'Today'를 틀까 생각한다). 나는 여기서 완전히 별 볼 일 없는 사람이 되어버린 것 같다. 타인에게 관심이라곤 없는, 완전히 나 자신을 잃어버린 사람이 된 것 같다. 더 큰 문제는 내가 나 자신을 루저로 인정하고 있다는 것이다.

"디제이 일 말고는 뭘 해?"

글을 쓴다고 대답하고 싶다. 성공한 작가가 될 거라고, 많은 책을 팔 거라고. 내 문학은 평범한 사람들, 소박한 사람들에 대한 이야기라고 말하고 싶다. 내 우상은 위대한 작가들이지만, 소박하게 글을 쓰고 나처럼 꿈을 가진 사람들을 돕는 게 내가 원하는 거라고 말하고 싶다. 나는 계획이 하나 있다고 정말 말하고 싶다. 하지만 실제로는 아무런 계획이 없다. 그래서 침묵했다.

"아무것도 안 해?"

"마실까?"

그래, 잘했어. 웃기는 대답이다. 그렇지만 내가 유일하게 기억하는 말이다. 어때?

"뭐라고? 마시자니?"

"말 그대로 마시자고. 알코올을 삼키자고." 약간 심드렁해진 채 말을 잇는다. "네 옷 이야기처럼. 내 이야기는 마시면서 하고 싶어. 맥주를 마신다면 거친 행복에 젖겠지. 와인을 마신다면 감성적인, 아마도 시적인 분위기에 빠질 테고, 위스키를 마신다면 완전히 엉망이겠지. 아주 슬픈 상태 말야."

"……무엇 때문에 그렇게 상처 입었어? 왜 그렇게 슬퍼?"

이 여자애가 왜 이러지? 사이버대학에서 심리학이라도 공부했나? 사람 마음을 읽다니.

"무슨 대답을 듣고 싶어? 내 보잘것없는 인생에서 무언가 재미있는 것을 꺼내고 싶은 거야? 인생 프로젝트? 나를 너하고 일치시키는 것? 내가 사진 전문가라고, 록 밴드를 하고 있다고, 아니면 개인 전시회라도 준비하고 있다고 말했으면 좋겠어? 아니지, 아가씨, 나는 아무런 미래가 없는, 그냥 루저야. 나는 너하고 많이 달라. 진실을 알고 싶어? 인생에서 나는 정말 하고 싶은 것을 찾지 못했어. 찾았다고 생각한 적은 있었지. 해보려고 했어. 하지만 하지 못했지. 당신이 보고 있는 이 가련한 형상이 바로 나야. 난 아무것도 할 줄 몰라. 아무것도 믿지 않아. 어떤 재능도 없어. 나 자신에 대해 연민을 가지는 이 무한한 능력 외에는 없어."

내 주위의 모든 사람들이 조용해졌다. 멜로드라마에 걸맞게 화장실에 가서 울겠다고 말하고 실례를 구했다.

"잠깐만."

나는 본능적으로 몸을 돌렸다. 나 자신이 정말 울기 직전이란 걸 깨달았다.

"나 역시 아무것도 할 줄 몰라. 내 삶은 완전한 실패작이라고. 비록 사람들은 원하는 것을 아주 잘 알고 있다고 생각하지만."

이게 뭐지? 이름 없는 루저들의 모임? 그렇지만 고백하건대 이 여자애는 내게도 남아 있었던가 싶었던 연민을 불러일으켰다. 그녀를 안아주고 싶다.

"좋네. 우리 둘 다 루저들이네. 이제야 서로 만났네. 우리 사이에 뭔가 있는 것 같아. 하룻밤 동안 누가 더 심하게 루저인가 알아볼 수 있을 것 같은데. 어때?"

그녀는 미소 지었다. 그녀 또한 중고등학교 시절 나처럼 지우개를 자주 잃어버렸다는 걸 알았다. 책 읽기와 재즈 듣는 걸 좋아한다는 것도. 그녀가 좋아하는 작가는 도스토옙스키, 최근에는 노라 존스Norah Jones 음악을 많이 듣는다는 걸 알았다. 나는 내 성격이 소심하며 친구를 많이 가져본 적이 없다고 말했다. 그녀는 사람들로 둘러싸여 있지만 언제나 잘못된 장소에 와 있는 느낌이라고 말한다. 이렇게 대화를 나누는 동안 나는 현재의 내 일을 설명하며 정신없이 술을 마신다. 그녀도 정신없이 말한다. 이런 삶은 정말 정신없어. 나는 생각한다.

"춤출까?"

그녀가 갑자기 권한다. 좋은 생각이다. 내가 춤추는 여자를 얼마나 좋아하는지 넌 알지. 나는 초대를 받아들인다. 진저라는 이름을 가진 여자가 춤을 못 출 리가 없다.

스테이지. 진저가 춤추는 걸 보고 싶어 좀이 쑤신다. 음악이 시작된다. 그런데……. 진저는 춤을 못 춘다, 젠장 정말 춤을 못 춘다. 연민이 느껴질 정도다. 리듬감도 없고, 팔다리가 따로 논다. 실망감을 감출 수가 없다. 그렇지만 나는 처음으로 그런 걸 중요하게 여기지 않는다. 내 실망한 표정을 보고 그녀는 웃기 시작한다. 꺌꺌거리며 웃는다. 참을 수 없나 보다.

"왜 그래?"

"속였어. 일부러 그랬어. 네가 어쩌나 보려고. 춤 잘 추는 여자를 무진장 좋아한다고 했잖아."

나는 그저 미소 지을 뿐이었다.

"난 발레와 스트리트 댄스를 9년이나 했다고. 잘 봐"

〈플래시 댄스〉의 춤을 따라하는 것 같았다. 심지어 다리를 앞뒤로 일자로 찢기까지 했다. 이제 웃는 사람은 나다. 크게 소리 내어 웃었다. 다들 움직임을 멈추고 진저를 보았다.

"어땠어?" 진저는 팔을 벌리고, 다리를 길게 뻗고 인사하듯 몸을 앞으로 숙이며 내게 물었다. 나는 마음을 다해 갈채를 보낸다.

"대단해. 완벽해."

그녀가 가까이 온다. 나는 침을 삼킨다. 오래전부터 하지 않았던 키스를 그녀에게 한다. 이 만남이 진정한 만남일 거라고 생각하게 되었다. 솔직히 지금 그런 걸 생각하고 싶지는 않다. 그저 살아갈 이유를 잃어버렸을 때 다른 이유가 나타났다고 생각할 뿐. 결국 각자의 위치에서 사랑은 내 삶을 또 움직인다.

"난 이러면 안 돼." 자신에게 실망한 듯한 목소리.

"알아. 남자친구가 있는 거지."

"그 문제를 해결해야 해."

문제라니 무슨 뜻이지? 그러니까 날 진지하게 생각한다는 뜻일까? 단순히 잠시 즐기는 게 아니라는 뜻일까? 내게도 기회가 있다는 뜻일까?

"잠깐 기다려. 여기서 조금만 기다려."

나는 디제이 부스까지 달려간다. 진저는 뱅에게 뭔가 이야기를 건네는 나를 보고 있다. 나는 귀에 헤드폰을 갖다 댄다. 켄트의 'Revolt III'가 시작된다. 손으로 입을 가리며 웃는 진저가 보인다. 그녀는 감동한 듯하다. 동시에 부스 쪽으로 걸어오는 파울라웅도 보인다. 나는 문을 잠가버린다. 파울라웅이 문을 두드린다. 파울라웅의 어깨와 팔 사이로, 정면 창을 통해 진저가 보인다. 그녀는 미소, 미소, 미소를 짓고 있다. 그래 이게 중요한 거다. 그녀가 미소 짓고 있다. 그리고 나는 행복해진다.

누군가를 사랑하면서 가장 위대한 점은 삶에 있어서 여유를 갖게 되는 것이다. 종일 그 사람을 생각하고 그리워하며 어서 만나고 싶다. 바로 이런 거다. 어느 날 갑자기 낯선 사람이 삶에서 가장 중요한 사람이 되어버린다. 그 사람이 없는 삶을 상상하기 힘들다. 가장 재미있는 건 48시간 전에는 그 사람을 전혀 알지 못했다는 사실이다. 그 사람이 나타나기 이전의 삶과 그 사람이 없는 이후의 삶을 상상해본다. 상상할 수가 없다. 이상하다. 아주 이상하다.

"정말로 다른 일은 안 해?" 책장의 책과 영화비디오들을 보며 의심스럽다는 듯 그녀가 묻는다.

"글을 쓰곤 했지." 나는 심문을 피하는 사람처럼 즉각 대답한다.

"쓰곤 했다니? 이제 안 써?"

"안 써."

"왜?"

"이제는 안 쓰니까."

"그런 대답 싫어. 어렸을 때부터 늘 싫어했어. 제대로 대답해봐. 표현이란 걸 해봐."

"알겠어, 알겠다고. 전 여자친구하고 헤어지던 날, 꼭지가 돌았어. 삶에 대해 끝없이 생각하고 또 생각하다가 그동안 쓴 글을 다 태워버렸어."

"하하하하하." 그녀의 웃음이 나를 화나게 했다.

"뭘 비웃는 거야?"

"낭만적 시인의 전형적인 모습이잖아. 실패한 사랑에 대한 환멸로 원고를 태워버리는 것."

"잘 알지도 못하면서 그런 말하지 마."

"나 때문에 화났어?"

이 여자애는 날 정말 당혹스럽게 한다. 대체 뭘 갖고 있는 거지? 삶에 대한 엑스레이? 내가 그렇게 투명하게 비쳐 보이나?

"이제 갈 시간이야."

"내가 널 이해할 수 없다고 생각하겠지. 네 형이상학적 문제를 해결할 수 없다고 생각하겠지. 취하도록 술을 먹겠지. 블루스 음악을 틀어놓고 손목을 긋는 거야. 그리고 조금씩 죽어가는 거지, 천천히, 완전히 겁먹은 채, 계속 인생의 고통을 씹으면서."

"나에 대해 그렇게 말할 권리가 있어?"

"너에 대해 말하는 게 아니야. 내 이야기를 하고 있는 거야."

"……"

"내가 아홉 살 때 부모님이 헤어졌어. 엄마가 나를 임신하는 바람에 한 결혼이었지. 그 후로 두 분은 끝없이 싸웠어. 난 죄책감을 가지고 살아왔고. 내 삶은 죄의식으로 점철되어 있었어. 그래서 난 네가 정확히 뭘 느끼는지 알아."

"하지만…… 죄책감은 아닌데."

"고통에 관한 것이지. 알아. '기다림의 느낌과 약속의 기억과 기다리는 감정을 연상시켰던 그 향기가 코를 불편하게 한다. 매니큐어를 지우는 리무버 냄새처럼. 기억에서 지워버리려 젖은 솜으로 수천 번도 더 문지르지만 고귀함과 웃음사이에서 허공을 떠다니는 미지근한 알코올 냄새뿐. 그러므로 끼지 않은 장갑처럼 손에서 빠져나와 불분명한 작별의 손짓과 마음에도 없는 사랑 가운데에서 사라져버릴 것이다. 하지만 남아 있는 나날 동안 작별의 순간마다 그 냄새가 떠오를 것이다.'"

"누가 쓴 글?"

"내 글이야. 그러니까 내 글이었지. 내가 쓰고 있던 책의 글."

"아름답네……."

양철 양동이를 보고 있은 지 30분도 더 지났다. 앞으로도 30분은 더 보고 있을 것이다. 그다음 또 30분, 또 30분 계속 그렇게. 용기를 내서 뭐가 남았는지 확인할 때까지 보게 될 것이다. 전부 다 타버렸을까? 내가 다시 시작할 수 있는 여지란 전혀 없을까? 다시 복구할 수 있도록 내 기억의 조각을 끄집어내게 할 종잇조각 하나도 남아있지 않을까? 그런데 왜 다시 시작해야 하지? 왜 다시 시작해? 왜?

답을 기다렸다. 다시 30분이 지나기 전에 답이 찾아왔다. 다시 살아가고 싶기 때문이다. 다시 시도하고 다시 믿어보자. 나는 할 수 있고, 할 것임을 믿으므로. 계획이 하나 있었다는 게 떠올랐으므로. 이제 가보자. 다시 시작하자.

너무나 두려워서 양동이를 꽉 붙잡았다. 그 안을 들여다보기까지 시간이 꽤 걸렸다. 하지만 이제는 볼 수 있다. 이럴 수가! 싸구려 위스키를 마셨다는 사실이 그렇게 행복한 적이 없었다. 전부 타버리지 않은 것도 싸구려 위스키 덕택이었던 것 같다. 그래도 상당 부분 타버렸지만 다행히도 처음 몇 페이지가 그대로 남아 있다. 그걸로 기억을 되살린다면 다시 쓸 수 있을 것이다. 전체 문장이 기억났다. 나는 기억력이 좋으니까. 안 그래? 미안, 이제 할 일이 많아.

누군가 문을 두드린다. 진저. 수위가 그녀의 얼굴을 기억하고 있었나 보다. 나 또한 일주일 가까이 쉬지 않고 글을 쓰고 있다. 진저는 외부와 통하는 내 유일한 통로이다.

"자기 주려고 가져온 게 있어."

그녀는 내게 선물꾸러미를 준다.

"'선물꾸러미 아가씨'라고 불러야겠는걸."

"장난치지 말고 열어봐."

나는 그 말에 복종한다.

"이게 뭐야?"

"노라 존스의 시디."

"난 노라 존스를 좋아하지 않는데. 나는 로커라고."

"하지만 재즈 좋아하잖아."

"이건 재즈가 아냐. 재즈는 저거지." 마일즈 데이비스와 쳇 베이커의 시디를 가리킨다.

"잔소리 마. 들을 거지, 응?"

"그래, 들을게."

태워버리기 전의 내용까지 이제 몇 페이지만 더 쓰면 된다.

"필요한 게 또 있어."

"뭔데?"

"키스."

"집필 다 끝나면."

"농담하는 거지?"

"당연하지, 바부팅이야."

그녀가 내게 키스한다. 그녀가 키스할 때마다 나는 행복해진다. 이런 행복을 느껴본 건 아주 오래전이었다. 언젠가, 아직 다니와 사귀고 있을 때 친구가 이런 말을 했다. "두 종류의 여자가 있어. 일으키는 여자와 쓰러트리는 여자." 그는 다니는 쓰러트리는 여자라고 말했다. 나는 처음으로 일으키는 여자를 만난 것 같다. 갑자기 지난 날을 돌아보게 된다. 내가 사랑했던 여자들은 공통적으로 미온적인 태도를 지니고 있었다는 걸 깨달았다. 여자들은 나를 완전히 고갈시키고, 절망으로 몰아넣었다. 언제나 내게 책임을 돌렸다. 그녀들이 정말 똑똑하다면 왜 자신의 바보짓을 깨닫지 못할까. 왜 나는 언젠가 그녀들이 모든 걸 이해해줄 거고, 우리가 새로운 관계를 맺게 될 거라는 느낌을 가져온 이유를 몰랐던 걸까. 하지만 오늘에서야 깨달았다. 이제 나는 그런 걸 원하지 않는다. 날 의존적으로 만들어 통제할 수 없는 열정을 불러일으킨다 할지라도 오늘부터 나는 그런 종류의 관계를 원하지 않는다. 이것이 감정적 반응이든, 내 비틀린 성격에 따른 타고난 반응이든, 아니면 감정적 무능함에 따른 본능적 대답이든, 아니면 연약한 감정에 따른 멋대로의 죄책감이든 나는 내 모든 지적 능력을 통해 잘못된 사람들과 함께하는 바보짓을 다시는 하지 않겠다고 결심했다. 냉정하거나 계산적이라고 생각할 수도 있다. 하지만 나는 매우 확실하게 깨달았다. 잘되지 않을 일에 대해 더 알고 싶지 않다는 걸.

"당신 남자친구, 그러니까, 전남친은 어떻게 지낸대?"

"그 사람은 아직 내 남자친구야."

"뭐라고? 아직 안 끝났어?"

갑자기 데자뷰 같은 현기증이 인다. .

"4년이나 사귀었어. 그렇게 빨리 끝낼 수 없지."

"잠시만. 지금 남자친구를 속이고 있다는 거야?"

"아냐. 자기 이야길 하고 있는 거지."

"잠시만, 그러니까 내가 네 남자친구라도, 나중에 네가 누군가를 만나면 나한테도 똑같이 할 거라는 거야?"

"일반화시켜서 넘겨짚지 마."

"일반화시켜서 넘겨짚는다고? 대체 뭐가 다른데?"

"나는 나고 너는 너라는 이야기야."

"좋아⋯⋯. 널 믿을게."

믿기로 했다. 내 결정을 믿을 것이다.

"네가 할 일을 하나 찾았어." 중얼거리듯 그녀가 말했다.

"뭔데?"

질문이 반복되고 있다. 그녀가 '나를 일으켜 세우는 일'을 정말 진지하게 고려하고 있단 말인가?

그렇다면, 대체 뭘 하라는 거지? 회사인가?

"꼭 회사라고 할 수는 없어. 그렇지만 당신한테 잘 맞을 거야. 남들에게도 좋고."

"잠시만. 누가 도와달라고 했어?"

"네가. 네 이마에 나는 도움이 절대적으로 필요하다고 쓰여 있어."

귀찮다. 똑똑한 여자애들은 가끔 귀찮다. 하지만 들어보기로 했다.

"뭔데?"

"자원봉사 같은 일이야. '독서와 작문 교실'. 시 외곽에 사는 아이들에게 독서를 가르치는 일."

"나는 아직 책 한 권도 못 냈는걸."

"넌 광고를 전공했고 글을 아주 잘 쓰잖아. 수업을 맡으면 일주일에 이틀로 계산해서 한 달에 700헤알을 받을 거야."

어떤 말이 나를 더 행복하게 했는지 모르겠다. "글을 아주 잘 쓰잖아" 혹은 "한 달에 700헤알". 디제잉으로 번 돈을 보태면 재정적인 여유가 생길지도 모른다.

"기(진저의 어린 시절 애칭이다), 나는 사회부적응자야. 게다가 그런 재주도 없어. 수업 첫 날에 그만둘걸."

"왜 해보지도 않고 그래?"

"해본다고?"

내가 원하는 게 그거 아니었나? 일단 해보는 것.

"내가 무엇을 해야 하지?" 나는 확신하지 못한 채 말한다. "근데, 그 일은 어떻게 구했어?

"내 친구 하나가 강의 구성 담당자인데, 젊은 작가를 추천해달라고 하더라고. 네 생각이 났지."

"젊은 작가. 좋은 말이네. 수업은 어떻게 하는 건데?"

"쉬워. 쓰는 게 어떤 건지 가르치면 돼. 글쓰기를 가르치는 거지. 너만의 독특한 화법을 사용하면 돼. 아이들이 좋아할 거야."

"독특한 화법?"

"정말 몰라? 넌 늘 직설적으로 말하잖아. 생각한 걸 그대로."

그렇구나. 그 점에 대해 생각해본 적은 없다. 좋아, 잠시 선생으로 변신하는 거야. 잘은 모르겠지만 어떻게 될지 한번 부딪혀보자.

내 삶이 갑자기 너무 빨리 흘러가는 것 같다. 너무 맹렬히 흘러가는 것 같다. 너무 많은 사람들과 흘러가는 것 같다. 내 성격이 아주 크게 비뚤어져 있나 보다. 이제야 나를 삶으로 돌아오게 하는 사람을 만났다. 나는 포기했고, 주저앉으려고 했다. 가끔 꿈을 향해 나아가지 못하고 턱턱 막히는 느낌 있지 않은가. 그런 생각도 이제 버리기로 했다. 나는 잘하고 싶다. 내 바람보다 더 잘되기를 바라본다. 내 부정적인 생각을 이기고 싶다. 어서 나 자신을 고쳐야 하겠다고 마음 먹었다. 더 나은 사람이 되고 싶어. 나아질 거야.

수업 첫날. 15명 정도의 학생이 있을 거라고 주임 선생이 알려주었다. 모두 공립학교에 다니고 있으며 나이는 열다섯에서 열여덟 살 사이이다. 캐릭터 창조, 서술방법 등 몇 가지 내용을 준비했다. 갑자기 학교에 나타나 인생을 변화시키는 교사가 등장하는 수많은 영화들이 생각난다. 그 순간 내가 정말 원한 건 생존하는 것이었다.

약간 겁이 난 채로 교실에 들어선다. 나보다 더 놀란 것 같은 십대들이 눈에 들어온다. 손에는 출석부가 쥐여 있다. 진저의 말을 기억하고 나 자신이 되어보기로 한다.

"여러분 이름이 적힌 출석부를 들고 오긴 했지만, 이름이 적힌 이 종이가 여러분의 진짜 모습을 보여준다고 생각하지는 않아."

나는 출석부를 천천히 찢었다. 아이들은 모두 깜짝 놀란 표정을 짓는다.

"이런 것 대신, 한 명씩 자신이 누구인지 이야기하면 어떨까? 지어내도 좋고. 사실 오늘 수업이 이야기를 지어내는 방법에 대한 거야. 자, 조금 생각한 다음 자기 이야기를 해보자."

영원 같은 시간이 흘렀다. 아무나 지적할까 생각하고 있는데 한 남자애가 자기소개를 시작한다. 안경을 쓰고 말았으며, 낡은 티셔츠와 닳아 없어져가는 낡은 청바지를 입고 있다. 신발을 벗어놓으면 신발 스스로 이리저리 돌아다닐 것 같다.

"제 이름은 줄리아노입니다. 글 쓰는 걸 무척 좋아해서 여기에 왔습니다. 전 작가가 되고 싶습니다."

됐다. 이 애가 반에서 가장 열심히 하는 아이이다. 왜 작가가 되고 싶으냐고 질문하고 싶었지만, 다음 사람으로 넘어가기로 한다.

"좋아, 줄리아노. 다른 사람들은 어때? 자신에 대해 이야기해보는 거야. 빗속을 걸어다니는 걸 좋아한다든가, 수업을 빼먹고 데이트 하는 것, 강아지를 발로 차는 것, 이런저런, 아무거나 좋아하는 걸 이야기해 봐."

아이들이 참았던 웃음을 터트렸다.

"너는, 어떻게 생각해?" 외향적으로 보이는 여자애를 가리켰다.

"전 마리아나입니다. 빗속을 걸어다니는 걸 무척 좋아해요."

모두들 웃는다.

"저는 춤추는 걸 좋아해요. 글 쓰는 것도 좋아하고요. 남자친구가 있을 때는 데이트하는 걸 좋아해요." 모두 웃었다. "저는 살아가는 걸 좋아해요."

"그래. 바로 그거야. 그게 내가 바라는 거야. 자신의 습관에 대해 이야기해봐. 아무도 하지 않는, 바로 여러분만 하는 것을 말해봐. 여러분이 누구인지 나한테 보여주는 거야. 세상에서 유일한 사람이 되기 위해 여러분 각자가 무엇을 하고 있는지 이야기해봐."

"제 이름은 루시아노입니다. 저는 어머니랑, 그러니까 아주 재미없는 엄마랑 살고 있습니다. 엄마는 제 말을 이해해본 적이 없어요. 글을 쓸 줄도 모르죠. 제가 가르쳐주려고 했지만 도대체 배울 수 없다고 하세요. 가끔은 엄마가 불쌍합니다. 하지만 나 자신도 불쌍하다고 느껴요. 내 주변에 있는 사람들은 다들 저를 전혀 이해하지 못하는 것 같거든요."

이 아이는 시인이다. 이 친구는 나처럼 될 잠재성이 아주 농후하다. 돌봐주지 않으면 잠재적 자살자, 우울한 미친놈이 될지도 모른다. 왜 나는 아이들에게서 나 자신을 보고 있을까?

"제 이름은 하파엘이고 보렐 판자촌 출신이에요."

이 아이는 랩하듯 말한다. 모두가 크게 웃는다.

"난 에미넴처럼 되는 것도 싫고, 소년원에 가는 것도 싫었죠. 친구들, 내 이름을 기억해줘. MC 카나스타. 난 그냥 말하는 게 아니라 속사포처럼 쏘아대지. 내 이름을 기억해줘. 선한 MC."

모두들 박수를 친다. 이거다. 여기에 삶이 있다. 사무실에서 만날 수 없는 삶을 여기에서 만난다. 이걸 진저에게 이야기해줘야겠다. 더욱 열정적인 자기소개가 이어진다. 중간 중간 내성적인 아이들도 있었다. 어떤 아이들은 그저 이름만 말할 뿐이었다. 내 차례가 되었다.

"그래, 각자 이유가 있어서 여기에 왔구나. 글을 쓰고 싶다는 이유. 보다시피 각자가 이렇게나 다르지만, 모두 같은 마음으로 여기에 왔어. 글을 쓰고 싶다는 것. 우리의 유일한 목적. 잘 쓰건 못 쓰건 중요하지 않아. 우리가 해야 할 일은 바로 '쓰는 것'이니까. 오늘부터 하나만 기억하자. 절대로 다른 사람이 여러분의 글을 비판하도록 하지 마. 그건 중요하지 않아. 중요한 건 계속 써나가는 거야. 그냥 쓰는 거야."

아이들이 내 말에 집중한다. 내가 하는 말 한마디 한마디를 듣고 있다. 마음에 간직하면서, 아니 새기면서 듣고 있다. 이것은 인생으로부터 물려받아 아이들에게 넘겨주는 내 의향서意向書이다. 나중에 우리가 다시 만날 수 없다 해도 오늘부터 우리는 같은 길을 갈 것이다. 어떤 어려움이 있어도 끝까지 갈 것이다. 순진하게 들릴지도 모르지만 그게 내가 바라는 거다.

"마지막으로 어떻게 하면 글을 더 잘 쓸 수 있는지 말하겠다."

"알고 있어요. 글을 써야 하죠." 우리의 래퍼가 말한다.

모두 웃는다.

"아니야, MC 카나스타. 쓰면서가 아니고 읽으면서야. 단언하건대, 책을 읽지 않고 좋은 작가가 될 수는 없어. 글이 잘 써지지 않는다면 책을 읽어봐. 글 쓰는 것보다 훨씬 좋은 연습이 될 테니까. 작가가 쓴 것을 경험해봐. 거기서 감정을 느껴봐. 작가의 의도를 느껴봐. 그 모든 게 여러분 자신의 것이 되도록 해봐. 그 모든 게 여러분 각자의 것이 될 거라는 걸 조금씩 알게 될 거야. 마치 여러분 자신의 단어처럼 말이지."

"그렇지만 뭘 읽어야 하죠?" 줄리아노가 물었다.

"여러분이 좋아하는 책. 각자 조금씩 다를 거야. 그렇지만 언젠가 여러분이 아주 좋아하는 작가를 만나게 될 거야. 그러면 그 사람의 작품 전부를 읽어봐. 그러다 보면 언젠가 작가와 같은 지점에 도착할 거야."

내 말이 너무 예언같이 들린다.

"그래도 목록을 추천해주시면 안 되나요?" 마리아나였다.

"물론, 물론이지." 나는 웃으며 대답한다.

"두 달의 과정 동안 여러분 모두 무언가를 쓰게 될 거야. 장르는 상관없어. 시, 소설, SF, 뭐든 좋아. 나도 책을 한 권 쓸 거야. 우리 모두 같이 각자의 책을 쓰는 거야. 어때?"

모두들 내가 뭘 쓰는지 알고 싶어했다. 나는 소설을 쓰고 있으며, 어떤 이야기인지는 나중에 설명해주겠다고 했다.

이렇게 첫 수업이 끝났다. 수업을 마치기 전에 아이들의 수많은 질문에 대답해야 했다. 루시아노는 내게 자신의 시집을 주었다. 천천히 읽어보겠다고 대답했다. 교실 문을 나가 교문을 향해 가로질러 가면서 난 내가 이 수업을 하기 위해 태어났다는 이상한 느낌에 사로잡힌다.

"그래, 어땠어?" 진저가 전화에 대고 성급히 묻는다.

"재앙이었어. 선생 일은 나하고 안 맞다고 했잖아. 애들 질문에 짜증이 나서 그만뒀어."

"지금 장난하는 거지……."

"아냐. 친구가 무척 화났을 텐데 어쩌지?"

"네가 그랬다니 못 믿겠어,"

나는 웃음을 참았다.

"농담이야. 잘했어. 아이들도 착하던데. 나도 신사답게 행동했다고. 아이들이 날 좋아하는 것 같아."

"참나. 놀라서 죽을 뻔했잖아!"

"할 말이 있어."

"뭔데?"

"보고 싶어."

"나도."

이튿날, 나는 사는 게 가치가 있다고 생각하는 사람처럼 새삼스레 넘치는 활기 속에 깨어난다. 지금껏 느껴보지 못한 행복을 느낀다. 이 감정이 오래 지속되기를 바란다. 나쁜 일이 생길까 두렵다. 안 돼. 이번에는 망치지 않을 거야.

살아갈 거야. 잘할 거야.

이제 낮에는 《쿠비코바》를 쓰고 있다. 필요한 건 계속 써나갈 수 있게 해줄 영감뿐. 몇 가지 규칙을 정하니 글쓰는 데 도움이 되었다. 매일 평균적으로 3페이지 쓰기. 장애물을 만나면 멈추고 다른 일을 하기. 내 잠재의식이 해결하도록 내버려두기. 얼마간 지나 해결책을 만나면 다시 글을 쓰고, 장애물을 만나면 멈추기. 이렇게 해나갈 것이다.

잠시 쉬는 동안 진저에게 전화했다.

"어때? 잘되어가?"

"응. 좀 힘들었어. 지금은 좋아졌지만." 그래, 우리가 이 삶에서 필요한 건 이런 솔직한 거짓말들이다. "나랑 바람 쐬러 나갈래?"

"그래. 하지만 뭘 하지?"

"음…… 좋은 질문이네. 너랑 같이 있는 것만 생각했지 뭘 할지는 생각 못했어."

수화기 건너편에서 웃음소리가 들린다.

"알았다. 트뤼포 영화를 하던데 보러 갈까?"

"그게 누군데."

"농담하는 거지? 트뤼포 영화를 본 적이 없다는 거야?"

"나는 범생이었거든. 인류학 책만 읽었고, 내가 본 얼터너티브한(예술성 있는) 영화들은 대부분 러시아 영화였어."

내가 웃을 차례다.

"가자. 너도 좋아할 거야."

"그럴 것 같아."

극장 입구에서 진저를 만난다. 그녀를 볼 때마다 나는 미소 지을 수밖에 없다. 내 입술은 즉시 반응한다. 그녀는 청바지에 초록색 톱을 입고 있다. 소박하다. 그리고 아름답다. 내 안의 무언가가 그녀와 쿠비코바가, 쿠비코바와 그녀가 무척 닮았다고 말한다. 삶은 예술을 모방한다, 아니 내가 카피하는 거다. 꿈속의 여자는 존재했고, 나를 실제로 만나러 왔다. 내가 영화감독이라면 카메라를 여기 내가 서 있는 곳에 둘 것이다. 나만의 카메라로 그녀를 볼 것이다. 그녀가 한 걸음씩 거리를 내려온다. 핸드백을 들고, 손을 흔든다. 손을 들어 머리칼을 쓸어 올린다. 그다음 나를 보고 미소 지으며 더 빨리 내려온다. 그녀가 내게 키스하기 2초 전, 클로즈업 후 컷을 외칠 것이다.

"너무 늦었지?"

"부탁 하나 해도 될까?"

"뭔데?"

"저 모퉁이까지 갔다 다시 내려와줄래?"

"왜?"

"그 모습을 다시 기록하고 싶어서."

"어디에? 어떻게?"

"내 기억 속에."

그녀는 미소를 지었다. 미소의 축제가 이어진다.

"오케이. 그럼 저쪽으로 갈게."

"그 길을 처음 내려오고 있다는 사실을 잊지 마." 고함치듯 말했다.

"알았어." 그녀는 등을 돌린 채 대답했다.

진저는 모퉁이까지 갔다. 포즈를 취하더니 영화배우처럼 길을 내려온다. 나는 내 상상의 카메라로 모든 움직임을 기록한다. 내 생애 마지막 날까지 이 기억으로부터 도망칠 수 없을 것이다. 최고의 카메라는 기억이다. 이제, 영화처럼 한 프레임, 한 프레임씩 빛과 감정을 담으며 내 기억 속에 그 모습을 촬영한다. 내 망막에 이미지를 담는다. 내 인생에 완전함과 부족함을 동시에 가져다 줄 여인과의 만남과 부재 사이에 흐려진 날을 느낄 때마다 다시 바라볼 이미지를 담는다.

영화가 시작된다. 나는 영화보다 진저를 더 많이 본다. 그녀는 미소 짓다가 불안해했다가 슬픈 표정을 짓는다. 그러면서 몸을 앞으로 기울였다가 감정에 사로잡히기도 한다. 화면에서 헤어지는 이야기가 전개되는 동안 나는 현실의 삶에서 가능한 만남을 생각한다. 영화는 〈금지된 키스〉*. 주인공은 키스하지 못한다. 술집 여자뿐 아니라 자신이 사랑하는 여자한테도 키스하지 못한다. 키스는 사랑의 증거이고, 주인공은 아무도 사랑할 수 없기 때문이다. 사람들은 진정한 사랑의 의미를 이해하지 못한다. 누구도 사랑에 관심을 갖고 있지 않은 듯하다. 마지막에 모든 것이 해결되려 할 때 수수께끼 같은, 불가능한 만남으로 인해 언제나 씁쓸함을 전하는 결말.

"트뤼포 감독은 어떤 사람이야?" 강한 인상을 받았는지 진저가 묻는다.

"의사. 응급실 의사."

"정말?"

"내 인생을 자주 구해줬지."

"그랬을 것 같아······. 다른 작품도 보고 싶어. 그 마지막 대사. 진정한 사랑일 거야, 그렇지?"

"응······."

"결국 우리는 본질을 가질 수 있는 능력을 결코 가질 수 없다는 이상한 감정이 들었어."

"무슨 말 하고 싶은지 알겠어."

주눅 들게 하는 정적이 감돈다. 우리 또한 아주 큰 오해 속에 살고 있는 건 아닐까.

"우리 키스도 금지된 것일까?" 나는 질문한다.

"이제는 아냐. 이제 누구한테 얽매여 있지 않거든."

그녀가 나를 놀라게 한다. 우리는 키스한다.

키스도 금지될 수도 있다. 사랑도 금지될 수도 있다. 그러나 네 인생에선 누구도 너의 시도를 금지하지 않을 것이다. 내 말 믿어. 마지막 자막이 뜰 때까지 넌 시도하고 또 시도할 수 있다. 내 영화

＊〈훔친 키스(Baisers Voles, 1968)〉는 앙투안 두아넬이 나오는 5편의 영화 중 두 번째 영화이다. 〈금지된 키스〉라고 번역되기도 한다. 〈400번의 구타〉와 동일선상에 놓인 작품으로, 자신의 성장기를 통해 세상을 바라보는 트뤼포의 시선을 함축한 작품이다.

에서 유일하게 금지된 것은 포기하는 것이니까.

나는 행복을 느끼며 집으로 돌아간다. 진저는 내 팔짱을 끼고, 오른쪽 어깨에 기댄다. 걸으면서 어제 들었던 재미없는 이야기를 한다. 그녀의 미소에 나도 화답한다. 내게는 좋은 순간들을 사라지게 만드는 이상한 습관이 있다. 좋은 순간 앞에서 왜 이런 순간이 내게 일어나지 하고 생각하는 버릇이다.

"잠깐 서봐." 내가 말한다.

"무슨 일인데?"

"하나 이야기할 게 있어."

"뭔데?"

"나는 이런 점에 있어선 별로야."

"이야기하는 것?"

"감정을 드러내는 것."

"무슨 말이야?"

"잠깐 내 말 좀 들어봐." 나는 깊은 숨을 내쉬고 계속 이야기한다. "나는 지금처럼 이렇게 행복한 적이 없었어. 모든 게 네 덕분이야. 모든 것에 감사해."

진저는 조용히 웃었다. 그녀는 나를 포옹하며 낮은 목소리로 말한다. "넌 날 만났고, 내가 널 만나도록 해줬어. 너는 아니 우리는 인생을 가치 있게 만들어가고 있는 거야. 믿어줘서 고마워. 진정한 만남이 가능하다는 사실을 넌 내게 매일 증명해주고 있어."

내가 졌다. 그녀는 자기 자신을 나보다 훨씬 잘 표현한다. 내가 나 자신을 표현하지 못한다고 이야기했던가? 하지만 질투하지 마. 내가 루저였던 거 기억하지? 하지만 이제 나는 꿈의 여자와 함께하는, 이 세상만큼 큰 희망을 가진 루저이다. 이런 일은 네게도 일어날 수 있다. 그렇게 확신한다.

잠들기 전 좋아하는 사람과 섹스하는 건 얼마나 달콤한가. 여자를 꼬드기기도 했고 환상적인 만남도 가져봤다. 그렇지만 정말 좋아하는 사람과의 섹스보다 더 좋은 건 없다. 잠든 진저를 바라보다 깨우지 않으려고 조심스럽게 팔을 빼낸다. 이 순간이 영원히 지속되길 바란다. 나는 한 가지 기술이 있다. 눈을 감고 시간을 수백만, 수천만 조각으로 나눈 다음 하나씩 펼치면서 늘려간다. 그러면 순간이 영원히 지속되는 것 같다. 이런 방법으로 하루의 낮과 밤을, 섹스와 호흡을, 촛불 아래에서 속삭인 사랑의 이야기를, 증명할 수 없는 이야기를 기억한다. 나는 벌써 그리움을 느낀다.

일찍 잠에서 깼다. 진저와 작별하고 수업을 하러 간다. 그녀는 내게 행운을 빌어준다. 그녀를 처음 만났을 때 나는 행운이 시작되었다는 걸 알지 못했다. 나는 "그러니까…… 최선을 다합시다! 그리고 코치 선생님의 지시를 따라……" 하고 축구선수 흉내를 낸다. 그녀의 미소를 끄집어낸다. 그녀를 웃게 만드는 걸 무척이나 즐긴다. 그 웃음으로 행복해진다. 하느님, 제가 '행복'이란 단어를 얼마나 자주 사용하고 있는지요.

　두 번째 수업이다. 교실에 들어가기 전 깊게 숨을 들이쉰다. 다들 왔다. 누군가 결석해주기를 바랐지만 아이들은 나를 놀라게 했다. 루시아노, 마리아나, 줄리아노, 하파엘 그리고 다른 아이들. 아이들의 눈동자들에 더 많은 질문이 담겨 있다. 내가 무엇을 말하려는지 다들 궁금해한다. 백팩에서 비디오테이프를 꺼낸다.

　"오늘 가져온 게 하나 있어."

　"에이, 여기는 플레이어가 없어요." 루시아노가 아쉬워한다.

　"걱정 마. 아나 선생님한테 말해서 비디오실 열쇠를 갖고 왔거든. 거기서 비디오와 TV를 가져오자."

　"제게 맡겨주세요." 하파엘, 아니 MC 카나스타가 나선다.

　하파엘과 키 큰 호드리고가 금세 기기가 실린 탁자를 밀고 온다.

　"뭐예요?" 마리아나가 물었다.

　"영화."

　"무슨 영화예요?"

　"사랑 영화."

　"으흠……. 재미있을 것 같아요."

　"그런데 언제부터 글을 쓰죠?" 루시아노가 묻는다.

　나는 굳이 대답하지 않는다.

　"이건 SF영화야. 영화 제목은 〈화씨 451〉*." 나는 다시 트뤼포에 의지한다. "이 미래의 소방수들은 불을 끄지 않아. 책을 불태우지. 왜냐하면 책이 사람들을 불행하게 한다고 여기거든. 화씨가 무엇인지는 아니?"

약간 시간이 걸렸지만 한 남자애가 손을 든다.

"아그날도, 그렇지?" 그 이름을 묻는 순간 한 남자애 때문에 불안해진다. 혼자 앉아 있는 아이. 아무와도 이야기하지 않는 아이. 가끔 내 말을 듣고 있지 않는 듯했다. 이름이 주앙이었던 것 같다.

"네. 미국에서 사용하는 온도 단위예요."

"영화 제목 화씨 451도는 책이 타기 시작하는 온도야."

모두들 침묵에 빠진다.

"그럼, 이제 보자."

영화를 보는 112분 동안 아이들은 한마디 말도 없이 화면에 빠져들었다. 시작할 때 "사랑 이야기가 아니네요" 하고 말한 마리아나를 제외하고. 마리아나의 불만 섞인 목소리는 금방 여러 아이들의 "쉬잇" 소리에 묻혔다. 고백하건대, 난 이 영화를 볼 때마다, 특히 사람들이 좋아하는 책을 외우면서 호수 주변을 걸어다니는 장면을 볼 때마다 눈물을 참을 수 없다. 영화는 책에 대한 진정한 사랑의 고백이다.

모두가 놀란다.

---

* Fahrenheit 451. 소설가 레이 브래드버리가 1953년에 쓴 동명의 SF소설을 바탕으로 프랑스와 트뤼포 감독이 1963년 만든 영화. 책이 금지된 미래의 디스토피아를 배경으로, 책을 불태우는 방화수(放火手)가 주인공이다.

"이게 바로 여러분이 해야 할 일이야. 이걸 위해 싸워야 하는 거야. 인생의 모든 순간마다 정말 가치 있는 게 무엇인지, 여러분을 숨 쉬게 만들고, 쓰고 싶게 만드는 것을 기억하는 거야. 무언가를 쓰려고 할 때는 불을 가져야 해. 안에서 밖으로, 밖에서 안으로. 거기에 삶이 거칠게 섞여 있다는 걸 이해해야 해. 자신을 느끼고 다른 사람들을 느껴야 해. 여러분 주위의 모든 사물을 불태울 수 있어야 해. 그게 바로 우리의 생존에 관한 것이거든."

내가 이렇게 예언자처럼 말하다니. 그런데 더 큰 문제가 있다. 내가 말한 모든 것을 나 스스로 믿고 있다는 것이었다.

"자 수업은 끝났다." 조금은 단호한 목소리로 말했다.

아이들은 내 말에 반응하는 데 약간 시간이 걸린다. 하나둘씩 교실을 나가기 시작한다. 모두가 날 이상한 눈으로 본다. 하지만 나는 확신한다. 집에 돌아가는 길에, 마지막 길모퉁이에서, 버스에서 내리기 한 정거장 전에 아이들은 갑자기 이해하기 시작할 것이다. 몇몇 아이들은 이해하지 못할 수도 있겠지만. 책을 사랑하는 사람들이 더 생겨날 것이다. 우리는 도서관을 채울 만큼의 책을 쓸 것이다. 온 세상에 대해 쓸 것이다. 정말 그런 일이 일어났으면.

"아, 다음 주에 좋아하는 책 한 권씩 가져오는 거, 잊지 마."

나는 조금 더 교실에 남아 아이들과 대화한다. 마리아나가 마지막으로 손을 들고 내게 말한다.

"전 이해했어요. 사랑의 영화네요."

나는 세상의 크기만 한 미소를 짓는다.

나의 다른 일. 파울라웅의 얼터너티브록 클럽은 무난하게 흘러가고 있다. 인디 클럽 사업은 꽤 괜찮다는 생각이 든다. 그는 전날 일에 대해 내게 사과하기까지 했다. 그리고 이제 내가 전담 디제이가 될 거라고 했다. 듣기 좋았다. 나는 부드럽게(이 말 역시 좋다) 글을 쓸 시간이 필요하다고 거절했다. 평소보다 조금 일찍 패신저 클럽에 도착했다. 시작하기 전에 한잔할까 생각했다. '요나'라는, 성경에 나오는 이름을 가진 클럽 기도에게 인사한다. 이름 한번 적절하지 않은가. 고래 뱃속을 지키는 사람. 붉게 장식된 내부가 내 생각을 더욱 강하게 뒷받침한다. 곧장 바로 향한다.

"패티, 맥주 좀 줄래?"

"뭐라고?"

여종업원이 등을 돌린다. 이런. 패티가 아니다.

"패티는?"

"패티는 그만뒀어. 내가 대신 들어왔어."

하느님 감사합니다. 이 머리 나쁜 여자애가 벌써 날 짜증나게 하고 있다. 근데 그렇게 못생기지는 않았다. 그 반대다. 아주 예쁘지는 않지만…… 파울라웅이 멍청이는 아니거든.

"흠……." 난 시선을 돌리려 한다. 내가 어디로 시선을 돌리려는지 너는 알 거다. "지미는 어디 있어?"

"뒤쪽에 있을걸. 나도 거기 가봐야 해." 그녀는 창고로 간다.

"흠……." 난 시선을 돌리려 한다. 어디로 시선을 돌리려는지 너는 알 거다.

지미가 맥주 박스를 들고 왔다.

"웬일이야? 이렇게 일찍?"

"저 여자애는 누구야?"

"괜찮지?"

우리는 같이 크게 웃었다.

"몰라. 파울라옹이 나도 모르는 곳에서 데려왔어. 괜찮지, 안 그래?"

"맛있겠는데?"

그녀가 돌아온다.

"맥주 하나 줄래?" 내 시선을 그녀의 엉덩이에서 뗄 수가…….

"잠깐만." 지미의 시선도 그녀에게서 뗄 수가…….

"알았어." 그녀에게서 눈을 뗄 수가…….

"참, 이 친구가 우리 집 디제이인 미스터 파렌하이트."

"이 아가씨는?"

"안녕? 난 이미 알고 있는데. 난 쟈크린느야. 여기 디제이지?"

"이런, 우리 디제이를 좋아하는 것 같은데." 쟈크린트의 말투로 미루어보아 디제이를 좋아하는 부류의 여자애 같다.

---

* Franz Ferdinand. 스코틀랜드의 글래스고에서 결성된 록 밴드.

"예쁜 이름이네. 프란츠 퍼디난드*의 노래 제목하고 똑같아. 널 위해 틀어줄게."

"정말? 넌 멋지겠다!"

그녀와 잘 지낼 수 있을 것 같다. 솔직히 말해, 나는 타인의 기분을 언제 즐겁게 해야 하는지 알지 못한다. 그렇지만 진저가 내 삶에 들어온 후 자신감이 붙는 것 같다. 참아. 잘 지내고 있잖아? 난 지금 여자친구가 있어. 그런데 이런 생각은 어디서 온 것일까? 어떻게 진저가 있는데 다른 여자를 생각할 수 있을까? 그렇지만 샤크린느가 "넌 멋지겠다!" 하고 말했을 때 내 바지 안에서 무언가 꿈틀거렸다. 꿈틀거렸다.

그녀가 흥얼거리며 사라진다. 나와 지미는 눈을 떼지 못한다……. 그래. 넌 내가 어디에서 눈을 떼지 못하는지 알겠지.

"바람둥이. 잘 지낸다고, 응?"

"무슨 소리야. 지금 난 사귀는 사람 있어, 잊었어?"

"여친? 언제부터? 그 금발하고?"

"그래."

"다 가졌네, 응? 좋겠다. 남는 여자애는 없어?"

"오늘 친구들하고 같이 올 거야."

"아 그래? 좋겠다."

지미는 계속 바를 닦았다.

"너 수업하지?"

"어떻게 알았어?"

사람들은 어떻게 다른 사람의 삶을 아는 걸까. 인상적이다. 그러고 보니 파울라옹에게 말한 적이 있는 것 같다.

"그래. 나만의 〈죽은 시인의 사회〉를 하고 있지."

"선생 모습을 한 네가 전혀 상상이 안 돼."

"나도 그렇지만 뭐 어때? 잘하고 있다고. 내 영혼도 치유되는 것 같아. 솔직히 가르치는 것 이상으로 나도 배우고 있어."

 나는 이 수업이 좋다. 그것도 아주 많이.

"책은 어떻게 되어가는데?"

"잘되어가지. 이제 '쿠비코바'는 매일 핸드백 사진을 찍고 있어. 핸드백에 있는 물건을 꺼내서, 종이에 날짜를 적고 사진을 찍지. 그럼 완전히 이상한 나라에서의 일상을 기록할 수 있다고 믿는 거야. 그리고 그다음에는……."

"그만."

"왜? 별로야?"

"그 반대야. 아주 훌륭해. 다만 네가 여기저기 툭툭 끊어 얘기한다는 게 문제지. 이야기가 제대로 연결되지 않아. 그녀가 왜 그런 일을 하는지, 아님 다른 일을 하는지 그 이유를 잘 모르겠어. 네가 다 쓴 다음에 한꺼번에 읽을래. 무슨 일이 일어나는지 알고 싶어. 차례차례 읽고 싶어. 난 호기심이 많다고. 무슨 일이 왜 일어나는지 모르면 기분이 나빠. 나중에 한꺼번에 읽을게."

 지미가 감정적인 사람이라고 이야기한 적 있었던가. 지미 같은 사람들을 위해 나는 글을 쓴다. 사실 나 같은 사람들을 위해 쓰는 거지만. 그래 지미 같은, 나 같은, 너 같은 사람들을 위해 난 쓴다. 결국 우리는 똑같다. 나는 지미에게서 나를 만나고, 지미는 나에게서, 넌 나에게서, 나는 너에게서 만난다. 파울라웅은 아마도일 거다. 진저는 확실하고, 다니와 쿠비코바도 만난다. 비록 쿠비코바는 실제로 존재하지 않지만. 제임스 조이스는 이런 점에 대해 훨씬 더 잘 썼다는 걸 안다. 그러나 나는 조이스가 아니다. 적어도 그건 이해한다. 이것만으로도 충분하다.

디제이 부스 안에 들어섰다. 오늘 내 마음은 가볍다. 위저*에 바치는 미니 스페셜을 하자. 위저는 언제나 나를 행복하게 해준다. 그렇지만 쟈크린느가 종일 지나다니고 있어 산만하다. 그녀를 생각하게 된다. 그녀는 자신이 욕구를 불러일으킨다는 사실을 알고 있을까? 인식하고 있을까? 아니면 모를까? 보는 즉시 섹스만 생각나게 하는 여자들이 실제로 있다고 난 생각한다. 어떻게 그런 일이 생기는 걸까? 남자들 중 이렇게 섹스만 원하는 남자를 그녀가 구분할 줄 알까? 'Little Baby Nothing'을 튼다. 매닉 스트리트 프리처스**만이 내게 대답해준다.

진저가 친구들과 도착했다. 그녀는 나를 향해 힘차게 손을 흔든다. 나 역시 그녀를 보니 행복하다. 기다리라고 손짓했다. 위저의

* Weezer. 미국 캘리포니아에서 결성된 얼터너티브록 밴드.
** Manic Street Preachers. 웨일스의 블랙우드에서 결성된 영국의 얼터너티브록 밴드.

'The Good Life'를 틀어놓고 디제이 부스에서 나왔다. 4분 16초의 시간이 주어졌다.

그녀에게 키스했다. 몇몇 얼굴은 지난번에 봐서 기억이 난다. 이름인 산드라라고 했던 예쁜 여자애도 있다. 지난번엔 미니스커트를 입고 있었던 여자애 이름은 아나. 주앙은 내 '메들리 필살기'를 좋아했던 친구다.

"사람들이 요즘 여기를 많이 찾네." 그들을 보면서 말한다.

"난 내 개인적인 디제이의 활약을 보려고 왔지만."

듣기 좋다. 이제 부스로 가야 해, 좀 더 긴 노래를 틀 때 다시 나올게, 하며 인사한다. 그 말을 마치기 전에 쟈크린느가 우리 앞을 지나간다. 진저의 친구 중 남자들의 눈이 모두 돌아갔음은 말할 필요도 없다. 나는 부스로 돌아간다. 하지만 그 전에 네가 추측한 곳으로 눈길을 돌려본다.

디제이 부스 안에 들어선 나는 춤추는 진저를 본다. 그녀는 아름답다. 내가 좋아하는 스타일의 춤. 지금 나는 행복한 사람이다. 그렇지만 크나큰 의심이 아직 남아있다. 왜 쟈크린느를 힐끗하는 행동을 그만두지 못할까? 시간이 됐다. 쟈크린느가 요청한 노래를 틀 시간이 된 것 같다. 그다음으로는 내 메들리 필살기를 짠다. 어떤 건지 넌 알 거다. 부스에서 나오자마자 쟈크린느를 지나치며 "네 노래야" 하고 말했다. 그녀는 내 귀에 "좋아" 하고 속삭이며 손뼉을 쳤다. 지난번보다 더 큰 무언가가 내 바지 속에서 정말 꿈틀거렸다.

"저 여잔 누구야?"

"쟈크린느. 지난번에 일하던 패티 대신 들어온 여자애야."

"아, 그래."

어떤 여자가 말 그대로 섹스하고 싶은 충동을 불러일으킬 때 다른 여자들이 그걸 눈치 챌까? 완전한 여자와 같이 있는 내가 그 순간, 왜 쟈크린느와 급히 화장실로 뛰어들어가 나쁜 짓, 그러니까 섹스하고픈지 그 이유를 정말 알고 싶다. 내가 진저를 배신할 수 있을까? 그럴 수 있을까?

"이런. 왜 그렇게 놀란 얼굴이야. 무슨 일 있었어?"

"아, 아냐. 부스로 가야겠어."

나는 두려움을 안고 돌아간다. 내 표정이 아주 엉망이었을 거다. 단순한 질문이 내 기분을 바꿔놓는다. 모든 것을 다 망쳐버릴 수 있다는 생각이 다시 떠올라 걱정에 휩싸인다. 동시에 나는 슬퍼졌다. 우리가 결코 만족하지 못하기 때문인지도 모르겠다. 영원히 불확실한 우리의 조건 때문이리라. 변덕스럽고, 변화하기 쉬우며, 폭력적이며 본능적이다. 토하고 싶다. 인간이라는 종種에 대한 역겨움이 느껴졌다.

내가 맡은 시간은 끝났다. 뱅이 와서 요즘 킬러스* 음악에 미쳤

---

* The Killers. 미국 네바다 주 라스베이거스에서 결성된 록 밴드.

다며 시디를 통째로 틀겠다고 말한다. 파울라웅의 한마디가 모든 것을 요약해준다.

"이런 일만 겪는군. 또다른 파렌하이트."

뱅도 좋은 녀석이다. 어수선하고 혼란스러운, 완전 또라이다. 녀석은 분당 수백만 단어를 속사포 쏘듯 말한다. 그중 대부분의 단어를 알아듣지 못한다. 녀석의 피검사를 해보면 마약 성분이 검출될지도 모르겠다. 난 아직 녀석과 제대로 된 대화를 나눈 적이 없다.

"이봐, 조카에게 전달하라고 내게 준 그 책, 그는 아직 못 읽었어. 그는 이가 없거든. 알간?"

"응? 아, 그래."

아무도 눈치 채지 못하게 부스에서 나와 친구들과 있는 진저 쪽으로 간다. 이상하게 힘든 날이다. 집에 가서 혼자 있고 싶다. 진저의 존재도 나를 즐겁게 해주지 못한다. 그녀를 좋아하지 않는다는 의미는 아니다. 그런 뜻은 아니다. 고독은 내 본성에 내재된 것이다. 아마 그녀의 본성에도. 아마도.

"조금 디프레시브한 음악을 좋아하잖아, 안 그래?" 어떤 바보같은 녀석의 질문. "좀 다운되는 고딕 음악을 골랐더라고."

"그냥 느낌이 오는 걸로 틀어." 쌍, 나는 왜 이렇게 예의가 바른 거지.

"너네 얼터너티브록 디제이들은 아주 강한 '다크 사이드'를 갖고 있잖아."

"뭐라고? 아주 강한 다크 사이드라고?" 나는 크게 웃는다. "멋진 말이야." 바보가 한 건 했다.

"괜찮아?" 진저의 목소리.

솔직히 그리 좋지 않아. 집에 가야겠어.

"같이 갈까?"

"아냐. 친구들하고 있잖아. 그냥 있어. 내일 이야기하자."

"문까지 데려다줄게."

나는 묘지에서 나와 도시를 향해 걸어가는 좀비처럼 클럽을 가로지른다. 나가기 전 쟈크린느를 봤다. 두 다리 가운데에서 이상한 반응이 일어나는 바람에 진짜 좀비처럼 걸어야 했다.

"왜 그래?"

"화장실 좀 갔다 올게."

화장실에서 얼굴을 씻고 문을 나선다. 복도에서 쟈크린느를 만난다. 그녀가 내게 얼굴을 바싹 들이대며 말한다.

"그 노래 정말 좋았어!" 아, 이런. 내가 참을 수 있을까?

난 문을 향해 황급히 달린다. 가능한 한 가장 신속하게 진저에게 키스하고 재킷을 걸치고 밖으로 나간다.

할 일 없이 거리를 돌아다녔다. 추워지기 시작했다. 나는 추위가 좋다. 추위는 고독과 아주 잘 어울린다. 한잔 마셔서 몸을 데워야겠다. 이번엔 어디로 가냐고? 패신저 클럽에 가는 길에 항상 지나치곤 했던 비싼 술집. 바에 앉으려 했지만, 언제나처럼 테이블에 앉고 만다.

난 혼자다. 이 고급 술집을 가득 메운 사람들은 부자이거나, 부자같이 보이는 모던한 사람들이다. 뒤집혀진 자본주의일까? 나는 부자가 아니지만, 오늘은 사치를 부려 여기서 몇 잔 마시려 한다. 돈으로, 그러니까 술값을 치를 만큼의 돈만으로 이들 세계에 속한 느낌이다. 이 느낌은 무얼 의미하는 걸까? 결국 세계라는 건 무엇일까? 보이지 않는 사회의 계층은 또 무엇일까? 솔직히 어디에 있든 잘못 와 있다고 느낀 적은 없다. 언젠가 할아버지가 이렇게 말씀하셨다. "다 똑같아. 사람이지. 돈이 있건 없건 말이다. 돈이 사람을 평가하는 기준은 아냐. 그러니 부자가 되려고 애쓰지 마라. 좋은 사람이 되려고 애써야지." 내 할아버지는 현자였다. 할아버지에 대해 많은 기억을 갖지 못한 것이 못내 아쉽다. 이런 역설을 떠올리며 난 메뉴판을 집는다. 사실, 잘못 와 있다는 느낌이다. 어디서든 그런 느낌이다. 하지만 이상하게도 여기에서는 주눅이 들지 않는다.

나는 브랜드명으로 술을 찾는다. 푼다도르. 헤밍웨이 작품에 나오는 인물이 소설에서 이 술을 계속 마셨던가. 이거다. 이 브랜드다. 푼다도르.

"푼다도르."

아름다운 웨이트리스가 내게 미소 짓는다. 아마 연기 지망생일 게다. 아니면 어떤 재능도 갖고 있지 않은 예쁜 여자애이거나. 내가 잔인한 걸까. 하지만 나는 술집 여자와 비서들, 홍보 도우미, 백화점 매장 아가씨들을 좋아한다. 아마도 아름답다는 것 외에도 친절해서인 것 같다.

우리는 그렇게 존재한다. 나와 테이블의 푼다도르 한 잔. 글을 계속 쓰려는 생각과 피할 수 없고 사라지지 않는 고독 사이.

어린 시절의 어떤 장소가 그립다. 따뜻한 날씨와 저물어가는 오후의 즐거움이 있는 곳. 내가 행복한 예감을 전하는 풍경의 일부가 된, 편안하고 텅 빈 느낌을 다시 갖고 싶다. 그러면 희망과 기대를 동시에 가질 수도 있을 텐데.

내가 원하는 건 그 느낌이었다. 그래서 나는 천천히 기억 속 어린 시절을 찾아갔다.

강 건너편 나무들 사이. 아마 그쯤일 거다. 헤밍웨이와 술을 마신다. 사실 난 혼자다. 여기에서는 헤밍웨이의 존재를 느끼지 못한다. 행복은 더더욱 그렇다. 이렇게 혼자 있으면서도 누가 같이 있는 걸 바라지 않는 이유가 무엇일까. 그저 궁금할 뿐이다.

푼다도르 한 잔을 다시 주문한다. 세 잔은 족히 마실 거다. 한 병 다 마실 수 있는 돈이 있었으면.

예쁜 여자애를 다시 부른다.

"한 병에 얼마죠?"

그녀는 놀란 얼굴이다.

"물어보고 올게요. 지금껏 한 병 시킨 사람이 없어서요."

그녀가 돌아온다.

"120헤알이에요." 그녀는 의심하기보다는 동조한다는 얼굴이다.

"한 병 줘요." 마침 오늘 일당 200헤알이 있다.

"진짜로요? 다 마실 건가요?"

"아니. 취할 때까지."

예쁜 여자애가 미소 짓는다.

"헤나타!" 가슴에 달린 명찰에서 이름을 읽는다. "사실 난 돈 없어요. 이렇게 쓸 돈은 없죠. 하지만 취할 때까지 마시고 싶어요. 뭔가 하고 싶은 게 있으면 반드시 해야 된다고 생각하거든요. 돈이 있건 없건."

예쁜 여자애가 다시 웃는다. "이해해요. 더 필요한 건?"

인스턴트한 구원을 부탁하고 싶다. 잘못된 내 마음을 고쳐달라고 부탁하고 싶다. 내 말할 수 없는 세계를 마르지 않는 단어의 샘으로 바꾸어달라고 부탁하고 싶다. 사람들과 대화를 나눌 수 있기를 소원했다. 그러나 내 인생은 영원한 독백이다. 나는 나 자신하고만 이야기할 뿐이다.

"괜찮아요. 여기 이 친구가 있잖아요." 병을 들어 보인다.

천천히 마시기 시작한다. 아주 천천히, 한 방울씩 홀짝거리면서. 주변을 둘러보고 생각한다. 난 왜 저 사람들처럼 되지 못할까? 저들 중 나처럼 마음이 부서진 사람이 있을지도 모른다. 하지만 어디에? 어떻게? 가끔은 이 모든 감정을 하느님이 보여줬으면 좋겠다. 섬광이 지나듯 잠시일 뿐이라도 그렇게 해주셨으면 한다. 언젠가는 잊히겠지만, 그렇지만 지금 내 마음을 찌르는 이 고통을 잠시 멈춰주었으면, 날 이해해줬으면.

반병이 사라졌다. 몸이 늘어진다. 명찰에서 읽은 이름을 잊어버려 또다시 예쁜 여자애의 이름을 묻는다. 그녀에게 가졌던 호감을 다 잃어버렸다. 헤밍웨이 이야기가 날 혼란스럽게 만들기 시작한다. 나는 실제로 그 강을 건너가 나무들 사이에 서 있다. 거기에 해먹이 있을까? 나는 영원히 그 숲에 있고 싶다. 염병할! 내게는 꿈꿔온 여자친구가 있고, 확신을 갖고 글을 쓰고 있는데, 이제야 내 생각을 공유할 수 있는 사람을 갖게 되었는데 나는 왜 이러는 걸까? 집중하자. 이제 그만 마셔야겠다는 생각이 들어 술집을 나선다.

"술 보관해줄래요?"

"네. 성함이?"

"헤밍웨이. 내 이름은 헤밍웨이."

춥다. 마음이 더 춥다. 주위의 모든 것이 얼어붙는다. 자켓을 여민다. 하느님께서 나를 좀 더 따뜻한 삶의 장소로 옮겨주셨으면 하고 기도한다. 동시에 내가 배가 불러 불평하고 있는 이 어리석은 대답도 부디 가져가주시기를. 나같이 마음이 부서진 적이 없던 사람, 이제야 산산이 마음이 부서진 사람이라면 내가 무슨 말을 하는지 알 것이다(적어도 나는 그렇게 생각한다). 그걸 입 밖으로 말하기가 두렵다. 하지만 내면의 공허는 결코 채우고 덮힐 수 없는 법. 걸음을 재촉한다. 아무도 날 모르는 곳으로 가고 싶다. 내 정체성을 수도 없이 바꿔보고 싶다. 새로운 인격체를 만들어보고 싶다. 이것은 새로운 이야기이다. 콤플렉스에 맺힌 트라우마가 없는 사람. 형이 상학적인 문제로 고민하지 않는, 좀 더 쾌활한 사람. 나는 그런 인물을 실제로 만들어낼 뻔했다. 눈을 감고 새로운 이야기를 지어낸다. 새로운 인물. 새로운 정체성. 그리고 새로운 장소. 새로운 어린 시절, 새로운 십 대 시절, 새로운 학교, 새로운 삶, 새로운 사랑……. 진저를 떠올린다. 그녀가 어떻게 이런 인생을 믿을까 생각한다. 어떻게 삶의 가능성들을 믿고 있는 걸까. 그러나 유감스럽게도 아직은 내 것이 아니라는 생각이 든다. 세상의 모든 악마를 저주해보지만 저주받은 마음을 바꿀 수는 없다. 얼굴을 들고 한숨을 내쉰다. 나는 텅 비었다. 술집에 무언가 두고 온 것 같다. 어쩌면 패신저 클럽에 무언가를, 집에 무언가를, 어린 시절에 무언가를, 부모님 집에 더 많은 무언가를, 어쩌면 요람에 모든 것을 두고 온 것 같다. 나는 울고 싶다. 내 우유부단한 성격이 안타깝다. 내가 느끼는 것을 알지 못해서 안타깝다. 세상을 제대로 이해하지 못해 생긴 이 모든 상처를 쏟아내고 싶다. 이렇게 불완전한 사람으로 태어나서 생긴 상처를 쏟아내고 싶다. 나의 이 모든 게 평생 내 뒤를 쫓아오는 것일까. 나는 그림자의 대답을 기다렸다. 그러나 그림자는 상처와 같아서 내 삶의 태양에 따라 나타났다 사라졌다 한다.

정처 없이 걷는다. 취했기 때문이다. 이런 날 보며 웃고 있니? 나도 웃는다. 처음에는 조금씩. 다음에는 헛웃음. 그러다 갑자기

깔깔거리며 웃는다. 웃음을 멈출 수가 없다. 혼자, 한밤중에, 텅 빈 거리를 걸어가며 웃는다. 마침내 내가 미쳐버린 걸까? 돌아버렸나? 미치광이. 그건가? 제기랄, 모든 내 문제들이 끝났다.

하하하. 난 심각하게 이야기하고 있다. 웃음을 멈출 수 없다. 하하하하하하하하하하하하하하하하하하하하하하하하하하하하하하하하하하하하. 미치겠군. 삶이 완전히 엉망인데 웃음을 멈출 수 없다니. "지나친 즐거움은 눈물을 가져오고, 지나친 슬픔은 웃음을 가져온다." 이 말이 생생히 느껴진다. 인간은 불완전하다. 그걸 깨닫고 나서야 웃음을 멈춘다. 내리는 비를 무시하고 머리를 축 늘어트린 채 다섯 블록을 더 걸어간다.

"이봐, 정신 차려."

누군가 나를 흔든다. 뭐지? 어떻게 집에 왔지?

"일어나, 정신 차려."

눈을 뜬다. 진저.

"뭐야? 어, 어떻게?"

"집에 가다가 테이블에 누워 있는 널 봤어. 창밖에서 봤어."

뭐라고? 내가 잠들었단 말인가. 꿈이었나. 잠깐. 나는 말 그대로 헤밍웨이의 책을 꿈꾸었다. 그렇지만 마음이 개운하지 않다. 온몸이 아파온다.

"그래. 집에 가다가……멈췄지……여기서……뭔가……마시려고."

"알아…… 하지만 집으로 가야 할 시간이야."

그녀의 목소리에서 이해심이 느껴진다. 그녀가 나를 일으켜 세우는 모습에 감동한다. 나는 울어버린다. 이번에는 행복해서이다.

집으로 돌아가니 조금은 편안하다. 진저는 침대로 위장한 매트리스에 날 눕히더니 내 옆에 누웠다. 솔직히 말해, 지금처럼 인간관계가 좋았던 적은 한 번도 없었다. 옛 여자친구 다니와의 경우를 보면 알 수 있지 않나. 앞으로 진저와 어떻게 될지 아직은 잘 모르지만, 하지만 이번에는 망치고 싶지 않다.

"요즘 무슨 생각하고 다녀?" 진저가 물었다.

"몰라."

"삶에 대한 만족감이 없어?"

"좀 그래."

"회의감 같은 거야?"

"그게 바로 내 인생이지."

"그럼 난 삶을 의심하지 않는다고 생각해?"

"넌 언제나 나보다 더 확고하고, 더 성숙한 것 같아."

"나도 매일같이 뛰쳐나가고 싶어."

"……그럼 왜 그렇게 하지 않지?"

"그걸 이겨내려는 의지 때문이야."

"의지는 가끔 우리보다 더 강한 것 같은데."

"그래."

"우리가 성공 못하면?"

"우리가 성공 못할 가능성이 더 클 수는 있겠지."

"그렇지만 무엇이 우리를 확신하게 하지?"

"널 보는 것?" 그녀는 가까이 다가와 자신의 눈을 가리킨다.

"모르겠어."

"의지. 난 살아가는 동안 절대 포기하지 않겠다고 맹세했어. 내 눈에 있는 게 그거야. 내 삶에 있는 게 바로 그거야. 포기하지 않을 거야. 죽어도 해보고 죽을 거야."

잠시 침묵이 흐른다.

"그럼 내 눈에는, 뭐가 있어?"

"모르겠어."

"널 사랑한다고 말하고 있잖아."

나는 이 여자를 선택했다. 삶은 내게 이 여자를 점지해줬다. 그녀는 내 가슴에 난 구멍을 이해한다. 이상하게도 내가 뭘 배워야 하는지를 잘 알고 있다. 살아갈 의지로 이 구멍을 메울 방법을 알고 있다.

"내게 가르쳐줘."

"뭘?"

"살아갈 의지. 네 눈에 있는 것처럼 내 눈에도 의지를 담고 싶어." 난 한숨을 내쉰다. "알아. 혼자 배워야 하는 거겠지."

그녀는 내게 키스한다. 안다. 내가 너무 기복이 심하다는 것. 어떻게 살아가고, 어떻게 포기하지 않을 수 있는지 방법을 안다 해도 그건 내게 100퍼센트의 해결책은 아니었다. 그렇지만 나는 찾고 있다. 확신에 차서 찾고 있다. 내가 해낼 수 있을 것 같은 예감이 든다. 난 노력하고 있다. 진심으로 꿈꾸면서 노력하고 있다.

"오늘 밤 여기 있을래?"

"원할 때까지 있을게."

책장 앞에 제법 오래 서 있었다. 수업에 가져갈 책, 내가 정말 좋아하는 책을 고르면서. 제임스 조이스는 너무 뻔한 것 같다. 독서의 흥미를 유발하기 위해서? 《호밀밭의 파수꾼》? 아니다. 그 책에 대해선 언제나 의문이 일었다. 책 제목이 설명하는 장면은 천재적일지 몰라도 나머지 부분은 그리 좋아하지 않는다. 토마스 만의 《잘못 바꾼 목》을 고를까. 진저와 쟈크린느 사이의 내 상황에 아주 잘 들어맞는다. 결국 셰익스피어의 《햄릿》을 고른다. 지금까지의 내 상황을 온전히 보여주는 작품이다. 대학 시절, 한 교수님은 이렇게 말씀하셨다. "많은 책을 읽을 수 없다면, 성경과 셰익스피어의 전 작품을 읽어라." 교수님이 옳았다.

교실에 들어간다. 모두 잔뜩 기대한 눈치다. 대부분의 아이들이 손에 책 한 권씩을 들고 있다.

"좋아. 수업을 시작할까. 각자 자기가 가져온 책에 대해 조금씩 이야기해보자. 책을 선택한 이유를. 물론 나도 책을 갖고 왔어. 모두 이야기한 다음 내 책도 소개할게. 누가 먼저 시작할까? 줄리아노? 우리 꼬마 작가가 뭘 가져왔는지 보자."

"《돈 키호테》예요. 불가능에 저항하여 싸우는 기사에 관한 이야기입니다."

놀랍다. 그 아이가 설명을 이어가는 동안 나는 언젠가 이 아이에게 기회가 주어질지도 모른다는 생각이 든다. 늘 마음속에 어떤 광기를 갖고 살지도 모른다.

"아주 좋았어. 이번에는 누가 할까? 마리아나, 어때?"

"제 책은 《데이비드 카퍼필드》예요. 사실 제가 가장 좋아하는 책은 다른 거예요. 하지만 지난주 본 영화 때문에 이 책에 흥미를 갖게 되었어요. 아주 재밌어요."*

이 아이는 책을 좋아하는 사람은 될 거다. 갑자기 긍지가 솟는다.

"그럼 루시아노, 넌 뭘 가지고 왔니?"

"알렉산더 뒤마의 《몬테크리스토 백작》과 《철가면》이에요. 정말 재미있었어요. 모험도 있고, 등장인물도 멋지고, 스토리도 재미있어요. 우리 아빠 때는……."

잠시 그 아이는 나를 감동시켰다. 아버지의 부재는 이 불쌍한 아이에게 큰 문제로 작용하게 될 것이다. 나에게도 문제이지 않았던가. 아버지. 아버지에 대해서는 나중에 이야기하자.

---

* 줄리아노가 가져온 《돈 키호테》는 영화 〈화씨 451〉에서 처음 등장하여 방화수인 주인공에게 불태워지는 책이고, 마리아나가 가져온 《데이비드 카퍼필드》는 주인공이 몰래 숨겨와 처음으로 읽는 책이다.

아그날도는 기마랑이스 호자Guimarães Rosa*의 작품을 가지고 왔다. 놀랐다. 아무 말도 하지 않던 주앙은 스티븐 킹의 《캐리》를 가지고 왔다. 이 아이는 정말 나를 놀라게 한다.

"그래, 하파엘. 너는?"

"아, 환상적인 책을 갖고 왔어요. 《우리 삶은 시보레만도 못해》예요." 모두가 웃었다. 나는 웃지 않았다. 안 웃었다. 진지한 책이다. 프랑스어로도 번역된 작품이다.

"작가가 누구야?" 누군가 물었다.

"내 우상이죠. 작가 이름은 마리오 보르톨로토Mário Bortolotto. 이 이름 기억해둬. 브라질 최고의 극작가가 될 거라고. 선생님은 읽었어요? 안 읽었으면 빌려드릴게요." 다들 또 웃는다.

"읽고 싶을 거야. 하지만 내 삶이 시보레 차 한 대보다 더 가치 있었으면 해." 나는 미소 지으며 책을 든다.

"선생님 손에도 책이 있네요." 안드레아가 말했다. 수업이 끝나고 많은 질문을 했던 아이이다.

"아, 그래. 나도 한 권 가지고 왔지. 셰익스피어의 《햄릿》."

"알았어요. 그 유명한 '죽느냐 사느냐' 하는 책이죠." 흥얼거리듯 MC 카나스타가 말한다.

"그래, 그 책이지. 이걸 고른 건 우리 인간의 조건에 관한 책이기 때문이야. 우리가 영원히 품게 되는 '우리는 어디에서 왔는가?

---

* 브라질의 대표작가. 실험정신으로 유명하다.

어디로 가는가? 왜 사는가?' 하는, 삶에서 가장 빈번한 질문에 관한 책이지. 이 책을 읽을 때마다 햄릿의 고뇌가 느껴져. 완전히 원초적인 상태의 고독. 말할 수 없는 것. 모든 게 이 책에 있어. 내가 좋아하는 책이야."

교실에 침묵이 감돌았다. 가끔 내가 분위기를 무겁게 만드는 것 같다. 하지만 모두 이해했으리라 확신했다. 다들 웃으며 토의하는 가운데 난 유일한 확신을 하나 가져본다. 우리가 이 세상에서 무언가 바꿀 수 있으리라는 확신. 밖은 춥지만 이 안에는 인간적인 따뜻함이 있다. 다들 각자의 문제만으로도 벅차지만 이곳에서 정말 중요한 것에 대해 이야기한다. 우리 이야기 속에는 우리 주변의 영웅들이 또렷이 살아 있다. 데이비드 카퍼필드와 돈 키호테가, 니니냐*가, 몬테크리스토 백작이, 어린 왕자가, 반디니Bandini가, 보들레르가 살아 있다. 누군가 지나다 우리를 보았다면 교실 안에 가득한 행복한 아이들을 보았으리라. 예전에 무척 슬펐던 한 남자가 미소 짓고 있는 것도. 이 교실에 삶이 있다는 것을 보았으리라.

집으로 돌아와서 몇 챕터를 더 쓴다. 모든 게 잘되고 있다. 그런데 테이블 위에 펜을 내려놓자 문득 생각나는 게 있다. 할 얘기가 있다. 정확히 말하자면, 충고다. 충고? 내가? 그래. 긴급히 전할 나의 이야기.

* 기마랑이스 호자의 작품에 나오는 인물. 네 살배기 소녀로 초능력을 지니고 있다.

거기, 날 계속 따라다니고 있는 너! 우리는 공통점을 하나 갖고 있다고 생각하지? 둘 다 재능이라곤 전연 없다고 생각하지? 하지만 우린 어떤 방식으로든 우리 자신을 표현하고 싶고, 그걸 멈출 수 없잖아. 지독히 힘든 순간조차도. 그럼 해봐. 한번 해봐.

삶은 좋을 때도 있고 나쁠 때도 있다고 사람들은 이야기하지. 네가 내 삶을 통해 보았듯 좋은 것보다는 나쁜 것으로 가득해. 하지만 모든 게 최악일 때는 두 글자로 된 단어 하나를 떠올려봐. GO. 가, 앞으로 가. 글을 써, 그림을 그려, 사진도 찍어, 춤을 춰, 바느질을 해, 연기해, 노래해. 그러니까 모든 상황이 최악일 때마다 딱 한 단어만 기억하는 거야. GO. 가, 앞으로 가. 그냥 해봐.

"오늘 하루 어땠어?" 진저가 묻는다.

"좋았어. 넌?"

"그러니까……. 좋았어. 근데 하나 이야기할 게 있어."

"뭐야?" 쉿. 그녀의 목소리에 심각한 뭔가가 있다.

"오늘 클럽에 못 갈 것 같아."

"왜?"

"누구 만나기로 했거든."

"누구?"

"음……. 플라비우."

"잠깐만. 내가 아는 플라비우는 네 전남자친군데."

"바로 그 사람이야."

"뭐라고?" 펄쩍 뛰었다. 화가 난다. 정말 화가 난다. "왜?"

"요 며칠 전화를 몇 통 받았어. 만나서 이야기 좀 하자고."

"하지만 얘기할 게 뭐가 있는데?"

"내 말 좀 들어봐, 네가 싫어할 거란 건 알아. 하지만 나도 그 사람에게 이 정도는 해주고 싶어."

"뭘 해줘. 끝났잖아, 안 끝났어? 이야기할 게 뭐가 남았어?"

"너도 잘 알잖아, 사귀는 관계가 끝나도 남아 있는 것들 말야. 그 사람과 오래 사귀었으니까."

"그런 이야기 듣고 싶지 않은데."

"나라고 좋아한다고 생각해?"

내가 이해심 많은 남자친구 노릇을 잘할 수 있을까.

"좋아. 이해해. 하지만 내가 정말 싫어한다는 거 알지?"

"바보, 알아. 그냥 잠깐 옛날 친구 만나는 거야."

"알았어. 어디에서 만날 건데?"

"아마도 더 뷰 레스토랑."

"뭐야. 너무 낭만적인 거 아냐?"

"자주 갔던 곳이야."

"사랑의 재회처럼 느껴지는데."

"걱정 마. 아무 일 없을 거야. 약속해."

"그래. 알았어." 그녀는 내게 키스한다.

그녀가 가도록 내버려둔 게 잘한 걸까. 나는 생각한다. 그렇게 내버려둬야 했을까? 또 생각한다. 정말 그녀가 가게 내버려둬야 했나. 생각하고 또 생각한다. 왜 '안 돼, 가지 마' 하고 마초처럼 굴지 못했을까? 그러면 진저는 내 말을 따라주었을 텐데. 질투를 느끼는(하지만 난 질투하는 성격은 아니다) 주제에 전남친 만나러 가는 걸 왜 허락했을까 하고 스스로 묻는다. 그 이유를 안다. 누구나 자신만의 방식을 따라 살고자 한다는 걸 잘 알기 때문이다. 이래라저래라 하는 걸 듣고 싶지 않은 내가 어째서 타인에게 이래라저래라 한단 말인가.

하지만 가지 말라고 했어야 하는 거 아닐까. 곰곰이 생각했다. 대체 왜 허락했을까?

"지금 배신하는 거야?"

"뭐라고?"

"너 지금 발렌타인 위스키 마시고 있잖아."

"아, 쟈크린느가 조니워커 레드가 떨어졌다고 했거든."

"쯧쯧. 걔가 엉덩이를 흔들듯 생각할 줄만 안다면 천재일 텐데. 하지만 유감스럽게도 자기 머릿속에 든 것만 생각하고 있으니."

"너도 점점 짓궂어지네."

"내가 만든 이동선반에 조니워커 위스키를 정리했거든. 봐. 여기를 잡아당기면 선반이 올라가지, 그럼 난 바 이쪽저쪽으로 다닐 수 있어. 잘 만들었지, 안 그래? 비계飛階야. Keep Walking하는 거. 알았어? 알았어?" 그는 유추해보라며 손짓한다. 나는 웃음을 터트린다. "더 큰 문제는 내가 그녀에게 충고했다는 거다. 심지어 패티가 그리워지기까지 한다니까."

우리는 서로 바라보며 한 목소리로 말한다.

"안 돼!"

"하지만, 어떻게? 파울라웅이 그걸 만들라고 돈이라도 줬어?"

"누가 돈 줬다고 그래?"

가끔 지미에게 바텐더를 그만둘 생각이 없느냐고 묻고 싶다. 나는 조금 슬퍼져서 생각에 잠긴다. 지미의 이런 모든 노력이 무슨 소용인가. 이 모든 게 그가 진지해서 그런 건가 아님 일을 재미있게 하려는 건가 하고 생각한다. 진실과 마주하는 것은 때로 인생에서 가장 아픈 일 중 하나이다. 너도 알고 있겠지만.

"무슨 일 있어?" 몇 분의 침묵이 흐른 뒤 지미가 물었다.

"응? 뭐가?"

"너, 안 좋아 보여."

이런 질문을 받지 않으려고 애쓰면서 살고 있기에 즉시 대답한다.

"뭔 뚱딴지 같은 소리야? 당연히 잘 지내지."

"아냐, 그런 것 같지 않아, 내가 널 잘 알잖아."

아, 이 말은 기가 막히다. 누군가 나를 알아주다니. 젠장, 지미, 내 삶이 이렇거든, 아무도 날 모르는데 너는 어떻게 그런 말을 하냐.

"잘 지낸다고 했잖아."

"그래. 난 친구니까 얘기하고 싶으면 언제든지 와. 난 여기 있으니까. 좀 더 정확하게 말하자면 이 바 뒤에, 바로 여기에 있으니까." 지미는 화난 나를 달래려고 농담을 던진다.

친구. 다 개 같은 소리다. 나는 친구가 없다고 이미 이야기했다. 하나 더 이야기하자면, 나를 이해할 만큼 나와 닮은 사람은 없다. 누가 내 친구라고 말하면 난 믿지 않는다. 난 그들이 어떤 사람인지 느끼지 못하며, 그들 또한 친구라 불릴 정도로 나를 이해한다고 느끼지 않는다. 언제나 무언가가 부족하다. 지미처럼. 비록 좋은 사람이지만. 많은 것들을, 특히 내 고민들을 지미는 이해하지 못할 것이다. 아니 더 제대로(나쁘게) 말하면, 내가 느끼는 대부분의 감정은 말할 수 없는 것들이다. 그러므로 그는 내 친구가 될 수 없다. 게다가, 이미 말했듯, 나는 친구가 없다.

"지금 이 순간. 내게 필요한 유일한 친구는 이거야." 나는 술잔을 든다.

지미는 뭐라고 중얼거리더니 저쪽 모자 쓴 친구에게 서빙하러 간다.

알코올이 힘들게 내려간다. 나를 배반했던, 내게 끔찍한 생각을 심어준 다니가 생각나기 시작한다. 인생에 있어 모든 건 반복이다. "왜 그녀가 가도록 내버려두었을까"라는 오늘의 주문이 "그녀가 날 배반할 거야"라는 주문으로 바뀐다.

"어이, 진정해. 디제잉해야 하잖아."

나는 잡아먹을 듯 지미를 쏘아본다.

"참으라고, 친구. 난 네 편이잖아."

"좋아. 근데 맘이 편치 않아. 여자 문제야."

"여자 문제? 그러니까 네가 여자가 됐단 말이야?"

둘 다 웃는다.

"아니. 진저 때문이야."

"알겠다".

"전남친 만나러 더 뷰에 갔어."

"이런, 거긴 아주 낭만적인 덴데."

"맞아. 나도 그렇게 말했어."

내가 할 말을 지미는 전부 알아차렸을 것이다. 그는 반쯤 남은 조니워커 레드를 꺼내어 바에 올려놓는다.

"이 병 보이지? 이 병을 여기 뒤쪽, 구석에 있는 두 번째 선반에 둘게. 네 위스키야. 원할 때 마셔."

"하지만……"

"잊어버려. 이번 달 이벤트용으로 처리할게. 파울라웅은 모를 거야. 이런다고 망하지도 않고."

지미는 다시 바에 앉은 여자애들에게 서빙하러 간다.

맹세하건대 언젠가 누군가를 친구라고 부르게 된다면 지미가 첫 번째일 거다.

지금 내가 바라는 건 진저가 있는 곳으로 가는 것뿐. 어쩌면 진저가 여기 들를지도 모른다. 새벽 3시까지 저녁을 먹는 사람은 없다. 그런 생각을 하니 더욱 초조해진다. 진저가 들어오기만을 기다리며 자꾸 문을 힐끗하게 된다. 하지만 기대는 비어가는 술병처럼 사라져간다. 긴 금발을 가진 여자애가 들어올 때마다 살펴보느라 목에 근육통이 날 지경이다.

이제 디제잉을 할 시간이다. 파울라웅이 검지로 손목시계를 두드리고 있다. 할 수 없이 술잔을 숨겨야 한다. 그래, 네가 맞혔어. 난 지금 그 식당에 갈 거다.

문을 박차고 나가 파울리스타 거리로 접어든다. 알라메다 산투스까지 뛰어가 엘리베이터를 탄다. 30층. 숨을 헐떡거리며 엘리베이터를 뛰쳐나가 식당 안으로 종업원을 밀치며 들어간다. 그런데…… 그런데 뭘 봤냐고?

파울라웅이 팔짱을 끼고 서 있다.

"오늘 디제잉 안 할 거냐? 오늘은 손님이 될 작정이야?"

정말 내가 클럽을 뛰쳐나갈 시간이나 있을까?

오늘은 모던록을 틀지 않을 거다. 인디 애호가들에게는 미안하다. 그렇지만 오늘은 일렉트로닉 음악을 틀 거다. 날카로운 음색. 보통 때는 잘 틀지 않는 음악이다.

미스 키틴Miss Kittin*이 피처링한 T.Raumschmiere**의 'The Game is Not Over'로 시작한다. 내 저항 음악이다. 게임은 아직 끝나지 않았다. 이 음악은 예전의 EBM*** 밤을 기억나게 한다. 진한 섹스의 여운이 남아 있던 밤. 스테이지에서 미치고 싶은 사

---

* Caroline Hervé. 미스 키틴으로도 알려져 있다. 프랑스 출신의 일렉트로닉 음악 디제이이자 가수, 싱어송라이터.

** 펑크 테크노 음악 디제이.

*** EBM(Electronic Body Music) 일렉트로닉 음악의 한 장르.

람에게, 혹은 나처럼 디제이 부스 안에 있는 사람에게 완전한 음악이다.

조금씩 클럽 분위기가 고조된다. 대여섯 명이 춤추러 스테이지로 나오기 시작한다. 쟈크린느를 불렀다.

"다음 번 음악은 네가 춤출 노래를 틀어줄게."

"'Jaqueline' *라도 틀어주려고?"

"아니. 곧 알게 돼. 멀리 가지 마. 춤출 줄 알지?"

"당연, 난 배우이자 댄서라고."

무척 겁난다.

"리듬에 맞춰 춤춰. 쇼타임이야."

"왜?"

"춤추는 여자보다 더 섹시한 건 없으니까."

그녀는 의미심장한 미소를 지었다.

"그럼 파울라웅은?"

"사장이 요청한 거야." 뻔뻔스럽게 거짓말한다.

미스 키틴의 노래가 끝났다. 마이크를 켰다.

"친구들, 오늘은 특별 공연이 있어. 최근에 나온 음악 중 가장 춤추기 좋은 음악과 함께……." 파울라웅이 디제이 부스 가까이 온다. "사랑스러운 쟈크린느가 춤출 거야."

파울라웅이 걸음을 재촉한다. 어서 끝내야 한다.

*Franz Ferdinand의 노래

"언제나 혁신을 추구하고 앞서가는 파울라웅에게 박수를!"

파울라웅이 걸음을 멈춘다. 환호 앞에서 어정쩡하다. 됐다. 타이밍이 중요하다. 그렇게 생각한다.

"골드프랩*, 'Twist'"

비트가 시작된다. 이런 음악은 확실히 쟈크린느 같은 여자들이 춤추기에 꼭 맞다.

쟈크린느는 처음에는 수줍게, 비트에 맞추어 춤춘다. 오늘 운이 좋은 걸까. 혹은 항상 그런지는 모르지만 꼭 끼는 바지를 입고 있다. 꼭 끼는 바지를 입고 다니는 남자애들을 볼 때마다 안됐다는 생각이 든다. 그런 남자들과 같이 다니는 여자들은 더욱 안됐다. 쟈크린느의 움직임이 빨라진다. 이미 어떻게 출지 다 생각한 것처럼. 손을 올리고, 숨을 내쉬며 길고 검은 머리카락을 채찍질 하듯 흔들며 몸을 움직인다. 스테이지를 미끄러져나간다. 잠시 나는 그녀에게 매혹된다. 묘사할 수 없을 만큼 아름다운 생명체에 매혹된다. 전자 비트를 더 크게 튼다. again and again. 후렴이 메아리치듯 울린다. 음악을 끝내고 싶지 않다. 잠시 정적이 감돌아 사람들이 집중한다. 아무도 쟈크린느에게서 눈을 떼지 못한다. 내 기분은 우울한 음악과도 같았지만, 이제는 비교할 수 없는 은총을 선사하는 이 밴드와 함께 움직이고 있다. 난 생각 따위 그만두고 쟈크린느와 함께 춤춘다. 디제이 부스 안에서 비치는 내 그림자가 그녀

---

* Goldfrapp. 일렉트로닉 팝에서 확고한 입지를 다져온 밴드. 다운템포에서 일렉트로닉 포크에 이르기까지 전자 음악의 한계를 뛰어넘는 다양한 스타일로 이상적인 하모니를 엮어낸다.

의 스텝을 하나하나 따라한다.

내 음악이 올드하며 내 레퍼런스도 오래가지 못할 거라고 넌 말할 수도 있겠지. 하지만 네가 10년 후에 내 리스트를 틀어본다면 그냥 무심히 듣지는 못할 것이다. '예, 예, 예' 하는 시기의 비틀즈 음악은 어제도, 오늘도, 그리고 내일도 우리를 춤추게 한다. 지금 이 순간 골드프랩보다 우리를 더 춤추게 하는 음악은 없다. 그리고 스테이지에 있는 쟈크린느보다 더 섹시한 여자는 없다.

나는 노래가 끝나가고 있다고 신호를 보낸다. 쟈크린느는 신호를 이해하고 정확히 시간에 맞춰 춤을 끝낸다. 모두가 환호한다. 평소보다 더 많은 사람들이 그녀를 에워쌀 것이다. 나는 조금 더 춤추라고 한다. 이번에는 스테이지에서 다른 사람들과 함께 추라고. 음악이 계속된다. 최근 선곡 중 최고다. 파울라웅도 감동한 것 같다. 잠시 나는 진저를 잊었다. 하지만 잠시뿐이었다. 이건 자연스럽게 나타나는 현상이지만, 이런 방심조차 잠시 내 생각을 멀리하기 위한 것일 뿐이다.

"고마워." 쟈크린느가 디제이 부스 가까이 와 내 귀에 대고 속삭이자 온몸에 소름이 돋는 것 같다. 하지만 그건 내 상태를 더욱 악화시킬 뿐이었다. 더 듣고 싶다고? 엿이나 먹어. 난 부스 문을 박차고 밖으로 나간다. 다시 문, 복도를 가로질러 입구로 나간다. 파울리스타 거리, 엘리베이터, 30층. 진저를 찾아보지만 만난 건……

또다시 파울라웅이 부스 앞에 서 있다.

염병할. 골치 아픈 시간.

그래. 무슨 말이든 들어보자. 이런 일만 남았겠지. 사랑에 배반 당하고 직장을 잃는 것.

파울라웅은 심각한 표정을 하고 있다. 그가 입술을 움직이기까 지 영원한 시간이 흐른 듯했다.

"좋았어. 파렌하이트, 정말 좋았어. 보너스를 줘야겠는걸."

뭐라고? 가끔 나는 파울라웅이 좋은 사람이 아닐까 생각한다. 그럴 수도 있을 거라고 생각한다.

마지막 노래가 소개된다.

프리멀 스크림Primal Scream*의 'Miss Lucifer'. 바로 그녀.

나는 어떤 확신을 안고 부스를 나왔다. 진저의 휴대폰으로 전화 를 걸어야겠다.

"지미, 전화 좀 빌려줄래?"

"왜? 아, 알았어."

절망적으로 전화를 건다. 한 번, 두 번, 세 번. 신호가 간다.

받지 않는다. 신호가 되풀이될 때마다 내 심장이 깨어지는 것 같 다. 결국 음성사서함으로 연결된다. 다시 건다. 한 번, 두 번, 세 번. 또다시?

전화를 끊고 다시 건다. 제기랄. 갑자기 내 인생이 전부 반복되

* 바비 길레스피와 지미 비티에 의해 스코틀랜드의 글래스고에서 결성된 얼터너티브록 밴드.

는 듯한 기분 나쁜 생각이 든다. 두 번째 신호.

"여보세요, 여보세요, 기*?"

한 번 더 신호가 간다. 젠장. 신호가 끊어졌다. 다시 음성사서함. 난 걸고 또 걸었다.

"여기서 디제잉하지?"

"뭐라고?"

"오늘 대단했어. 네가 고른 음악 완전 맘에 들었어." 한 남자애가 손을 내민다. 뒤에 친구들이 보인다.

"아, 그래."

하지만 난 전혀 관심을 보이지 않고 그냥 전화만 계속 건다. 다시 음성사서함. 부재중전화 세계신기록을 세울 것 같다.

지쳤다. 바 뒤에서 술을 마신다. 왜 내 전화를 받지 않을까? 내 질문이 술보다 훨씬 쓰다.

"헤이, 바빠?"

"어떨 것 같아?" 여자애다. 철없는 부잣집 애. 이런 종류의 여자애는 다루기 쉽다.

"왜 그래, 디제이 부스 안에서는 좀 더 친절해 보이던데."

"뭣 땜에? 이건 그냥 돈 벌려고 하는 일이야."

"왜 그리 기분이 나빠. 여자친구하고 싸웠어?"

오늘 두 번째로 눈으로 죽일 듯 쏘아본다.

---

* 진저의 별명, 애칭

"오케이! 칭찬을 받아들이지. 그래 오늘 난 최고였어. 이제 친구들한테 가봐."

"엄청 건방지네. 재수 없어."

"꼬마 아가씨, 뭘 원하는데?" 주눅 들게 할 정도로 크게 외친다.

"그러니까……. 그냥 내 생일 파티에 와서 음악을 틀어달라고 초청하려던 것뿐야. 여기 내 연락처. 원하면 전화해." 그녀가 가버린다.

명함을 받았다. 파트리시아. 꼭 맞는 이름이다. 명함을 쓰레기통으로 던져버리려는데 지미가 나를 붙잡는다.

"왜 그래? 미쳤어? 스타일로 보아 부잣집 애 같은데. 요즘 어려운 시기잖아. 쉽게 버는 돈을 거절하면 안 되지."

"누가 쉽게 돈을 번대?" 지미가 내 셔츠 주머니에 명함을 쑤셔 넣자 난 중얼거린다. "전화 좀 다시 빌려줄래?"

다시 건다. 신호가 가고, 또 간다. 하지만 소용없다. 한 번 더, 소용없다. 한 번 더. 또 한 번 더. 씨팔! 이번에는 오랫동안 멈추었다 음성사서함으로 직접 연결된다. 어떻게 된 거지? 전화를 꺼뒀나?

머리가 하얗게 비어간다. 어떻게 그녀가 그럴 수 있지? 그럼 우리의 사랑은? 하하하하하. 불길한 생각에 나는 크게 웃는다. 사랑은 무슨 사랑? 이게 무슨 감상적인 행동인가? 섹스 뒤의 우울하고 허탈한 감정을 정당화하기위해 만들어진 감정. 사랑은 그런 것이다. 그 이상도 아니다. 하지만 왜 이렇게 아플까.

내가 얼마나 멍청했는지 생각한다. 내 정신과 위스키 병의 상태가 똑같을 것 같다. 텅 빈 상태.

"에이, 에이, 그 병은 안 돼!"

"파울라웅이 보너스 준다고 했거든. 거기서 까."

지미는 머리를 벽에 기댄 채 선 파울라웅을 본다.

"그럼 실례. 난 자리 잡고 앉을래. 내 시간도 끝났잖아."

구명판을 거꾸로 잡고 있는 사람처럼 난 술병을 잡고 소파에 앉는다. 이건 단번에 나를 침몰시킬 것이다.

눈에서 흐르는 게 눈물이 아니었으면 좋겠다. 하지만 솔직해질 게. 너한테는 거짓말할 이유가 없으니까. 나는 울고 있지 않다. 정말 아니다. 울고 싶지만 울 수가 없다. 그건 내면적 욕망의 표현에 지나지 않는다. 왜 울지 않느냐고? 이런 일이 일어날 거라는 걸 이미 알고 있었기 때문이다. 내가 다른 사람과 다르고, 내 꿈을 이룰 수 있다고 생각했다니. 왜 그런 착각을 했을까.

그래. 반복. 맞지? 나는 루저가 될 운명이다. 다만 그걸 믿지 않으려고 싸우고 있을 뿐이지. 하지만 속으로는 내가 루저로 태어난 게 아닐까 의심한다. 삶이 영원한 패배인 것 같은 날들이 있다. 오늘이 바로 그런 날이다.

몸을 소파 깊숙이 묻었다. 걱정 하나 없는 푸른 초원의 공상 속에 나 자신을 던지는 일만 남았다. 진정 숭고한 사랑을 다시 찾을 것이라는 희망, 처음 그녀에게 키스했던 시간으로 다시 돌아가게 하는 그런 희망 같은 걸 마음 깊은 곳에서 찾고 싶었다. 저주를 떨쳐버리고 용서를 준비하는 일만 남았다. 부끄럽게도 거부하다 완전히 절망에 빠질 때 받아들이는 그런 감정 말이다.

"나 기다리고 있었어?"

"뭐야? 뭐라고?" 놀라서 깨어난다. 오 하느님, 진저다, 오 하느님. 아, 진저?

"놀랐어? 끝났어. 이제 가야지." 쟈크린느다.

"아, 물론이지……."

일어나려 했지만 너무 취했다.

바로 이거다. 끝났다.

"네가 말했지. 끝났다고." 난 슬픔과 자포자기가 뒤섞인 말투로 말한다. 중얼거리는 취객 같았을 거다.

"날 데리고 가줘. 너의 집으로." 이런 말을 어떻게 했는지 모르겠다. 취해서일까. 그렇지 않다는 걸 난 안다. 그녀가 거절하기만을 바랐다.

"그래야겠네. 자기 정말 취했어." 그녀는 어깨너머로 지미를 보며 말한다.

"쟈크린느, 미안하지만 내 시디 좀 갖다줘."

쟈크린느는 폴크스바겐 비틀을 몰고 다닌다. 귀엽다. 라일락색 줄무늬가 있는 파란 라임색 차다.

"차 예쁘네. 너한테 어울려."

"정말? 내가 직접 그렸거든! 내 돈으로 산 차야." 그녀는 마지막 말을 강조한다.

차는 흔들거리며 간다. 픽시스의 노래가 기억난다. "Big shake

142

on the box car moving. Big shake to the land that's falling down. A big, big stone fall and break my crown."

머리가 무거워진다. 얼마나 시간이 흘렀는지 모르겠다. 차가 멈춘다.

전형적인 시 외곽의 집이다. 아주 오래 된 집. 마당에 작은 장미나무도 있다. 한 동안 나무를 본다.

"엄마가 심은 나무야. 지금은 내가 키워."

이 여자도 나처럼 세상에 홀로 선 사람이라는 예감이 든다.

집 안 곳곳에서 곰팡이 냄새가 났다. 현대적인 가구와 고가구가 섞여 있다. 장미색 비닐 소파에 앉는다.

"뭐 마실래?" 그녀가 묻더니 금방 웃음을 터트린다.

"그럼 당연히 마셔야지! 한잔 정도는 괜찮잖아, 안 그래?" 그녀는 내 대답에 다시 웃는다.

"어떻게 견뎌?"

"날 쓰러트리기는 쉽지 않아." 거짓말. 오늘 첫 잔에 벌써 쓰러졌다. "시디플레이어 어딨지? 아까 튼 시디를 가지고 왔거든."

"그 음악 틀 거야?"

"응, 그래."

컵에 침을 흘리고 있는데 그녀가 다시 춤춘다.

음악이 끝나자 가까이 온다. 내 컵을 가져가 바닥에 내려놓는다. 이어서 인공호흡 하듯 내게 키스한다.

이게 날 구원하는 대신 죽일 거라는 사실을 안다.

하지만 좋았다. 난 그녀의 머리칼을 잡는다. 인공호흡이 필요한 사람처럼 내가 키스할 차례다.

그렇다. 타락. 진저가 날 배반했든 배반하지 않았든 이제 중요하지 않다. 나는 더 신경 쓰지 않는다. 쟈크린느가 내 입술에 손을 대더니 리모트컨트롤 버튼을 누른다. 그리고 비틀거리며 신발을 벗은 후 음악에 맞춰 움직인다.

그녀는 다시 춤춘다. 이번에는 셔츠를 벗을 듯 춘다. 그리고 벗어버린다. 육감적인 스트립쇼가 내게는 가장 슬픈 춤으로 느껴졌다.

몇 시간 전에는 세상에서 가장 섹시한 춤이었는데, 지금은 장례식 같다.

"됐어, 그만해!" 잠시 난 영웅이 되어본다. 하지만 그런 말이 내 입에서 나오지 않는다. 내 입술과 쟈크린느의 입술이 꼭 붙어 있기 때문이다. 그러면서 Kiss me like you, like me를 듣는다. "당신이 나를 좋아하는 것처럼 내게 키스해줘요"라는 뜻일까?

우연이라는 무서운 아름다움이 나를 마비시킨다.

피할 수 없는, 뒤에서 앞으로 반복되는 몸짓. 서로 다른 의미를 지닌 두 육체의 동일한 움직임.

이제는 그녀는 내 무릎에 앉아 미스 키틴의 노래를 튼다. 수미쌍관적인 나의 하루. 적어도 그것만은 기억할 거다. 미스 키틴이 몬스터라고 외치고 난 아직 남아 있는 쟈크린느의 옷을 벗긴다. 몬스터. 이 말이 좋다. 몬스터.

나머지는 너도 알 거다. 당연하고 당연한 일. 약하고 약한 나. 불완전하고 불완전한 나를 알 거다. 난 불빛이 약해지기 시작한다는 것만 안다.

The game is not over.

The game is not over.

갑자기 '그녀가 날 배반할 거야'라는 주문이 '그녀가 날 배반하지 않았다면'이란 주문으로 조금씩 바뀌어간다.

'그리고 그녀가 날 배반하지 않았다면……'

난 지치지 않고 반복하는 행위라는 육체적 벌罰을 받는다. 거친 신음이 점점 더 커져 내 몸을 채우면서, 어두운 거실에서 쉼 없이 울리다 사라져간다.

내 방. 내가 꿈꾸어왔던 여자가 존재했다는 흔적을, 그 모든 증거를 다 없애버리려고 했다. 승차권, 사진, 편지, 물건들. 노라 존스의 시디를 쓰레기통에 던져버리려는데 문고리가 돌아간다.

"내가 뭘 가져왔게. 박제 다람쥐 모자야. 제2차 세계대전 때 사람들이 비싼 옷을 입을 수 없었어. 그래서 이런 우스꽝스런 엑세서리를 사용했대. 아니, 뭐하고 있어?

"뭐라고? 뭐하고 있냐고? 내게 그런 말할 자격이 있어? 어제 부재중전화 신기록까지 세운 나한테? 너 전화기 꺼놨더라."

"안 껐어. 집에 두고 간 거야. 그다음에는 배터리가 나갔고."

"그랬겠지. 끝났어."

"무슨 말이야? 어제 무슨 일이 있었다고 생각하는 거야, 그래? 당연하지. 진짜 일이 생겼고말고. 식당에서 나와 모텔로 갔고, 거기서 밤새도록 섹스했어."

그 이틀 동안 내가 눈으로 쏴 죽인 세 번째 사람이 그녀다.

"내 말 좀 들어봐. 정말 일이 있었다고 생각하는 건 아니지? 내가 정말 그랬다고 생각하지는……."

"나중에 클럽에 들를 수도 있었잖아. 전화할 수도 있었고."

"집에 전화기를 두고 나갔다고 했잖아. 클럽에 가기에는 좀 늦었고. 게다가 아주 피곤했어. 나중에 너하고 이야기하는 게 좋겠다고 생각했지."

"……그러니까 아무런 일도 없었단 거야?"

"그래."

"못 믿겠어."

"난 한 번도 당신한테 거짓말한 적 없어. 무슨 일이 있었다면 벌써 말했을 거야."

이제 어쩌지. 진저가 배반하지 않을 거라는 걸 알고 있었다. 그래, 내가 바보였다. 정말 바보다. 그럼 이제 어쩌지.

"맹세해?"

"맹세해."

아파트 전체가 무너지는 것 같다. 얼굴이 하얗게 질렸다. 이제 어쩌지?

"무슨 일이야? 너 좀 이상해."

생각을 읽을 줄 아는 여자를 속일 수 있을까? 그래, 그냥 잠자코 있는 거야. 아무 이야기도 하지 않고. 입 꼭 닫고.

"정말 아무 일도 없었다는 거지?"

"그래." 나를 의심스럽게 본다.

그녀는 이미 알고 있다. 다 알고 있다. 어제 한 바보짓. 생각만 해도 몸이 떨리기 시작한다. 아무 말도 안 할 거다.

"너한테 말할 게 있어." 안 돼! 바보, 말하지 마!

"무슨 일인데?" 그녀가 팔짱을 꼈다. 목소리가 심각하다.

"그러니까."

"어서 말해!" 고함치듯 말한다.

"나는. 나는 네가 날 배신했다고 생각, 생각하고……"

"알아. 그래서 처음 만난 아무 년하고 자러 갔다는 거지. 아, 아냐. 아니지. 누군지 알겠어. 쟈크린느지, 아니야?"

난 침묵했다.

"믿을 수가 없어. 어떻게? 어떻게 그럴 수가 있어?" 난 잠자코 있다. "이제……. 절대로 날 찾아올 생각하지 마. 전화 걸 생각도 하지 마. 받지 않을 거니까."

"날, 절대로 날 용서해줄 순 없겠어?"

"용서? 너……. 인생을 살아갈 준비가 진짜 되어있다고 생각해? 네가 할 줄 아는 건 일을 망치고, 남에게 상처나 주고 포기하는 것

뿐이야. 네가 할 줄 아는 건 그것뿐이지. 잘 있어." 그녀는 등을 돌리고 나가려다 몸을 반쯤 돌린다.

"아, 한 가지 잊은 게 있어."

찰싹. 아파트가 떠나갈 듯 내 얼굴을 때린다. 느껴진다. 너도 알지, 아픈 게 내 얼굴이 아니란 걸. 그녀는 문을 거세게 닫고 나간다. 그리고 종종 걸음으로 복도를 빠져나간다. 흐느끼는 소리가 들린다.

난 힘없이 몸을 돌린다. 바닥에 앉아 손을 머리에 댄다. 다람쥐 인형처럼 생긴 바보같은 모자를 본다. 내가 그 박제보다 훨씬 더 죽은 존재처럼 느껴진다.

그래. 내가 너무 설명만 하고 있나 보다. 내가 어떻게 느끼는지 궁금하다고? 내 느낌은……

"이봐!"

"뭐야? 누구야?"

"나야. 이쪽을 봐."

"말도 안 돼. 뭐지? 내가 완전히 미쳤나? 박제 다람쥐 모자? 네가 나랑 얘기하는 거야?"

"그럼 여기 바보가 또 있어?"

"아니. 박제 다람쥐와 얘기하고 싶지는 않은데."

"아, 그래? 그런 짓을 한 주제에 네가 앞으로 몇 년 동안 얘기할 사람이나 있을 것 같아? 죽은 물건하고 얘기할 수 있는 것도 다행인 줄 알라고."

"그러니까 내가 영원히 혼자란 말이지?"

"너 바보 아냐? 그런 짓을 한 주제에 진저하고 알콩달콩 디즈니 만화의 〈칩 앤드 데일*〉처럼 장난치며 놀자는 거야. 아, 뭔지 알겠다. 그녀가 왜 날 여기 놔두고 갔는지 알겠어. 당신은 그녀한테 배신을 때렸다고. 더 이상 내가 필요 없겠지. 키키키……."

"너……." 난 때리려고 했다.

"에엣, 그만두는 게 좋을걸. 내가 이미 죽었다는 거 잊었어?"

"뭘 바라는데?"

"너랑 같은 바람. 나도 진저랑 같이 있고 싶어. 그녀를 좋아했거든."

"아, 정말 유감이네. 결국 나처럼 이렇게 될걸. 진저 없는 나처럼."

"진짜 개 같네. 너 진짜 못 됐어. 네가 다 망쳐버렸잖아."

"내 말 잘 들어. 다람쥐랑 얘기하다 보면 완전히 돌아버릴 수도 있겠지만 욕을 들을 건지 아닌지는 내가 선택해. 사실 내 자발적인 행동은 아니었다고."

"자발적이지 않다? 자발적이지 않다? '날 데리고 가줘, 너의 집으로'라고 말한 게 자발적이 아니었다 그거지?" 다람쥐가 비꼬자 짜증이 솟구쳤다.

"이런 썅! 내 의식이 이 죽은 다람쥐란 말이야? 그건 정당방어

---

* Chip and Dale. 월트디즈니의 다람쥐 캐릭터이다.

였어, 알겠어? 다시 고통받을 준비가 되어 있지 않았거든." 난 외친다.

"짝짝짝. 감동적이네, 감동적이야. 이봐, 잠시 눈물이 흘렀잖아. 아, 아니네, 네 침이구나."

"망할 놈. 정말 그녀를 좋아했단 말야."

"알아. 알 것 같다고."

"다시 태어나도 그녀를 좋아할 거야."

"그게 나랑 무슨 상관이야?"

"넌 절대로 이해 못할걸."

"너 바보지. 지금이라도 진저를 쫓아갈 수 있잖아. 이미 난……."

"그게 충고냐?"

"충고? 내가 미쳤어? 난 네가 괴로워하는 걸 더 보고 싶다고. 죽음보다 더한 괴로움을 맛보길 바라는걸. 뭐, 죽음도 널 거절하겠지만."

분노에 휩싸여 박제를 집었다.

"날아다니는 다람쥐에 대해 들어본 적 있지?"

"무슨 소리야?"

"한번 경험해봐. 다시 죽을 수도 있을테니."

"안 돼. 그런 짓 하지 마. 죽여버릴 거야." 나는 박제 다람쥐를 창밖으로 내던졌다.

"안 될걸. 이미 넌 죽었잖아!" 박제가 바닥으로 추락하는 동안 나는 크게 외쳤다.

지어낸 이야기 같다고? 내가 작가가 되고 싶어했단 사실을 잊었니?

그걸로 됐다. 이 상황이 웃기게 들릴지 몰라도 그 실체는 비극이다.

"진저, 미안해. 엄청난 오해였어. 나도 잘 알겠지만 내가 너무 감정적이었어. 어린아이 같은 행동이었어. 고통받고 싶지 않아하는 아이. 내가 너무 앞서나갔어. 우리 얘기 좀 해. 이성적으로."

이런 문자 25통을 보냈다. 아니 용서를 비는 스물다섯 가지 메시지였다. 박제 다람쥐가 내 의식의 형태를 빌려서 말해준 충고가 머릿속을 떠나지 않았다. 지금 바로 그녀를 쫓아가라는 충고.

그거야. 모든 것을 다 팽개치고 뛰쳐나간다. 괜찮다. 날 비웃어도 좋다. 지금 나는 포레스트 검프다. 다만, 재수라곤 없는 검프다. '가련한' 내가 '완전히 멍청이 같은' 나로 바뀐다. 다섯 블록을 뛰어가다가 문득 진저 집에 가려면 1시간 정도 차를 몰고 가야 한다는 걸 깨닫고는 그 자리에 우두커니 서버렸다.

어떡하지? 나는 넋이 나간 것 같다. 이제 어떡하지? 이건 이중의 구원요청이다. 이제 인생에서 무엇을 해야 할지 모르겠다. 지금 눈앞의 문제를 해결하려면 무엇을 해야 하나.

술이 덜 깬 상태로 일어난다. 잠들려고 밤새 술을 마셨고 매트리스를 조금 더럽혔다. 몸이 엉망이다. 젠장. 오늘 수업이 있다. 수업을 할 수나 있을까. 아이들을 생각한다. 가야 한다. 샤워를 한다. 가능한 한 재빨리 옷을 입고 나간다. 나가기 전, 진저에게 몇 번 전화를 건다. 난 이미 그녀의 자동응답기와 친구가 됐다.

풀이 죽은 채 교실에 들어간다. 모두 알아차린 것 같다.

"선생님, 무슨 일 있어요?"

나를 더욱 짓누르는 이 무게는 무엇일까. 선생님이라고 불리는 것일까, 아니면, 누군가 안부를 물어주는 것일까.

"아……. 괜찮아. 몸이 좀 안 좋았어." 루시아노가 안 보인다. "루시아노가 결석했니?"

"네. 학교도 결석했어요. 며칠째요." 아그날도가 대답한다.

"알겠다." 수업을 시작한다. "자, 오늘은 글을 써보자."

다들 좋아한다.

"무엇에 대해 써요?" 마리아나가 관심 가득한 눈으로 묻는다.

썩 좋은 질문이다. 그때까지 아무 생각도 하지 않았기 때문이다.

"어디 한번 생각해보자." 진저에 대해 생각한다. 그러다보면 이상하게도 어머니를, 아버지를 생각하게 된다. 이제 아버지에 대해 말할 시간이 되었나보다.

"부재." 또박또박 힘주어 말한다. "우리 '부재不在'에 대해 써보자."

그래. 그게 바로 내가 느끼는 것이다. 온전하고 완전한 부재. 좋아하지는 않지만. 오늘처럼 무엇도, 누구도 없다고 느껴본 적이 없다. 내가 너무 감상적인지도 모른다. 어머니가 그립다. 어머니가 만들어주는 과자가 그립고, 그 미소가 그립다. 언제나 환하고 이해심 넘치는 미소. 너무나 괴로워 어머니를 절대 생각하지 않겠다고 나 스스로 다짐했었다. 그러나 오늘은 어쩔 수가 없다. 어머니가 여기 있었으면 좋겠다. 내 방에서 책을 읽으며 거실에서 들려오는 어머니의 재봉틀 소리를 들을 수만 있다면 뭐든 할 거다. 다시 한 번 어머니의 목소리를 듣고 싶다.

"아들아, 너는 특별하단다. 다른 애들과 같지 않아. 다른 사람들이 이해하지 못하는 걸 이해하거든. 넌 달라."

내 연약함에 대해 절망스러운 책임감이 덮쳐온다.

어머니가 옳다는 걸 입증하기 위해 나는 맹세컨대 노력했다. 내가 할 수 있는 한 최고의 좋은 학생, 좋은 아들이 되려고 했다. 그 많은 시험과 테스트들. 지난 세월 내내 내가 생각하며 지내온 게 바로 시험과 테스트였다. 언제부터 내 행동이 비뚤어지기 시작한 걸까? 학교에서 절대 배울 수 없는 것들이 있다는 걸 깨닫고 나서부터일까? 아니면 어떤 일에도 재능이 없다는 걸 깨닫고서였나? 아무도 나를 이해하지 못한다는 걸 깨닫고서? 멜랑콜리가 나를 갉아먹기 시작한 때부터? 나는 어떻게 이런 마음을 갖고 태어나게 되었을까? 세상 그 누구에게도, 어떤 것에도 재주가 없다는 걸 깨닫고 나서부터였을까? 내가 알고 할 수 있는 유일한 한 가지가 그저 살아가는 것임을 알아차리고서? 결국 내 유일한 재능이 살아가는 것이라면 진정 내가 할 수 있는 건 무엇일까?

"주제는 뭐예요?"

"'부재'를 생각해봐, 하파엘. 감정일 수도 있어. 빈 구멍일 수도 있고, 존재하지 않는 무엇. 네가 부족하다고 느끼는 무엇. 공허함."

"사람도 될 수 있어요?"

"그래." 그래야만 한다.

아버지에 대해 생각하고 싶지 않다. 피할 수 없다는 건 안다. 하지만 오늘은 아니다. 왜냐하면 오늘부터 나는 또다른 부재, 진저라는 부재를 지니고 다녀야 하기 때문이다. 부재한 사람과 사물을 전시하는 박물관이나 갤러리를 만들 수도 있겠다고 생각한다. 그럼 나는 거기 우두커니 서서 아주 오랫동안 부재를 바라보겠지. 내 컬렉션이 너무 광범위한 탓에 전시공간을 확장해야겠다고 생각하면서. 진저는 그 한가운데를, 내 부재 박물관의 정중앙 자리를 차지할 것이다.

"지금 여기 부재한 사람은 선생님이에요." 마리아나다.

모두 와르르 웃는다.

"뭐라고? 그래, 그렇지."

"부재? 어떻게 써요? 시간을 정하지 않고 써요?"

"아니. 1시간 반 안에 써보자. 그다음에 같이 읽고 이야기하는 거야."

내 박물관으로 돌아간다. 내가 잃어버린, 참 좋아했던 공, 다니에게 받은 열쇠고리, 내가 부숴버린 망할 놈의 자전거, 나를 아프게 하는 얼굴, 더 많은 얼굴들을 본다. 그림 없는 액자 하나가 구석에 있다. 아버지의 초상화일 수도 있다. 아마 아닐 거라고 생각한다. 오래전에 아버지 초상화를 치워버렸기 때문이기도 하다. 그는 이제 부재에 속하지 않는다. 그림 없는 액자는 내 책이다. 내 두려움에 관한 것일 게다. 그림을 구체화하지 못한 두려움. 그건 내 모든 부재들과 결점에 관한 것이다. 갑자기 내 모든 부재가 날 아프게 한다. 그것도 아주 많이. 그러나 이건 옳지 않다는 걸 깨닫는다. 나를 아프게 하는 걸 전부 치우고 싶다. 하나씩 정리하고 싶다. 하나씩 치우고 싶다.

마지막에는 내 책만이 남을 것이다. 난 아주 조심스럽게 그것을 회수할 것이다. 그리고 내 부재 박물관의 방명록으로, 더 부재하지 않는 것, 내 삶에 대한 기억으로 간직하리라.

남은 수업시간 동안 '부재'에 대한 아이들의 몽타주를 듣는다. 루시아노가 결석해서인지 시간이 흘러감에 따라 부재 박물관의 이미지가, 아버지의 거대한 초상화가 걸려 있는 갤러리의 풍경이 내 머릿속을 떠나지 않는다.

4시간 전부터 나는 지하철역에 있다. 사람들을 관찰하는 건 아니다. 진저를 기다리고 있다. 하지만 4시간이나? 그녀와 약속하지 않았기 때문이다. 진저에게 전화를 걸었더니 어머니가 학교에 갔으며 곧 돌아올 거라고 말해주었다. 지하철을 타고 학교에 갔을지도 몰라서 그녀가 올 때까지 무작정 기다리기로 했다. 잘 알겠지만, 난 그녀와 꼭 이야기해야 한다. 내 갤러리에 걸린 초상화를 치워야 한다. 5시간. 그녀를 만난다는 기대에 시간 가는 줄도 몰랐다. 그녀의 집 근처에 숨어 있을까도 생각했다. 하지만 금방 포기했다. 어쩌면 날 정신병자로 신고할지도 모른다. 난 지쳐서 집으로 돌아간다. 너무나 지쳐 그녀에게 전화할 마음조차 잃어버렸다. 내가 느끼는 감정이 글 쓰기를 도와줄 거라고 생각하면서 책에 집중하려 애썼다. 내 마음의 상태를 글로 표현하는 거라고 나 자신을 설득했다. 하지만 그럴 수가 없다. 한 줄도 쓸 수 없다. 아무것도 소용없다. 그녀가 보고싶다. 그녀 없는 나날은 고통이다. 절망에 빠진다. 하느님, 제가 무얼 할 수 있을까요? 거실을 이리저리 오가다 노라 존스의 시디와 마주쳤다. 그래, 지금 내게 필요한 건 바로 이거야. 최면에 걸린 듯 플레이어에 시디를 꽂는다. 노래가 재생되는 동안 이상한 상실감에 사로잡힌다. 우리의 모든 이야기가 이 시디 한 장에 요약되어 있는 것 같다. 트랙 하나하나가 진저를 떠올리게 한다. 진저가 가사를 붙이고 연주하며 노래하는 것 같다. 그 중 한 곡이 내 마음을 읽는다. 널 다시 만나야만 하는 내 마음. I've got to see you again. 놀란 한편 고통스럽고 감동적이다. 만날 수 없는 것을 주제로 한 챕터를 쓰기 시작한다. 주인공이 쿠비코바와 헤어질 때다. 노래와 감정에 이끌려 물 흐르듯 써내려간다. 예술에 있어 가장 좋은 소재는 인생이란 사실을 다시 한 번 상기한다. 그러는 동안 노래는 반복모드로, 계속 돌아간다.

이제 글 쓰는 일만 남는다. 이것 말고 내게 남은 건 없다. 쉼 없이 글을 쓴다. 이 이야기를 끝내기만 원할 뿐이다. 이제 글을 쓰는 건 삶에 적응하지 못하는 '메아 쿨파mea culpa' 내 잘못 때문이다. 글은 일종의 성숙함에 대한 증언이다. 이해의 시도이다. 내게 글을 쓴다는 건 대화의 시도이다. 종이가 그 매개체이다. 모든 사람에게 내 세계를 이해시키거나 말로 설명할 수는 없을 것이다. 하지만 누군가 읽어주고 이해해주겠지 생각하며 글을 쓴다. 네가 보듯, 쓴다는 건 가장 순수한 대화의 시도이다. 그렇지만 내가 가장 바라는 건 언젠가 이 세상에서 종이 없이 사람들과 대화하는 것이다. 가끔 고독은 아프다. 그것도 아주 많이.

정처 없이 거리를 쏘다닌다. 수많은 외로운 사람들이 내 위를 지나다니는 상상을 해본다. 도시는 수많은 외로운 사람들을 생산한다. 좋아하지 않는 일을 하는 사람들, 애정 없는 사람을 견뎌야 하는 사람들, 할 일도, 갈 곳도, 무엇보다 이야기할 사람이 없어 집으로 돌아가는 사람들. 그들은 책과 TV 드라마, 영화, 음악, 심지어 음식이나 술, 사탕처럼 같이 있다는 느낌을 주는 이상한 것들을 소비한다. 가만, 지금 내가 너와 같이 있어주는 걸까, 아니면 네가 나와 같이 있어주는 걸까?

알고 있다. 누구나 자신이 외로운 사람이란 걸 인정하고 싶지 않아한다. 게다가 우리는 그런 감정을 부끄럽게 여기도록 교육받았다. 성공은 언제나 돈과 여자 그리고 친구들(아마도 피상적이고 남성 중심적이겠지만, 넌 날 이해하겠지)을 포함한다. 난 나처럼 이런 것들에 눈멀지 않은 사람을 만나고 싶다. 하지만 한 가지는 확실하다. 세상은 누군가와 함께 있을 때 훨씬 더 나아진다. 때때로 그렇다.

"주니오르* 맞아?"

나는 잠시 힐끗한 후 발길을 재촉하려 했다. 녀석이 내 팔을 붙잡는다.

"맞지. 중학교 같이 다녔잖아."

"아, 그랬지." 나는 그를 떼어놓으려 했다. "미안, 나 지금 바빠."

"잠깐. 우리 못 본 지 진짜 오래됐지. 기다려봐."

네가 그때 '사라지고 싶은' 내 표정을 봤어야 했는데.

"주니오르, 주니오르, 하나도 안 변했어."

"주니오르라고 부르지 말랬지!" 나는 폭발해버렸다.

"아, 그랬지. 뭐였더라? 스테펜. 스테펜 데달루. 맞지? 중3때 모두에게 스테펜으로 불러달라고 부탁했었지?"

"정말 가야 해. 나 좀 놔줄래?"

나는 발길을 재촉한다.

"그럼 지금 이름은 뭐냐?" 녀석이 놀리듯 고함친다.

멍청아, 내 이름은 외로운 사람이야. 자유롭고 자발적인 의지로 말이야.

---

* 아버지와 아들이 같은 이름을 가질 때 아들의 이름에 붙여 부르는 말.

짜증이 난 건지 지친 건지 모르겠다. 아마 둘 다 조금씩일 것이다. 결국 완전히 고갈되고 말겠지.

그래. 난 위선자도 아니고, 위선자인 척하지도 않을 거야. 넌 이미 복잡한 퍼즐을 꿰맞추고 있겠지. 내 정체성이라는 커다란 문제. 그걸 발견했을 때 모든 게 명확해질 거라고 생각하겠지. 나를 진찰해서 치료법을 찾아낼 수도 있겠지. 그렇지만 그게 진실이라고 믿지는 못해.

솔직히 말해서 내 로즈버드rosebud* 혹은 원초적 원인이나 동기, 혹은 단서를 네가 발견했다 해도 여전히 나머지를 이해할 수는 없을 것이다. 결국 우리는 가슴에 구멍이 난 채 태어나고, 삶은 그 구멍을 넓혔다 좁혔다 하면서 진행된다. 그러나 이 모든 게 끝날 무렵 우리는 가장 큰 비밀을 지니고 깊은 구멍으로 내려간다. 내 거친 메타포를 이해해주라. 그 점에 대해서만큼은 난 확신하고 있으니까.

엉망으로 한 주를 보냈다. 진저에게 몇 번 전화를 해보았고, 어떤 날은 그녀의 집에도 갔었다. 그곳에서 몇 시간 기다리다가 내가 바보 멍청이가 되어가고 있다는 사실을 깨달았다. 그래도 1시간쯤 더 기다렸다. (그래, 웃을 테면 웃어. 더 신경 쓰지 않을 테니까) 집에 돌

---

* 오손 웰스가 감독한 영화 〈시민 케인〉에 나오는 눈썰매의 이름. 주인공 케인이 죽기 전 계속 중얼거리는 이 단어는 행복했던 어린 시절을 떠올리는 매개체이다. 작고 사소하지만 인물의 내면이나 때로는 운명마저 폭로하는 물건.

아올 때도 혹시 그녀를 볼 수 있을까 하는 마음에, 몸을 반쯤 돌린 채 뒤를 보며 거꾸로 내려왔다.

수업은 재미 없었다. 루시아노가 두 번이나 수업을 빠져서 걱정이 되었다.

패신저 클럽에 가는 날이다. 이제 내 삶은 화, 수 목요일로 축약된다. 아니, 수요일에 한 주가 시작된다는 표현이 맞겠다. 인간은 일주일, 열두 달, 세기를 만들었고, 마음대로 시간을 나누고 정렬했다. 모든 게 사이클이다. 반복이다. 네가 떨어트린 컵으로부터 네 인생이란 사이클을 쌓아올릴 수 있다. 반복해서 쌓아올릴 수 있다. 혹은 여자친구와 화해하며 키스하거나, 동전을 떨어트려 다른 동전이 떨어질 때까지 무슨 일이 일어나는 지 관찰할 수 있다. 정말 모든 게 순환이다. 피상적일 수도 있지만 모든 게 되돌아온다고 생각하니 관찰이 즐거워졌다. 그 이유를 너도 알 것이다.

이렇게 나의 일주일은 두 번의 수업과 한 번의 디제잉으로 축약된다. 두 번의 부재와 한 번의 만남. 루시아노와 쟈크린느 이야기다. 그녀가 어떻게 반응할까? 어디 한번 보자.

쟈크린느는 아무 일 없었다는 듯 내 옆을 지나간다. 지미는 무슨 일이 있었는지 알고 싶어했지만 난 아무 말도 하지 않는다. 갑자기 안도감을 느끼면서 동시에 비참함도 느낀다. 외롭다. 무언가 빠져

나간 듯하다. 〈사랑의 도피〉*. 누구도 날 사랑하지 않고, 누구도
날 이해하지 못한다.

그녀는 마치 모르는 사람처럼 지나간다. 미니스트리**를 틀어
야겠다. 어떤 노래인지 너도 알 거다. 이어 프로디지***를 틀 거
다. 역시 어떤 노래인지 넌 알 것이다. 쟈크린느가 시선이든 미소
든, 손짓 혹은 어떤 신호든 주기를 바라며 바라보지만 그런 일은
일어나지 않는다.

스테이지에는 이런 곳과 전혀 어울리지 않는 부잣집 청년 셋만
이 눈에 띈다. 둘은 바지에 셔츠를 집어넣고 있고, 하나는 내 한 달
치 벌이는 될 정도로 비싼 후드 티셔츠를 소매를 걷어붙인 채 입고
있다. 이상한 건 그가 조용히 구석에 앉아 날 계속 본다는 것이다.
이상하다, 아주 이상하다.

모든 게 날 불편하게 만든다. 부잣집 아이들, 쟈크린느, 진저에
대한 기억들, 불분명한 미래, 종강, 루시아노의 결석, 팔짱끼고 있
는 파울라옹, 사람이 얼마 없는 스테이지, 내가 쓴 글에 대해 성공
을 확신하지 못하는 것, 글 쓰는 동기가 부족한 것, 아버지, 이름,
삶. 모든 게 지겹다. 내게 남은 건 포기하는 것뿐이다. 집에 가서
다음 달, 아니 내년에 깨어나자고 생각한다. 모르겠다. 하지만 그

---

* 프랑수아 트뤼포 감독의 1979년 영화. 원제는 L'Amour en fuite.

** 미니스트리는 쿠바이민자 출신인 Al Jourgensen의 밴드.

*** Prodigy. 가수. 1992년 1집 앨범 Experience를 내놓았다.

전에 쟈크린느와 이야기를 해야겠다.

"쟈크린느!" 나는 그녀의 팔을 잡는다.

"여봐, 왜 여자를 귀찮게 해?" 부잣집 애들 중 하나다.

이런. 잠깐만. 쟈크린느한테 남자친구가 있었던가? 부잣집 애들? 그런데 왜 내게 말 안 했지? 그래서 나한테 이러는 걸까?

"진정해. 난 이 여자를 알거든. 여기서 일하는 여자야."

"상관없어. 너 같은 인간은 멀리서도 알 수 있어. 여자나 괴롭히지."

이 친구들이 싸울 목적으로 왔다는 냄새가 풍긴다.

"임자 있는 여자 꼬시는 걸 좋아하지?"

빙고. 쟈크린느는 남자친구가 있다. 한마디만 하겠다. 난 정말 싸움을 싫어한다. 하지만 싸워야 할 때는 도망치지 않는다. 맞을 수도 있다. 대부분의 경우 나는 맞는 쪽이다. 그렇지만 물러서면 안 될 때도 있다.

"그러고 나선 차버리지?"

이런. 쟈크린느 남자친구는 아니다. 잠깐. 갑자기 한 친구의 낯이 익은 것 같다.

"누군지 알겠다. 플라비우, 그렇지? 진저 전남친."

갑작스레 자신의 정체가 까발려지자 그가 당황한 것 같다. 난 계속 떠든다.

"여기서 뭐해? 뭐가 널 찌질이로 만들었는지 확인하러 온 거냐?(찌질이? 어디서 이 단어가 생각났을까? 차라리 범생이란 단어가 나왔

162

을 텐데) 어디 보자. 진저가 이제 나랑 사귀지 않으니까 너랑 있어야지, 안 그래? 혹시 너랑 사귄다면 여긴 왜 온 거야?"

"나랑 사귀지 않아. 네가 그녀에게 무슨 짓을 한 게 틀림없어. 우린 행복했거든."

행복했다? 행복했다? 염병할. 사랑에 눈 먼 놈하고 싸워야 하나? 바보 아냐.

"행복했다고? 우리도 행복했어."

이 멍청이에게 진저가 다시 돌아가지 않은 게 다행이다. 그녀가 더욱 좋아진다.

"그래서 용병들 데리고 여기 온 거야? 혼자서는 안 돼서?"

"널 끝내버릴 거야."

"'널 끝내버릴 거야'는 너무 상투적이잖아. 더 멋진 말 없어? '널 죽여버릴 거야'라든가."

나는 시간을 벌고 있다. 사실 진짜 싸울 사람은 위협하지도 않는다. 한 번 더 고백하건대 난 싸움을 잘하지 못한다. 게다가 내 몸은 싸움에 적합하지 않다. 불리한 게 하나 더 있다. 이 범생이가 지원군을 둘이나 데려왔다는 것. 그렇지만 내가 배운 게 하나 있다면, 만약 싸워야만 한다면 선제공격이 낫다는 거다. 그러면 육체적 불리함을 조금은 상쇄할 수 있다. 기습은 또다른 요소로서 작용한다. 이 또한 삶과 관련되어 있다. 독해져야 한다. 싸워야 한다면 싸운다. 내가 맞든 맞지 않든 별로 상관하지 않는다. 미리 작정하고 덤빈다. 나 자신을 포함한 여러 사람을 놀라게 할 만한 타이밍에. 하지만 불리한 점이 있다. 지금 내가 화가 나 있다는 것. 그것도 아주 많이. 좌절감에 싸여 있다는 것. 틀림없이 난 맞을 거다. 그렇지만 적어도 한 놈은 때릴 수 있다. 반드시 한 놈은.

난 온 힘을 모아 놈의 얼굴에 시디케이스를 던지고 곧바로 힘껏 배를 찼다. 소매를 걷어붙인 놈의 주먹질에 바닥에 고꾸라졌다. 그 순간, 바를 뛰어넘는 지미가 보였다. 아직 이야기 안 한 게 하나 있다, 지미는 힘센 친구다. 항상 민소매옷을 입고 일한다. 다른 한 녀석이 발길질을 했지만 간신히 몸을 피했다. 지미는 한편으로는 날 막고, 다른 한편으로는 둘을 때린다.

고함이 들린다. 사람들이 여기저기로 피해 다닌다. 파울라웅이 끼어든다. 한 놈의 팔을 붙잡더니 저 멀리 던져버린다.

"당장 멈춰!" 파울라웅의 위협에 놈들의 기가 죽은 것 같다. "너희, 여기서 당장 나가!

"죽여버릴 거야!" 바보들에 둘러싸여 나가면서 범생이가 소리 쳤다.

죽이려는 사람은 위협하지 않는다. 지미가 날 일으킨다. 피가 난다. 내 눈이 당구공만큼 커진 느낌이다. 파울라웅을 똑바로 본다.

"너희 둘은……." 씨팔, 끝까지 듣기가 겁난다. 우리 눈이 더 커졌다.

"너희 둘은 해……. 아니, 정직이야."

이런! 잠깐만. 언제까지?

눈이 더 아파온다. 앞니가 흔들리는 것 같다. 지미에게 다가가

자 그가 웃는다.

"뭐가 그리 재미있어?"

"그 바보같은 놈 말이야, 한 방 먹었을 때 그 표정을 봤어야 했는데." 지미는 놀란 얼굴을 따라한다. 우리는 크게 웃는다.

"그만, 그만 웃겨, 눈 아파." 그러다 깜짝 놀란다. "지미, 우리 큰일 났어. 우리 방금 실직했잖아. 이거 큰일인데……"

"잊어버려. 곧, 파울라웅이 금방 우릴 부를 거야. 뭐, 자기도 같이 싸운걸. 너도 봤지?"

"안 부르면?"

"딴 자리 알아보지 뭐." 지미는 내 걱정을 알아챈다. "모아놓은 돈 좀 있지, 그치?"

"내가 저축할 사람처럼 보여?"

축 처져서 집에 도착한다. 눈은 멍들고, 이는 아프고, 돈벌이는 날아갔다. 냉동실에서 얼음과 언 고깃덩이를 찾아 얼굴에 문지른다. 젠장. 이제 무슨 일이 또 생길까. 원고가 스스로 불타 사라지는 일만 남은 건가. 그러다 얼굴을 돌려 원고를 확인하고는 내 순진함에 웃어버린다.

내 인생이 깊은 우물 밑바닥에 가 닿으려 한다. 다음 주, 수업이 끝날 무렵에는 또 무슨 일이 일어날지 궁금하다고? 그날 내 무언가가 달라졌다. 사람들이 희망이라고 부르는, 설명할 수 없지만 모든 게 정리될 것 같은, 기대한 적 없는 느낌이 내 안에 자리 잡았다. 내 책 때문인지도 모른다. 말 그대로 '잿더미 속에서' 책을 다시 건져올린 후 내 안의 무언가가 변했다. 책은 단순히 인생을 정리하는 것 이상의 무엇이다, 책은 내 삶을 말한다. 진심으로, 더 많이 말해준다, 책에 마침표를 찍을 때 나는 내가 어디쯤 도착했다는 것을 알게 되고, 갈 필요가 있는, 아니 가야만 했던 여정을 다녔다는 것을 알게 되고, 그 여정에 어떤 후회도 남기지 않게 되리라. 난 최선을 다했고, 할 수 있는 것을 최대한 해냈고, 그런 노력의 결과가 바라는 만큼 좋지 않다 해도 만족할 것이라는 사실을, 내가 할 수 있는 것을 했음을 알게 될 것이다. 그리고 행복해질 거다. 엄청나게 행복해질 거다. 반드시.

그렇지만, 지금 내게 필요한 건 출구다. 비상계단, 비상구, exit, 이런 것들로 향하는 깜박이는 불빛. 생각해, 생각해. 씨팔. 인생의 길은 이미 짜여 있고 대안 또한 있을 거다. 당연하지! 가끔 나 자신조차 이상하게 쌓아올려지는 이 삶에 놀란다. 드물긴 해도 잘 들어맞는 내 삶.

난 내 삶을 대부분 예상하지 못하며 살았다. 그러나 아주 드물게, 가끔은 예상이 전부 들어맞는다. 그리고 더더욱 드물기는 하지만 가끔 그런 느낌을 갖는다. 서랍에서 명함을 찾아 전화를 건다.

"파트리시아? 파렌하이트야, 패신저 클럽의 디제이. 지난번에 말한 생일파티 때문에 전화했어. 그때는 미안했어, 컨디션이 별로였거든. 너네 파티에서 디제잉하고 싶은데. 응, 알아. 얼마라고? (말도 안 돼, 200헤알은 너무 적다. 지미는 그 아이가 분명 부자일 거라고 했는데) 음……. 800헤알은 어때? 괜찮아? (젠장, 1000헤알은 불렀어야 했는데) 아, 하나 더 있어. 클럽에서 일하던 지미 기억나? 지미도 같이 불러줄래? 그래. 정말? 좋아! 아주 좋아! 전화해. 번호는 XXXX-3160이야. 토요일? 알았어. 그럼 다음 주에 봐. 잘 지내!"

이런 천재 같으니라고. 하루 일하고 한 달 월급을 벌다니. 행복해졌다. 모든 일에는 솔루션이 여럿 있는 법. 앞으로도 이런 느낌을 기억할 수 있기를. 부디 그러기를.

"이야, 선생님, 다니엘 산* 닮았어요."

하파엘이다. 선글라스 쓴 내 모습을 놀리고 있다.

"금발 여자는 어디 갔어요?"

그래……. 금발 여자. 금발 여자는 이제 여기 없어. 싸워야 할 사람조차 없다는 게 더 나쁘다. 이제는 삶과 싸울 뿐이다.

"그럼 미야기 씨는요?"

하파엘이 〈가라테 키드〉의 마지막 장면을 흉내 내자 모두 크게 웃었다.

"그래 웃어라. 오늘 난 레이 찰스 스타일이야." 그러고 좌우로 머리를 흔들었다.

"정말이에요?" 마리아나가 의심하듯 질문한다.

"농담이야." 싸움판에 휩쓸렸었다고 말할 용기가 없다. 하지만 뭘 더 말할 수 있겠는가. "상상력을 발휘해보라고."

* 영화 〈가라테 키드〉에 나오는 배우.

선글라스를 끼니 한 가지 생각이 든다. 다른 눈으로 현실을 직시하기 위해 필터가 필요할지도 모른다는 것. 내가 이 수업에서 가르쳐야 하는 것이 무엇인지 나 자신에게 일러준다.

"예술가는 어떻게 될까? 예술가가 되고 싶다면 무엇을 해야 하지? 먼저 잘 봐야겠지. 우리는 삶을 어떻게 관찰할까?"

"쉬워요. 두 눈을 사용하면 되죠." 하파엘이 장난친다.

"틀렸어. 네가 보는 건 다른 사람들이 보는 것과 달라."

"장난치지 마세요……." 하파엘이 볼펜을 잡는다. "선생님이……. 이를테면 볼펜을 보면서, 다른 것을 관찰한다는 뜻인가요?"

"물체만 말하는 건 아냐, 하파엘. 관념. 물체가 나타내는 것. 네가 상상하는 것, 또는 네가 관찰하는 방법을 말하는 것이지."

"이해가 안 가요."

"좋아. 이렇게 생각해보자. 예를 들어볼게. 항상 네가 봐왔듯 이 볼펜을 관찰해봐, 어때? 그럼 이제 속에서부터 볼펜을 관찰한다고 상상해봐. 볼펜 심의 작은 잉크 방울을 한번 상상해봐. 글을 쓰려고 볼펜을 누르면, 볼펜심에 어떤 변화가 생길까? 잉크가 심을 타고 끝까지 내려오겠지. 이리 저리 흔들리는 그 잉크가 바로 너라고 상상해봐. 갑자기 네가 그런 잉크막 속에 들어가버린다고 상상해봐. 또 있어. 사람들은 볼펜으로 무엇을 쓸까? 연애편지일까 자살하기 전 적는 유서일까. 잉크 방울이나 잉크막이 이야기의 전개를 결정지을 수 있을 거야. 기관절개가 뭔지 아니? 심장이 갑자기 멈취버려 숨을 쉬지 못할 때 하는 치료야. 의사가 목에 구멍을 내어 숨을 쉴 수 있도록 하는 거지. 이게 심근경색이 발생한 사람의 볼펜이라고 하자. 그럼 의사는 볼펜 대롱을 사용해 목에 구멍을 내고 그 사람을 구할 거야."

"으악!" 여자아이들은 이 설명을 좋아하지 않는 것 같다.

"그거야. 우리가 하는 게 그런 거야. 하나의 시각으로 글을 써나가는 것. 볼펜에 대해, 각자의 시선으로. 끝나면 다 같이 읽어보자."

모두가 글을 쓰기 시작한다. 나는 아그날도 곁에 간다.

"아그날도, 루시아노는?"

"아, 며칠 전에 학교에 왔었는데, 요즘 또 결석해요."

"어디 사는지 아니?" 그래 이 일만 남았다. 영화 〈언제나 마음은 태양〉*의 선생님.

"알아요."

"어떻게 가니?" 이런 말을 하다니 나 자신도 믿기지 않는다.

아그날도는 종이에 써준다. 어디서 버스를 타고 어디서 내려야 하는지 가르쳐준다.

탁자로 돌아가 주소를 응시한다. 이미 약속되어 있는 듯한 기분이다. 심장이 뛰기 시작한다. 어떻게 가야 할지 난 이미 알고 있다.

"칫, 볼펜 다 닳았어!" 다시 하파엘이다. 모두가 웃는다.

---

* To Sir with Love(1967). 시드니 포이티어 주연의 영국 영화. 런던의 빈민가 고등학교에 갓 부임한 흑인 교사가 애정 어린 교육을 통해 반항적인 학생들을 포용하는 과정을 담은 감동적인 드라마.

갑자기 아이들과의 수업이 한 번밖에 남지 않았다는 걸 깨닫는다. 아이들이 그리울 게다. 탁자의 볼펜을 본다. 내가 이제야 아이들과 더불어 좋은 이야기를 썼다는 걸 깨달았다. 조만간 다시 만날 수 있기를. 이 교실에서 제임스 조이스, 기마랑이스 호자, 클라리스 리스펙토르* 같은 작가가 나온다면 얼마나 좋을까. 이런 생각을 하니 즐거워진다. 나는 제임스 조이스가 되고 싶지 않다. 내 책의 출간 기념회에서 이 아이들을 만난다면 정말 행복할 텐데. 이런 상상에 빠질 무렵……

"선생님, 우리 다 같이 읽어요!" 상상에서 깨어난다.

"그래 읽어보자."

아이들이 글을 읽는 동안 난 다시 행복에 도취된다. 인생에서 여러 번 멍청이 같은 실수를 저지른 내가 이곳에서 한 번도 상상해본 적 없던 것을 만났다. 바로 희망이다.

"듣고 계세요? 아님 주무세요? 선글라스 때문에 알 수가 없다고요."

아, 내가 얼마나 자세히 보고 듣고 있는지 아이들이 알았으면!

"물론이지. 계속해." 이 아이들 전부의 빛나는 미래를 관찰하고 싶다.

아이들이 다 읽고 나자 나는 문득 감격한다.

"어떻게 생각해요?" 아이들이 질문을 퍼부었다.

---

* Clarice Lispector(1920~1977). 브라질의 대표 여성 작가.

"알겠다. 너희는 내가 여러 개의 볼펜을 주길 바라지?" 아이들이 미소 지었다. "그래, 좋았어. 사실, 다 좋았어. 하나만 기억해주길 바라. 이 볼펜. 볼펜은 하나의 상징이야. 표현력의 상징. 너희 목소리와 생각과 의지의 힘이지. 아무도 관찰하지 못한 걸 관찰해봐. 아무도 너희를 막을 수 없어. 볼펜이 칼보다 더 힘이 센지는 모르겠어. 하지만 볼펜을 잡은 사람은 그럴 수 있다는 걸 알아. 그러니 우리 강해지자, 단호해지자, 용감해지자. 볼펜으로 빛나는 미래를 쓰자. 그게 내가 바라는 거야."

잠시 침묵이 흐른 뒤 줄리아노가 말했다.

"다음 주가 마지막 수업인데요, 우리 뭘 해요?"

"파티 어때?" 내가 대답한다.

모두들 놀란 듯하더니 내 말에 동의한다.

"그럼 좋아. 우리 파티 하자. 여학생은 먹을 걸 챙겨오고 남학생은 음료수를 가져오는 거야, 알겠지?" 좋은 생각이 떠올랐다. "그리고 내가 음악을 준비할게."

"네!"

난 기꺼이 즐거운 마음으로 음악을 틀 것이다. 대단한 무대가 되겠지. 이래서 인생이란 살아갈 가치가 있다. 다만, 진저가 이런 나를 볼 수 있었으면. 여기에 같이 있으면서 이런 모습들을 함께 봤더라면. 난 조금씩 나 자신을 바꾸고 있다. 언젠가 분명 나의 시간이 올 것이다.

버스를 탄다. 루시아노가 사라진 이유를 짐작하니 심장이 뛰기 시작한다. 아그날도는 빵집 다음다음 정류장에 내린 다음, 오른쪽으로 올라가다 두 번째 왼쪽집이라고 설명해주었다. 설명을 따라가니 집 안이 보이지 않는 양철 대문과 마주친다. 작은 문이다. 아마 긴 통로가 있고, 거실로 통하는 쪽문과 연결되어 있을 것이다. 이 모든 게 너무나 익숙하다. 초인종을 누른다. 또 누른다. 아무 인기척이 없다. 기다릴 뿐이다.

"루시아노! 나야. 글쓰기 선생." 글쓰기 선생? 뭔가 우습다. 다시 외친다 "나야! 문 열어!"

아무 인기척이 없다. 다시 초인종을 누르고, 몇 번 더 부른다. 포기하기로 했다. 그래. 시드니 포이티어 같은 소명이 내게는 없다. 뒤돌아 돌아가려고 할 때 문을 여는 소리가 들렸다.

"선생님? 여기 웬일이세요?" 선생님. 이 단어는 '친구' 다음으로 내가 익숙해 질 수 없는 단어이다.

"수업에 빠졌잖니. 걱정했다." 됐다. 주제곡 'To Sir with Love'를 틀어도 좋다.

"들어가도 되겠니?"

루시아노를 따라 통로를 걸어간다. 짐작이 맞았다. 왼쪽에 문이 나 있는 시멘트 복도. 가난한 집, 아주 가난한 집이다. 낡은 소파, 아무리 닦아도 깨끗해지지 않는 소파가 있다. 14인치 TV 한 대, 구석에는 이발소 달력이 걸려 있다.

"앉으세요." 루시아노는 이 말을 하고 소파에서 내려와 앉는다.

"무슨 일 있었니?" 아이의 얼굴을 보니 마음이 아프다. 이것 역시 내게 아주 익숙한 장면이다.

"뭘 하고픈 의욕이 전혀 없어요."

"그게 모든 걸 포기할 이유는 아니잖아." 이게 무슨 충고란 말인가? 엉터리 충고는 그만해.

"더 살고 싶지 않아요." 아이의 두 눈에 눈물이 고인다.

오, 하느님, 어떻게 해야 좋을까요? 제가 뭐라고 말해줄 수 있을까요?

"말해봐, 무슨 일인데?"

"아무 일도 아니에요. 제 삶은 아무런 변화가 없어요. 전 아무것도 할 줄 몰라요."

이건 익숙하지 않다. 그래, 나는 나일 뿐. 루시아노가 갑자기 울음을 터트린다. 급히 아이 곁에 앉아 달랜다.

"혹시 아실지 모르지만, 저, 아빠가 너무 보고 싶어요. 내가 무엇을 해야 할지 아빠가 이야기해줄 수 있을 거예요." 아이는 흐느낀다.

"그렇지 않아." 난 확고하게 잘라 말한다.

"그렇지 않다뇨?" 루시아노가 퍼뜩 정신을 차린다.

"그렇지 않아." 내 목소리는 믿을 수 없을 정도로 단호하다. "루시아노, 하나만 이야기해줄게. 우리 아버지는 내가 열세 살 때 집을 나가셨어. 그때부터 내 감정은 상실과 증오 사이에서 왔다갔다 했었지. 네가 무얼 느끼는지 알아. 그런데 말야, 난 또 한 가지 사실을 발견했어. 무의미한 자신을 책임질 유일한 사람은 바로 나 자신이란 것을. 네 아버지가 아무리 비겁하다 해도, 책임질 사람은 여기선 너뿐이야." 내가 너무 엄하게 대하고 있는 걸까.

"아빠는 비겁한 사람 아니에요!"

"그래. 하지만 아무리 힘들고 어렵다 해도 아빠가 너희를 버리지 말았어야 했어." 단어 하나하나가 마음에 박힌다.

"아빠에 대해 그렇게 말하지 마세요!"

"루시아노, 이런 말해서 무척 유감이야. 하지만 내가 말하고 싶은 건, 넌 혼자라는 거야. 네가 약해져도 아무도 널 도와줄 수 없어. 아, 엄마가 있구나."

"엄마는 무식해요. 아무것도 이해하지 못해요."

"루시아노, 이제 네가 성장해야 할 시간이 된 것 같아. 살 건지 죽을 건지, 이제 선택해야 할 시간이야." 내 목소리는 여전히 딱딱하다. 그러지 않을 수가 없다. "루시아노, 정신 똑바로 차려. 아빠는 떠났어. 이제 네게는 엄마만 있어. 엄마가 널 이해하든 못하든 상관없어. 네 엄마야. 기억하렴, 네가 엄마를 이해할 수 있다는 사실을."

루시아노는 머리를 숙인 채 내 말을 계속 듣고 있다.

"루시아노, 이제 네가 삶을 선택해야 할 시간이야. 삶으로 돌아와, 루시아노. 우리에게 아무리 많은 고통이 예정되어 있다 해도, 삶은 그 반대라고 장담할 수 있어. 나는 알아, 삶이 조금 더 어려울 뿐이라는 걸. 하지만 그게 포기할 이유는 아니지." 나는 첫 번째 질문으로 돌아간다. 이번에는 제대로 된 질문 같다.

누군가 문으로 들어오는 게 보인다. 머리에 수건을 두르고 손에 장바구니를 든, 보잘것없는 차림을 한 여자다.

"누구시죠?

"루시아노에게 글쓰기를 가르치는 선생입니다."

"아, 그러세요?"

"지금 막 나가려는 참입니다. 어머님은 무척 자랑스러우시겠어요. 아드님이 아주 뛰어난 학생이거든요."

루시아노는 엄마를 끌어안고 운다.

"내 걱정은 하지 마. 나가는 길은 알고 있어."

이제 아버지와의 일을 정리할 시간이다. 대문을 나가면서 바로 이 문제를 생각한다. 하지만 거리로 나서자마자 다른 확신이 들었다. 내가 엉망이었을 때, 진저가 나를 다시 삶으로 돌아오게 해주었다. 어쩌면 나도 루시아노에게 같은 일을 해주었는지 모른다. 왜인지 모르겠지만, 루시아노 역시 때가 되면 다른 사람에게 같은 일을 해주리라는 확신이 들었다.

더 좋은 게 있다. 그런 확신을 가지고 인생이 가르쳐준 이 문장을 담벼락에 쓰는 것.

오직 사람만이 사람을 구한다Just people can save people.

"발테르, CDJ 좀 빌려줄래?"

"뭐라고?"

"그래. CDJ. 디제잉할 일이 생겼어."

"어디서."

"교실에서."

"뭐? 미친 거 아냐?"

"내 수업 종강하는 날 디제잉할 거거든. 종강파티야."

"뭐라고? 강의하고 다녔다고? 뭘 가르쳤는데? 돌았구나?"

"야 발테르, 빌려줄 거야 말 거야?"

"그래. 알았다고. 근데 어떻게 가져갈 건데?"

"강좌 담당인 아나가 차를 빌려줄 거야."

"이런, 수업이란 말 진짜구나? 디제이 수업이야?"

"제기랄, 빌려줄 거야 말 거야?" 울화통이 터질 뻔했다.

"알았어, 알았다고. 몇 시에 올 건데?"

나는 설명하는 걸 싫어한다. 나 자신을 설명하는 걸 특히 싫어한다. 질문을 받지 않기 위해서라면 무슨 짓이든 한다. 바보같은 질문이라면 더더욱(당연하다). 날더러 미쳤다고 하는 말 또한 싫어한다. 난 그냥 즉흥적인 사람이다. 어떤 사람들은 날더러 미쳤다고 한다. 다른 사람들은 날 보고 진지하다고 한다. 나는 미친 사람도 진지한 사람도 아니다. 내가 어떤 카테고리로 분류되는 것 자체를 거부한다. 내 할아버지(현자셨다)께서는 언젠가 이렇게 말씀하셨다 "너는 인간으로 태어났다. 그리고 인간으로 태어났다면 복잡해져야 한다. 너무 복잡해서, 정말 너무 복잡해져서 아무도 너를 이해할 수 없을 정도로."

그날 이후 나는 그렇게 되려고 노력해왔다.

차를 몰고 가는 동안 CDJ가 있는 뒷좌석을 살폈다. 내가 디제이일을 한 후로 오늘처럼 자랑스러웠던 적이 없다. 직접 느껴보려고 손을 뒤로 뻗어 만지기까지 했다. 발테르는 제일 아끼는 믹싱기기까지 빌려주었다. 오늘 나는 무척이나 행복하다. 잠깐이지만 진저에 대한 생각을 거의 하지 않는다. 그렇다. 고백하건대, 사실 난 매일 그녀를 생각한다. 매 순간. 그게 그녀의 부재(그리움)를 보상하는 방법이라고 생각한다. 아주 가끔은 그녀를 더 이상 생각하지 않을지도 모른다는 두려움이 엄습한다.

아이들이 나를 도와 교실로 기기를 가지고 왔다. 모두 행복하다. 교실 구석에서 조심스레 손짓으로 인사하는 루시아노를 보았다. 나도 미소로 인사한다.

이제 아이들을 볼 수 없을지도 모르지만 행복하다. 아이들은 가장 좋은 옷을 입고 온 것 같다. 나는 다시 미소 짓는다.

"이게 뭐예요?"

"CDJ야. 시디플레이어지. 디제잉을 하려면 두 대를 사용해야 하거든. 음악이 끊어지면 안 되니까."

아이들이 좋아하는 것 같다. 아나 선생 또한 볼륨만 낮춘다면 스피커를 사용해도 좋다고 허락해주었다. 하지만 아무도 항의하지 않을 것이다. 밤도 아니고, 이 시간에는 우리 반밖에 없다.

자리를 정리한다. 여자아이들이 준비를 잘해왔다. 탁자에 천을

깔고, 접시, 냅킨, 음식을 올려놓는다. 남자 아이들은 음료수를 가져왔다. 수많은 파티가 있지만, 이 파티는 술을 마시지 않는 (아마 오래도록 유일한) 파티가 될 것이다. 술은 없어도 된다.

모든 기기를 조율하고 사운드를 점검한다. 다 좋다. 이제 준비한 말을 할 시간이다.

"파티를 시작하기 전에 마지막으로 할 말이 있다."

"안 돼요, 선생님. 할 말은 우리가 먼저 있어요." 줄리아노다.

아이들 모두가 줄리아노를 앞세운 채 이상한 형태로 서 있다. 애들이 준비한 게 뭘까?

"왜 그러니? 설마 날 때리려고?"

교실이 웃음소리로 가득하다.

"그건 나중에요. 선생님을 위해 준비한 게 있어요." 줄리아노가 선물꾸러미를 집었다. "산뚜 안드레에서 저희 아빠와 삼촌이 철공소를 하거든요. 그래서 일주일에 두 번 아빠랑 거기 가요. 어느 날 가는 길에 있는 주유소에 들렀는데, 거기 편의점이 있더라고요. 들어가보니 영화나 예술작품이 그려진 티셔츠가 있는 거예요. 그중에 엄청난 게 있었어요. 긴가민가해서 오랫동안 보고 있었죠. 그리고 '제정신인 사람이 어떻게 이런 티셔츠를 만들었을까?' 하고 생각했어요. 그리고 그 티셔츠를 만든 사람이 아마 선생님하고 비슷한 사람이라는 생각이 들었어요. 선생님 같은 사람도 있으니까 그런 사람도 당연히 있을 거라고 생각했어요. 여하간 그게 사실이든 아니든 이제 더 신경 쓰지 않기로 했어요. 선생님은 여기 이렇게 있잖아요. 선생님도 존재하고, 그 티셔츠도 존재하고요. 언젠가 말씀하신 것처럼, 우리 자신을 만나게 하는 게 있었던 거죠. 친구들한테 이야기했더니 선생님에게 그 티셔츠를 선물하자고 해서 돈을 조금씩 모았어요. 꼭 받아주셔야 해요. 저희를 북돋아주고, 꿈꾸게 해주고, 무엇보다 우리 자신을 믿도록 이끌어주셔서 감사합니다. 우리 반 모두를 대표해서 감사드려요."

어떤 선물인지 상상할 수 있겠어? 뭘까? 티셔츠라면 어떤 티셔츠일까? 영화와 예술? 내가 지금 생각하는 걸까? 제임스 조이스 티셔츠? 나는 궁금한 마음으로 꾸러미를 푼다. 믿을 수 없다. '파렌하이트Fahrenheit 451'이란 스탬프가 찍힌 검은색 티셔츠. 어떻게 이런 일이 가능하지? 어떻게 이런 스탬프를 찍어 티셔츠를 만들었을까? 이 세상에 구원이 아직 있단 말인가? 눈물을 참기 어려웠다. 아이들의 행복한 얼굴을 본다. 마라아나가 흐느낀다. 나는 행복하다. 참으려 했지만 할 수 없다. 내 이야기를 시작한 이후 행복에 겨워 우는 건 두 번째다.

"앗, 이건……. 설마, 장난치는 거지, 그렇지? 너희가 이렇게 찍으라고 주문한 거지?"

줄리아노는 주유소 쇼핑백을 보란 듯이 내놓는다. 노부 이스타두 주유소. 어떻게 이런 일이 가능하지?

"입어볼게." 입고 있는 옷 위에 티셔츠를 덧입는다.

모두가 환호한다. 난 말을 잇지 못했다. 준비한 말을 다 잊었다.

하지만 뭐든 이야기하고 싶다.

"이런……. 정말이지 말을 못하겠구나……. 하지만, 이 모든 것에 대한, 우리의 만남에 대한 이야기였어. 알고 있잖니? 나의 만남, 우리의 만남, 선물, 우리의 인생. 우리는 지금 기회, 아주 먼 만남의 기회에 대해 말하고 있어(진저가 생각난다). 그렇게 생각해. 우리에게 필요한 건 단 한 번의 기회야. 그 기회를 어디서 어떻게 잡을지 솔직히 나도 잘 모르겠구나. 그렇지만 계속 해나가는 거야. 믿어보는 거야. 어느 날 불가능한 일들이 가능하게 될 거야. 우리 손으로 기회를 만들게 될 거야. 서로 영감을 주고, 서로 지지하고, 서로 믿으면서 말이다. 우리, 다 같이 훌륭한 이야기를 쓰자. 우리의 삶이 가치 있도록 만들자. 진심으로 이 부탁을 하고 싶어. 부디, 네 삶을 특별하게 만들어줘."

믹싱기를 연결한다. 어젯밤에 특별히 준비한 음악. 'To sir with love'를 리믹스했다. 영화의 주제곡이다. 하하하하하. 피치를 높이고 일렉트로 리듬을 넣었다. 몇몇 아이들은 무슨 노래인지 알고, 손가락을 치켜들며 미소 짓는다. 내 인생에서 그렇게 즐겁게 디제잉한 건 처음이다.

"그런데요……. 선생님, 책 읽는 팁 좀 알려주세요. 이제……. 수업도 다 끝났으니까요."

"아, 그래, 마리아나. 어디 보자. 이미 이야기한 것이지만 조금 더 자세히 말해줄게. 이렇게 해봐. 모든 장르를 조금씩 다 읽어보는 거야. 그럼 어느 날 너를 황홀하게 하는 책이 나타날 거야. 네 머릿속에서 지울 수 없는 작가가 나타날 거야. 오랫동안 네게 여운을 남기는 작품을 만나면, 그 작가의 다른 작품들도 찾아서 죄다 읽어봐. 전부, 전부 다. 우리 각자가 서로 다른 작가를 만나게 되겠지. 하지만 감동을 주는 작가라면 그 사람 책을 다 읽어봐."

그 아이는 이해했다. 플레밍 립스*의 'Do you realize'가 이어진다. 그보다 더 적절한 노래는 없었다. 임시로 만든 스테이지에서 모두 함께 춤춘다. 저음은 올리고, 고음은 낮추면서, 왼쪽 CDJ에 또다른 음악을 준비하는 동안 나는 아리스토텔레스가 행복은 정신의 상태라고 말한 것이 떠올랐다. 난 의지의 상태라고 생각한다. 행복해지고 싶은 의지. 이 순간, 이 교실에서 불행한 사람이 있을까. 세상을 바꾸려는 의욕이 없는 사람, 무언가 유별난 일을 할 의욕이 없는 그런 사람이 있을까. 나는 스테이지로 간다. 아이들과 같이 춤추고, 아이들 하나하나의 꿈을 공유한다. 아마 내게 허락된 것보다 더 오래 살 꿈들을 나눈다. 아이들의 길을 환히 비춰줄 성스러운 은혜를 간절히 바란다. 마지막으로 아이들을 위해 사랑으로 삶을 판단해줄 것을 부탁하는 노래를 튼다. 그러면서 나도 부탁한다. 삶을 생각하라고, 삶을 의지로 채우라고 말이다. 또 실패는 철을 단련시킨다는 사실을 배우라고 부탁한다. 왜냐하면 삶은 우리에게 상처 주고, 피 흘리게 하며, 우리의 이를 악물게 하기 때문이다.

---

* Flaming Lips. 그래미 비클래식부문 최우수 엔지니어 앨범상과 최우수록 연주상 등을 받은 밴드.

그러는 동안 시디는 쉬지 않고 돌아가며 "당신의 삶을 특별한 것으로 만드세요"라는 오늘의 만트라를 반복해서 이야기한다.

마지막 수업을 끝낸 후, 만남에 대해 무척이나 많이 생각하며 지낸다. 진저와의 만남, 그리고 내 아버지와의 만남. 사실 아버지를 아버지라고 부르는 데 문제는 없다. 나중에는 개인적으로 그렇게 불러야 할 필요가 없었지만. 아버지……. 그건 내게 완전히 추상적인 개념이다. 불가능한 두 만남. 하나는 진저가 원하지 않아서이고, 다른 하나는 내가 원하지 않아서이다. 하지만 오늘 무슨 일이 일어나고야 말 것 같다. 만약 아버지를 만나게 된다면 진저와도 다시 만나게 될까? 그 반대의 경우는 어떨까?

"저 앞에서 어느 쪽이죠?"

"뭐라고요?"

"왼쪽? 아니면 오른쪽인가요?"

"아, 어디 봅시다. 지금 포르투갈 거리를 지났으니까……. 우회전하면 되겠네요."

어느 집 앞, 몰려 있는 사람들이 보인다. 물론 대저택이다. 물론 개같은 파티다. 물론 마음에 전혀 들지 않는다. 주소가 맞는지 확인하고 나서 지미와 난 케이스들을 안으로 옮겼다. 안에서 파트리시아를 만났다(만남? 또 하나의 만남?).

"이렇게 와줘서 고마워."

정말? 그녀가 우리를 고용했다. 하지만 만남에 대해 이야기하면서 나는 그녀가 진저를 아는지, 혹시 그녀와 친구인지 묻고 싶다. 그녀를 패신저 클럽에서 만났으니 그럴 가능성도 있지 않을까.

"근데 말야······."

"응?"

"아, 아니야. 기계들은 어디 있어?"

"안쪽에."

풀장 옆에 음향기기가 설치되어있다. 준비가 한창인 파티 홀을 지나는데, 10여 명의 사람들이 음료수, 테이블, 의자를 옮기는 것이 보인다. 그 풍경이 과장되었다기보다는 오히려 소박하기까지 하다. 안목이 제법 좋은 것 같다. 자연스러운 장식이 분위기에 어우러진다. 동양식 가구와 인도 조각상들도 있다.

"아빠가 발리 섬을 엄청 좋아하거든." 내가 관심을 보이자 파트리시아가 설명한다.

한마디로 말해 디스코텍으로 맞춤한, 환상적인 장소이다. 그녀는 내가 디제잉할 테이블 위에 조명시설을 설치해뒀고, 스테이지를 풀장까지 확장했다.

물건을 정리하고 있는데, 지미가 바 근처에서 엄지손가락을 치켜세웠다. 아, 잊은 게 있다. 홀 벽이 전부 유리로 되어 있다는 것. 왜인지는 몰라도 이곳에서 무슨 일이 여기서 일어날 거라는 느낌을 지울 수가 없다. 이유는 묻지 말기를. 그게 무엇인지도.

사람들이 도착하기 시작한다. 명품 드레스와 미소. 집안 좋은 아이들의 파티다. 한두 명 날 알아보고 손짓한다. 나도 어색하게 인사한다. 이곳은 영 어색하지만 파티는 좋아하게 될 거란 예감이 든다.

하지만 초기의 흥분은 두 시간 연속 디제잉 후 피곤으로 변해버렸다. 그건 진저가 파티에 참석했는지 알려 했기 때문이기도 했다. 심지어 디제잉 도중 실수를 범해 모두가 야유하기까지 했다. 얼핏 진저를 본 것 같다. 다시 두 시간이 지나자 나는 완전히 지쳐버린다. 북적거리는 파티는 계속되었다. 지미가 마실 것을 주러 왔다.

"캡틴, 힘들어도 참아. 분위기가 엄청 좋아."

"알아……. 안다고."

내 상태가 그리 좋지는 않다. 지미, 이 배는 침몰할 것 같아. 먼저 1980년대 음악을 선곡할 거고 그다음은 라운지 음악이야. 그다음에는 끝이지. 아마 내 끝이기도 할 거야. 멋진 파이널을 위해 나는 언제나 같은 노래로 시작한다. 바로 'Bizarre love triangle'*. 스테이지가 다시 달아오른다.

잠깐. 춤추는 저 여자애는…… 진저가 틀림없다. 진저만이 저렇게 춤춘다. 그녀다! 무슨 일이 일어날 거라고 내가 말했지? 가야 한다. 내게 정확히 3분 40초가 주어졌다. 풀장을 가로질러 뛰어가 등을 돌린 채 춤추는 진저의 팔을 붙잡았다.

"진저?"

* 뉴웨이브의 살아있는 전설이 된 뉴 오더의 명곡.

그녀가 뒤를 돌아보는 순간 내 미소와 갈망이 증발한다. 그녀가 아니다.

"미안해요. 사람을 잘못 봤어요."

급히 몸을 돌리다 누군가와 부딪혔다. 바닥에 술을 흘렸다.

"뭐야? 지금 넘어질 뻔했다고요. 내 술을 다……."

"지, 진저?"

"디제이가 꼭 너 같긴 했지. 나 좀 취한 것 같아. 게다가 오늘 파티만 두 번째거든. 아……. 그 티셔츠 예쁘네." 그녀가 내 티셔츠를 알아본다.

"응……. 학생들이 선물로 줬어."

"멋있네! 그래, 파티는 어때? 재밌어? 근데 어떻게 파트리시아 파티에 오게 됐어?" 그녀가 웃는다. 취한게 눈에 보인다.

"날 고용했지."

"엄청 잘 골랐는걸? 패신저 클럽에 처음 파트리시아를 데리고 간 게 나였어, 알고 있어?"

그녀의 술주정이 불편하다. 멀리서 노랫소리가 들려온다. Everytime I see you falling*.

"내 박제 모자는?"

"죽었다고 해두지."

"그랬구나."

---

* 뉴 오더의 'Bizarre Love Triangle'의 가사.

"딱 하나만 물어보자." 이제 1분 몇 초밖에 안 남았다. "우리 다시 만날까?"

Everytime I think of you.

"안 돼."

"왜? 난 정말 네가 필요해. 제발……."

I get down on my knees and pray.

"네가 나한테 그런 짓을 한 후에는 안 돼."

"내가 뭘 했는데?" 난 절망에 빠진다. "너, 너도 옛날 남자친구를 만나면서 나랑 사귀었잖아?"

그녀의 두 눈이 증오로 빛난다. 이번에는 내가 그 눈에 총살당한다. 그녀는 내 얼굴에 닿을듯 얼굴을 내밀고 내 셔츠를 꽉 잡는다. I'm waiting for the final moment.

"절대로, 결단코, 다시는 나를 다시 찾지 마."

그녀는 등을 돌리고 떠난다. 붙잡는 친구의 손을 뿌리치고, 하이힐을 절룩거리며 나간다.

You say the words that I can't say. 노랫말이 반복되고 있다.

아, 시작한 노래가 역시 끝나는 노래다. 이보다 더 완전하고 슬픈 노래는 없다. 달려가서 노래를 다시 튼다. 일부러 그 노래를 조금 더 튼다. 마지막 후렴을 다시 듣고 싶다. 스테이지의 사람들은 내가 믹싱했다고 생각하겠지. 절망이 나를 완전히 잠식했다. 삶도 노래처럼 그렇게 쉬웠으면. 조금만 되돌아가 다시 재생하고, 다시 시작할 수 있었으면. 같은 지점, 똑같은 노래, 똑같은 감정. 하지만 왜 지금은 다른 느낌일까? 같은 노래인데 왜 돌아갈 수 없을까? 똑같은 노래를 다시 들을 수는 없을까? 엘비스 코스텔로*가 생각난다. 긁힌 디스크에 녹음된 그 노래는 언제까지나 영원할 거다. 시디가 튕기면서 언제나 같은 부분이 재생되니까. 나도 더 노래하고 싶지 않다. 이대로, 디스크가 긁힌 공간과 시간 속에 머무르고 싶다. 음악의 생채기처럼. 삶의 생채기처럼. 치료할 수도 없고, 돌아갈 수도 없다. 지금 내가 할 수 있는 일은 볼륨을 높이는 것뿐이다.

"절대로, 결단코, 다시는 나를 다시 찾지 마."

You say the words that I can't say.

완전히 지쳐서 집으로 돌아왔다. 파티에서 가져온 술병을 손에 꼭 쥔 채. 남자에게 최고의 친구는 조니워커다. 위대한 조니. Keep Walking. Keep Drinking! 제일 먼저 할 일은 노라 존스의 시디를 쓰레기통에 버리는 것이다. 이제 그 거지같은 시디는 필요 없다. 그리고 맹세한다. 위스키를 다 마실 때 까지 진저를 잊자. 한 모금마다, 한 잔마다, 위스키가 줄어감에 따라 조금씩 잊어갈 것이다. 그래서 한 병을 다 비우면 진저를 완전히 잊을 거다. 영원히 고칠 수도, 돌이킬 수도, 제한할 수도 없이.

---

* Elvis Costello. 영국 출신의 가수 겸 영화배우.

누군가에게 책임을 미루고 싶다. 잘못이 내게 있다고 믿고 싶지 않다. 내 생각을 가득 채운 한 사람에게 모든 책임을 전가하고 싶다. 아버지. 무슨 일이 일어날지 이미 안다. 진저를 잊으면 잊을수록 아버지를 기억할 거다. 시소처럼, 일종의 수혈처럼, 피스톤이 달린 실험용 튜브처럼 한쪽이 내려가면 다른 한쪽이 올라간다. 사랑이 끝나면 증오는 커진다. 잘못은 아버지에게 있다. 내 잘못이 아니다. 모두 아버지 잘못이다. 어떻게 이야기가 그렇게 되느냐고? 나는 그냥 어린아이일 뿐이다. 갑자기 내가 열세 살로 돌아간 것 같다. 열세 살 어린아이처럼 생각하고 열세 살 어린아이처럼 행동한다. 열세 살 어린아이처럼 아프다.

나는 이렇게 묻는다. 진저가 날 용서하지 않는데 내가 아버지를 용서할 수 있을까. 주니어로라고 불리던 시절, 내 기억보다 아버지의 더 키가 더 컸던 시절로 돌아간다. 멸시받은 사람들, 잊혀지고 아마도 죽은 사람들이 사는 《걸리버 여행기》의 왕국 같은 나라에서 아버지를 되살리려면 상상력이라는 핀셋을 사용해야 한다. 내 '죽은 곤충 컬렉션'에서 아버지가 살아난다. 위스키에서 포르말린 냄새가 나는 듯해 코를 감싸쥐고 손을 젓는다. 위스키 한 잔의 여행을 한다. 한 모금 마실 때 마다 시간을 거스른다. 사람들이 나를 아버지의 이름으로 부르던 시절로. 모든 게 이미 증발되어 사라졌다고 생각했었다.

그렇지만 책임을 떠넘기자고 아버지를 기억한 것은 아니다. 잘 잘못을 따지자고 하는 것도 아니다. 난 단지 아버지가 가르쳐준

마지막 교훈을 기억하려는 것뿐이다. 분명, 아주 유용한 교훈이
될 것이다. 내가 진저를 잊지 못할 것 같다고? 너무나 힘들 거라
고? 틀렸어. 나는 이미 진저보다 더 잊기 힘들었던 사람을 잊어본
적 있거든. 그래. 아버지의 가르침은 영원하지. 아버지의 마지막
가르침은 바로 '잊는 것'이었다. 아버지를 힘겹게 잊으면서 나는
배웠다. 이제 그 교훈을 진저에게 적용하기만 하면 된다. 식은 죽
먹기다.

그렇지만, 1, 2, 3, 5, 10, 16년을 되돌아가면서, 잠깐, 만약 내
가 잘못 계산했다면 고쳐주기를. 그런데 잠자는 숲속의 공주는 마
법에 빠진 게 열 살 되던 생일 아니었던가. 그 동화에서처럼(이건
정말 재미없는 이야기다) 아버지에 대한 내 감정이 열여섯 해 동안 잠
들어 있었을까? 웃기지 말라고 해. 동화처럼 한 세기 동안 잠자고
있다면 어떻게 아버지를 좋아할 수 있을까. 어떠한 형태의 기억도
가지기 전에 죽어버리고 말 텐데. 내가 유약한(섬세한) 걸까? 그렇
다. 하지만 멜로드라마나 찍을 마음은 없다. 내가 그런 걸 혐오한
다는 걸 너는 알고 있지. 내가 그토록 고통스럽다고 생각하지는 말
아주길. 네가 계속 날 따라다녔음에도 아버지에 대해 이야기하기
까지는 제법 오랜 시간이 걸렸다. 알고 있었니? 내게도 슬픈 이야
기가 하나 있다. (단어를 잘못 사용했다. 내가 슬픈 게 아니라 네가 그렇
게 느낄 거라는 이야기다.) 내 감정을 이해하기 위해 필요한 문장은
단 두 개다. "나는 잊었어"와 "이제 필요 없어". 그럼에도 고백은
필요하다. 내게 잊는 걸 가르쳐준 사람을 기억하는 게 아주 이상하

긴 하지만.

그런 것도 상관없다면 아버지에 대해서 조금 더 이야기를 듣고 싶을 것이다. 혹은 내가 이야기를 조금이나마 하기를 바랄 것이다. 좋아, 문제없어. 어린 시절과 관련해서 내가 기억하고 있는 것은 어머니가 말씀하시곤 하던 문장들이다. "너는 강해져야 해" "요새처럼 튼튼하고 강해져야 해" 같은 말들. 물론 부엌에 숨어서 우는 어머니를 보지 못한 건 아니다. 아아, 그래, 괴롭지 않다는 말은 취소한다. 잘못했다. 아프다. 한 모금 더 마셔야겠다. 너도 알고 있겠지만, 위스키는 마취제로 쓸 수 있다. 냄새에 대한 이야기를 하니 어린 시절의 냄새들이 떠오른다. 어떤 냄새들이냐고? 여러 냄새가 뒤섞여 있다. 너무나 진하고 확실해서 오랫동안 계속 맴돌던 냄새. 지금도 느껴지는 듯하다. 어머니가 준비하던 음식 냄새와 섞인 먹 냄새이다. 먹? 아버지는 그림 그리는 걸 무척 좋아했다. 자신의 직업이 아니었기 때문에 좋아했다. 처음 아버지가 공무원이란 걸 알았을 때, 그 사실을 이해하는 데 시간이 좀 걸렸다. 제일 먼저 생각한 건 왜 그림 그리는 사람이 아니었을까, 두 번째로 생각한 건 공무원이 뭐지.

지금껏, 이 모든 세월 동안 아버지와 관련해서 기억하고 있는 이야기는 실제로 일어난 게 아니다. 그렇다. 지어낸 이야기다.

오랫동안 나는 아버지와의 마지막 만남을 상상해왔다. 아니다, 사실 난 아버지와 작별한 적이 없다. 아버지는 비겁했다. 아무 말 없이 떠나버렸다. 몰래 짐을 싸서 사라졌다. 사실 짐도 싸지 않았다. 모든 걸 장롱에 놔둔 채 작은 갈색 가죽 가방에 개인용품만 조금 담아서 사라졌다. 나는 긴 세월 동안 아버지와의 마지막 만남을 상상해왔다. 수없이, 정말 수도 없이 손에 가방을 든 아버지를 계단에서 만났다. 너무나 낙심해서 떨리는 목소리였지만 나는 냉정하게 물었다.

"아버지……. 당신은 내게 인사도 없이 떠날 겁니까?"

아버지의 눈에 눈물이 고였다. 나는 안다. 나는 아버지를 알고 있다.

이 또한 사실이 아니다. 나는 아버지를 안다고 생각했다. 그러나 사라진 그 사람을 나는 모른다. 아버지는 조용하고 말없는 사람이었지만 나를 좋아했다. 그건 알고 있었다. 우리는 행복했다. 나는 행복했다. 이 말이 널 단순한 함정에 빠뜨릴지도 모른다. 내 모든 문제는 여기에서 시작되었다고 생각하겠지. 아버지가 떠남으로써. 나 역시 오랫동안 이 문제를 생각했다. 하지만 그게 사실이 아니라는 결론에 도달했다. 내 고독, 아니 너의 고독(우리가 일치하는 부분이 있기 때문에 이렇게 말할 수 있는 거야)은 전혀 다르지 않을 것이다. 비록 네게는 완전한 부모가 있으며 문제나 콤플렉스 없는 인생이라고 할지라도. 여기서 넌 또다시 섣부른 결론을 내리려 할지 모른다. "그럼, 우리는 고독과 더불어 태어났는걸. 고독." 이 문제에 대해 난 더 대답하지 못하겠다. 고독이 어디서 태어났으며 우리가 고독과 같이 태어났을지도 모른다는 사실이 중요한 게 아니라, 고독으로 무엇을 할지가 중요하다(그럴 수도 있지만 이건 존재론

적 담화는 아니다). 좀 더 제대로 설명하자면, 언제나 무한할 것 같은 고독으로부터 벗어나기 위해 우리가 무엇을 하는지가 중요하다. 사랑? 살아갈 의지? 언제나 목적 없는 듯한 존재? 결국 무엇을 통해 무한한 고독으로부터 벗어날 수 있을까? 언제부터 이렇게 술에 취한 동시에 정신이 말짱한 걸까? 하하하하. 뭐든 해야 한다. 오늘은 내 인생의 결정적인 날이다. 내 마음 한가운데에 뚫린 구멍을 단번에 해결하거나 아니면 구멍이 나를 완전히 삼켜버릴 수도 있는 날이다. 남에게 넘겨줄 수 없는 개인적인 블랙홀처럼. 내 우주의 태양을 만나야 한다. 삶의 고통들이 단순히 위성이 되고, 내 주위의 모든 것을 밝혀서, 마침내 내가 빛날 수 있도록. 스스로 빛나는 천체를 별이라고 부른다지. 나는 별이 되고 싶다. 빛나기 위해, 그리고 다른 이들을 비추기 위해.

사람들은 조르지 안드라지*(내가 좋아하는 극작가이다)가, 논리적이지 못해 미안, 지금은 취해서 전적으로 의식의 흐름만을 따라가고 있으니 이해해주길, 그러니까, 조르지 안드라지가 젊었을 때 아서 밀러를 만나 "당신 나라로 돌아가서 차이에 대해 쓰시오. 어째서 사람들이 그저 현재 상태로 살아갈 뿐인지, 어째서 되고 싶어하는 사람이 되지 않는지 그 차이에 대해 쓰시오" 하고 말했다. 지금 내가 무슨 말을 하고 싶은지 이해하니? 왜 너와 나, 우리는 진정 되고 싶은 사람이 되지 못할까? 어째서 나는 작가가 아니고

---

* Aluísio Jorge Andrade Franco(1922~1984) 가장 영향력 있는 브라질 극작가.

넌……. 그건 네가 알겠지. 그래. 하지만 나는 "내가 뭐가 되고 싶은지 모르겠어" 하는 말은 접어두자. 우리는 분명 알고 있지만 두려움 때문에 제대로 볼 수 없는 것일 테니. 혹은 월말에 납부할 공과금 때문인지도 모른다. 솔직히 다음 달에는 어떻게 지불할 수 있을지 모르겠다. 하지만 지금 내가 걱정하는 건 그게 아니다. 진저도 아니고, 우리 아버지도 아니다. 불가능한 무언가를 가능하게 하기 위해 어떻게 할 것인가, 아니 어떻게 할 수 있을 것인가를 걱정하고 있다. 기적을 실현하는 것 말이다. 아무 말이든 해봐. 그게 내가 배워야 할 다음 교훈이 될 것 같으니까. 그것도 긴급히.

방법이 선택되었으니 이제 실천에 옮기자. 나는 실용적인 사람이 될 것이다. 그것 또한 아버지한테 배웠다. 당연히 '간접적'인 가르침이었지만. 우선 진저를 잊는다. 그다음은 아버지와의 문제를 해결한다. 사실 처음부터 알고 있던 사실 아닌가. 나의 부재 박물관은 날로 북적이고 내 책 또한 지금 최고조에 달했다. 아니, 책이라기보다는 습작이지.

그래. 깊이 숨을 들이마신다. 포르말린에 대한 마지막 기억이 떠오른다. 쉽지? 그렇지만 장담할 수 있다. 그렇지 않다고.

포르말린을 알코올로 바꾸고, 그다음 먹으로 전환한다. 망각을 기억으로 바꾼다. 이만큼 취한 동시에 이토록 머리가 맑은 적이 없었다. 전화번호부를 든다. 내 이름을 찾는다. 찾았다. 찾았다……

다시 계단에서 아버지를 만난다. 나는 달려가 가방을 붙잡는다. 그리고 "가지 마세요, 아버지, 제발, 우리하고 살아요"라고 말한다. 아버지의 두 눈이 다시 눈물로 가득 찬다. 그는 가방을 붙잡는 내 손을 잡더니 힘이 들어간 내 손가락들을 하나씩 천천히 부드럽게 펼친다. 그러고는 등을 돌린다. 난 손에 전화번호부를 든 채 잠이 든다.

놀라서 깨어난다. 내 손에 있는 이 전화번호부가 무얼까? 기억났다. 이름 때문이다. 어젯밤 무슨 일이 있었는지 알아차렸다. 세 개의 이름. 똑같은 이름. 내 이름. 아버지 이름. 아침을 준비하는 동안 전화할 용기가 있는지 생각해본다.

전화기를 보며 다시 멈추어 선다. 정확히 반시간. 내 양동이 기억나지? 넌 이미 알아차렸겠지만. 내 삶은 반복이다. 하지만 조심스레 바라보고 냉정하게 분석한다면 네 삶 또한 비슷하지 않을까.
첫 번째 이름은 아니다. 주소가 너무 부자 동네다. 가능성이 없다. 황급히 전화기를 들고 번호를 돌린다. 지금 내가 하는 짓을 후회할지도 모른다고 생각할 틈조차 없이. 한 번, 두 번, 세 번 신호가 간다. 누군가 받는다. 내 이름 아니, 아버지 이름을 댄다. 그 사람은 맞다고 말하지만 아버진 아닌 것 같다. 너무 늙었다. 미안하다면서 전화를 끊었다.

이제 번호 하나만이 남았다. 아버지. 나는 안다. 냉정하게 생각한다. 어떡하지? 날을 잡는다. 일요일. 11시. 아버지가 집에 있다면 틀림없이 그 시간일 거다. 갈 거다. 아버지 얼굴을 한 대 갈기기 위해서라도 반드시 갈 거다.

다음 한 주는 말 그대로 초조함의 연속이다. 일요일에 찾아갈 그곳에 이르는 길을 모든 가능성을 염두에 두고 검토한다. 다시 글을 쓰기 시작한다. 내 의지라기보다는 관심을 돌리기 위해서다. 120페이지를 넘게 썼다. 이제 3분의 1만 더 쓰면 된다. 끝이 보인다. 거기가 내 여정의 종착지일까? 내 이야기가 이렇게 끝나는 건가? 새로운 시작일까? 이상하다. 왜인지는 모르지만 내 이야기가 이렇게 끝나지 않을 거라는 예감이 든다. 이유는 모른다. 하지만 놀라운 일들이 일어날 거라는 걸 암시한다. 아직 마지막 교훈은 배우지 못했다. 내 가슴에 난 구멍을 살아갈 의지로 채워야 한다.

그래, 네가 이겼다. 난 아직 진저를 못 잊었다. 하지만 조금씩 잊을 거다. 지금 이 순간 다른 사람을 떠올려야 하겠다. 그것에 집중해야겠다. 최대한 많은 정보를 수집해야겠다고 생각한다. 그런데 아버지는 이 모든 세월 동안 늘 전화번호부에 있었던 걸까. 정말 이상하다. 어째서 마지막 이름이 아버지라는 강한 확신이 들었을까? 돌아가셨을 수도 있고, 전화번호부 책에 이름이 실려 있지 않거나 그냥 전화가 없을 수도 있는데. 난 겁먹은 채 상상한다. 정말 초인종을 누르고 싶은데, 낯선 사람을 마주하게 될지도 모른다는 상상. 이 또한 하나의 가능성이지 않나.

정말 내가 걱정하는 건 다른 거다. 패신저 클럽. 클럽에서 일하지 않다 보니(최소한의 시간들이라는 걸 알고 있다) 내가 정말 디제잉을 좋아한다는 사실을 깨닫게 되었다. 나를 다시 받아달라고 파울라웅을 찾아가 부탁해볼까 생각도 했었다. 하지만 그건 내가 글 쓰는 작업을 다 마칠 때까지만이다. 알겠지? 그다음에는 일할 필요 없을 것이다. 아니면 취미로 일하든가. 참나, 무슨 추측이 이렇게 많은 걸까. 정말로 책을 출판했는데 전혀 팔리지 않는다면? 이 순간 아이러니하게도, 열여섯 살 이후 처음으로 아버지를 보러 간다는 확신만이 들었다. 본능적으로 아버지의 이름을 길게 반복해 불러본다. 그가 떠나기 전의 내 이름은 무엇이었던가. 아버지가 떠난후, 그 이름을 들을 때마다 괴롭지 않은 적이 없었다. 너도 곧 그 사실을 알게 될 것이다.

그날이 왔다. 밤잠을 설쳤다. 아버지 집까지 걸리는 시간을 계산해보았다. 지하철로 45분, 버스로는 1시간 이상 걸릴 듯하다. 집에서 지하철 역까지 15분, 거기에 30분 정도 더 여유를 두어 9시 조금 넘어 집에서 나가야겠다. 시계를 보니 7시 45분이다. 난 아직 몸을 일으키지 않는다. 누운 채 생각한다. 잘될까. 아버지 집이 맞을까. 조금 더 일찍 나가고 싶어진다. 하지만 몸이 움직이지 않는다. 하루 종일 자야겠다고, 다음 주로 미루겠다고 그리고 일주일 이상 이 모든 이야기를 잊어버리겠다고 생각한다. 아마 16년 더 잊고 살자고 생각했던 것 같다. 다시 잠이 든다.

놀라서 깬다. 눈을 비비며 시계를 본다, 7시 55분. 이런 10분 더 잔 거야? 영원같이 느껴졌는데. 갑자기 16년이 눈 깜작할 사이 지나간 것 같다. 일어나 아주 쓰디쓴 커피를 만든다. "인생은 쓴 커피이다." 아니다. 이것은 메타포가 아니다. 그럴 수도 있다. 하지만 감정의 전이다. 일종의 공모共謀다. 나는 내가 마시는 존재다. 정말 싫다. 왜 나는 바보 멍청이 같은 일만 생각할까?

이런! 너무 쓰다. 잔을 치운다. 아직 끝나지 않았다. "삶은 다 마시지 못한 한 잔의 커피다." 씨팔, 오늘은 왜 모든 게 내 삶에 대한 메타포 같지?

침착하게 옷을 입는다. 셔츠, 내가 가진 것 중 제일 새것을 고른다. 그러면서 어떤 옷을 입을지 왜 내가 걱정하는지 반문한다. 그 별 볼 일 없는 사람에게 왜 인정받으려 하지? '내가 가진 것 중 제일 새것인 셔츠'를 꺼낸다. 하얀색 에링기Hering 티셔츠를 집는다. 녹색이 섞인 그런지룩이다. 그래 이거야, 이제야 좀 실패한 사람 같군. 기죽은 모습에 시장에서 산 1900년대 컬렉션의 리복 운동화로 완성된 내 스타일은 실패한 사람같이 보인다. 뭐, 그래서 어쩌라고? 첫눈에도 산투스 항구에서 일하는 노동자처럼 보일 것이다.

수위가 이상한 눈으로 보지만 난 이런 게 좋다. 원래 난 옷을 잘 못 입는다. 하지만 오늘은 더 엉망인 것 같다. 이런, 버스를 탈 때부터 바보짓을 했다. 오늘의 첫 바보짓이다. 넌 벌써 알아챘다고? 그렇다. 노선을 잘못 탔다. 아니, 반대쪽 노선을 탔다. 문제는 이미 교통카드를 찍었다는 것이다. 이런 바보. 더욱 불안해졌다. 잘못 탄 버스. "삶은 잘못 탄 버스다." 좋아, 오늘의 내 생활에 메타포 번호 3번을 추가한다. 지하철역에 도착했다. 찰리가 내게 준 위조 승차권을 집어넣고픈 무한한(무한한? 이게 무슨 형용사지?) 욕망을 느낀다. 학생용 승차권. 한번 실험해볼 겸 말이다. 나도 문제없는 위조 승차권(하하하, 문제없는 위조승차권이라니)을 갖고 있다. 미소 짓는다. 복제한 위조 승차권을 꺼낸다, 아니 원하면 정상적인 승차권을 꺼낼 수도 있다. 위조 승차권은 어떤 개찰기도 통과한다. 그런지 정말 알고 싶다고? 난 갑자기 잡히고 싶다. 그러면 이 쓸모없고 힘든 여정을 피할 수 있을 테니. 개찰기에서 조금 꾸물댄다. 내 뒤에 오던 여자가 나를 이상하게 본다. 난 외치고 싶다. "위조 승차권을 갖고 있어요!" 개찰기에서 누구보다도 더 꾸물대고 싶다. "의심스럽죠. 날 붙잡으세요. 한번 보실래요?" 하고 말하고 싶다. 승차권을 받고 나서 역무원에게 보여준다. 마침내 그가 나한테 온다. 승차권을 꼭 쥔다. 지금이다.

"죄송하지만, 줄을 막고 계십니다. 개찰구에서 나와주시겠습니까?"

바보. 내 손을 펼치라고 요청한다. 나는 위조 승차권을 갖고 있다. 도장이 찍혀있다. 그는 손을 펼치라고 요청한다.

"열어……"

그래, 그래.

"음 길 좀 열어주세요."

염병할. 바보 아냐. 그래, 됐어, 실패야. 하지만 메타포를 하나 더 마련했다. 내 삶은 위조 승차권이다. 계속 세어봐.

더 이야기해줄까? 노란 선 앞에 서자 조금전 붙잡히고 싶던 욕구가 갑작스레 떠오른다. 사실 인생은 영원히 자신으로부터의 도망침과 만남의 시도이다. 문제는 그걸 동시에 한다는 것. 도망치면서 만나려고 한다. 또 하나의 메타포. 아니다. 이건 아니다. 이건 내 인생이다. 진정한 인생.

예상치 못한 사고가 생겨 열차가 지연된다는 안내방송이 들린다. 무슨 일일까? 사고? 차량 정체? 자살? 왜 나는 지금 내 포르셰를 갖고 있지 않을까? (아직은 이 차에 대해 이야기할 때가 아니다.) 기차를 기다리는 동안 또다른 메타포를 생각한다. "내 인생은 결코 도착하지 않는 기차를 영원히 기다리는 것이다." 바보같이 시적이다. 죽는 거다. 지금 열차가 들어온다면 뛰어들어야 할 것이다. 하지만 거지같은 기차가 눈에 들어오면 생각이 바뀔 것이다. 내가 이상하다고? 넌 나한테 무얼 바라는데? 16년의 세월이 지나고 나서 아버지를 다시 만나는 게 매일 일어나는 일은 아니잖아.

내가 여정을 바꿨으면 좋겠다고? 그럴 수 없다. 사실 그렇게 할 수도 없다. 장담하건대 긴장감을 주려는 게 아니다. 그런 식이어야만 한다는 것만 알 뿐인걸. 미안하다.

객차를 타고 보니 거의 비어 있다. 짜증나는 또다른 메타포? "내 삶은 텅 빈 객차다." 네가 잘못 생각했지, 안 그래? 난 천천히 사람들을 바라보다 창문의 한 지점에 시선을 고정한다. 모든 게 멈춘 듯하다. 아무것도 움직이지 않는 듯하다. 그러나 그렇게 가까웠던가. 그렇게 쉬웠던가. 파리, 텍사스. 그렇게 멀고도 가까웠던가Far away, so close? 건물들이 천천히 들판으로 변해간다. 평평한 곳. 이제 모든 게 황무지 같다. 너도 메타포 하나 만들어봐.

마지막 역이다. (또 하나의 메타포? 됐다. 충분하다.) 문이 열리기를 기다린다. 문이 열린다. 나는 그냥 서 있다. 문이 닫힐 때까지 영원 같은 시간이 걸린다. 전혀 움직일 수가 없다. 두 번째 기회. 문이 다시 열린다. 나는 앞으로 한 걸음 발을 디딘다. 문이 다시 닫히려고 한다. 나는 움직일 수가 없다. 문이 내 코앞에서 다시 닫힌다. 16년이다. 나는 고작 3초도 앞당길 수 없다. 기차가 움직이기 시작한다. 기차는 선로 끝까지 갔다가 방지벽을 돌아 반대쪽 플랫폼으로 간다. 내가 온 곳으로 나는 다시 돌아갈 것이다. (좋아. 또 하나의 메타포다.) 쉬지 않고 왔다갔다 하면서 이렇게 서 있다고 생각한다. 다시 16년이 정확히 지나간다. 아니 3초가. 다시 문이 열린다. 또 하나의 메타포? 진정해, 이번에는 내가 해야 할 것에 대한 메타포이다. 한발 내디딘다. 말 그대로, 아버지 쪽으로, 삶 쪽으로 발을 내디디고 싶다. 모든 게 보류되어 있는 쪽으로. 옳은 쪽으로. 옳은 쪽이라고? 잘못된 일만 했던 사람 쪽으로? 아직 혼란스럽다. 결정하지 못한다. 한 걸음. 자연스레. 돌이킬 수 없는 내 결정을 가지고. 나 자신과 자발적인 의지를 가지고. 한 걸음 앞으로. 네, 접니다. 아들입니다. 싫든 말든, 이제 시간을 거스른다 해도 어린아이가 될 수는 없다. 지하철역의 마지막 안내방송에 나는 이제 대답해야 한다. 한발 앞으로. 안내판에서 마지막으로 읽은 단어는 '목적지'. 내 마지막 메타포다.

네, 접니다. 가야겠다. 결국 한발 내디디며 대답한다. 문이 등 뒤에서 큰 소리를 내며 닫힐 때 나는 천천히 그러나 확신에 차서 내 이름을 부른다. 비록 열차 출발 신호에 묻혔지만.

가는 길을 적은 종이를 손에 들고 모퉁이를 돈다. 빵집에서 어디로 가야 되는지 묻는다. 또다른 코너를 돌고난 후 주소를 확인한다. 여기다. 심장이 빨리 뛰기 시작한다. 시계를 본다. 11시다. 11. 제임스 조이스의 《피네간의 경야》에 종종 나타나는 숫자 중 하나이다. 정확히 말해서 11과 32. 언젠가 11이란 숫자는 재시작이고, 32는 구원이라고 설명하는 조셉 캠벨Joseph Campbell의 글을 읽은 적이 있다. 한순간 나는 놀랐다. 재시작과 구원. 막연하게 성경 구절도 기억이 난다. 11장 32절. 내 인생의 복음이 이것에 대한 것이 아닐까?

내가 숫자학을 믿는다 해도 어떻게 이럴 수 있지? 8살, 12살, 15살, 21살 그리고 25살을 믿는다. 이해해? 못해? 그럼, 주의를 기울여봐. 나 또한 컬러테라피를 좋아한다. 좋아하는 색은 빨강, 검정, 초록, 금색, 그리고 특히 파랑이다. 이해해? 이건 말하자면 조니워커올로지, 아니 '조니워커 테라피'이다. 이 숫자학을 나는 믿는다. 하지만 숫자학과 상징학을 혼동하지는 말기를. 여기에 대해선 나중에 다시 이야기해보자. 잠깐, 더 좋은 게 있다. 조셉 캠벨이나 하인리히 짐머Heinrich Zimmer를 읽는 거다. 한번 읽어봐, 마음에 들 거야.

위스키의 숫자학으로 장난치자 긴장이 약간 풀렸다. 하지만 누가 봐도 여전히 나는 눈에 띄게 긴장하고 놀란 상태다. 다시 번지를 확인한다. 로마누 거리, 33. 이런. 32가 아니고 33이다. 99, 87, 65, 가까워진다. 51, 47, 45, 39, 35 그리고…… 33이다. 본능적으로 앞에 있는 38번지의 담벼락에 숨는다. 내가 지금 뭘 하는 거지? 무얼 두려워하지? 제기랄. 천천히 담벼락에서 나와 집을 바라본다. 쇠창살이 있는 대문에 잡초 가득한 긴 마당이 있는 집이다. 안에 하얀 폴크스바겐 보이지가 주차되어 있다. 건물은 오른쪽에 있는데, 입구는 큰 문으로 되어 있다. 마당 중간에 쪽문이 보인다. 부엌으로 가는 문일 게다. 만일 아버지 집이 아니라면? 그리고 아버지가 죽었거나 다른 지방으로 이사갔다면? 만일 아버지가 전화부에 등록되어 있지 않다면? 갑작스레 이 집이 아버지 집이라는 생각이 완전히 사라졌다. 쪽문에 이어진 복도에 붙은, 녹색 플라스틱으로 감싼 나무조각이 보일 때까지 말이다. 저건……. 저건 부서진 화판이다! 아버지가 그림을 그렸다고 말한 것 기억하니? 내 심장이 방망이질한다. 아버지다……. 확실하다.

초인종을 뚫어져라 보았다. 누를 자신이 없다. 정말 없다. 벨을 누르려고 일부러 검지손가락을 가까이 대본다. 손가락이 마치 자석인 양, 그리고 초인종이 같은 극의 자석인 양 내 손가락을 밀어낸다. 난 너무 긴장하고 있다. 뭔가 재미있는 것 좀 생각해. 어서. 농담이든 긴장을 풀어줄 아무거나. 알았어. 영화 〈ET〉의 한 장면을 상상하며 손가락을 가까이 대본다. 어린아이가 손가락을 뻗어 ET의 손가락에 대는 장면. 혹은 ET가 자신의 행성을 손가락으로 가리키는 장면. ET의 목소리로 "ET, 집, 전화" 하고 속으로 말한다. 긴장한 가운데 웃음이 나온다. 하지만 크게 도움이 되진 않는다. 내가 완전히 미친 사람일지도 모른다는 생각만 확실하게 들 뿐이다.

이 척력斥力을 인력引力으로 바꾸려면 어떻게 해야 할까? 어떤 극이 나에게서 전도될 필요가 있는 걸까? 오늘 아침까지 우리는 서로 다른 극이있다. 아버지는 북극에, 나는 남극에 살았다. (실제 그는 북쪽 지역에, 나는 남쪽 지역에 산다.) 내가 여기 도착할 때 아버지가 남극을 향해 옮길 거라고 생각했다. 그러면 우리는 결코 만나지 못할 것이다. 하지만 지금은 동일한 극이 되어 이 힘든 기회를 마주하고 있다. 여기에는 어떤 물리학의 법칙이 적용될까? 관성? 한없이 여기 계속 서 있게 되는 걸까? 작용과 반작용? 안에 들어가서 모든 걸 부수게 되는 걸까? 하지만 지금 일어나고 있는 일만으로도 충분히 법칙을 어기고 있는 게 아닐까? 우리가 어떻게 같은 공간을 점유할 수 있을까? 찰리가 답해줄 수 있을까? 모든 게 자석, 그러니까 마그네틱과 관련된 문제라면, 내 인생의 지하철 표에 다른 정보를 기록할 수는 없을까? 미칠 것 같다. 벌써 미쳐 있지 않다면 말이다. 심장이 목구멍 밖으로 튀어나오려 한다.

더 큰 문제는 내가 30분 이상 여기 서 있다는 것이다. 이제 나는 반시간半時間의 친한 친구가 되어가고 있다. 사람들이 나를 흘끔거리며 지나간다. 이제 여길 떠나거나 어떤 행동을 취해야 한다. 벨을 막 누르려고 할 때 손에 성경을 든 부인이 내 앞을 지나치며 나보다 먼저 누르려고 한다.

"안돼요!" 본능적으로 고함친다.

"총각, 무슨 일인데 그래?"

"하느님 제발, 그러지 마세요."

"뭐라고? 하느님? 어떻게 아나요? 여기로 들어가려는 게 바로 하느님의 말씀인 것을." 상당히 투박한 어조로 말한다.

알았다, 무슨 복음이나 증인, 혹은 무슨 문이라는 이름의 종교로군.

"아주머니, 그게 아니고요. 집에는 아무도 없어요. 저는 주인이 돌아오기를 기다리고 있어요. 한 반시간 뒤면 돌아올 거예요. 아주머니께선 이 동네 다른 집들을 전부 다니고 오세요."

그녀는 믿지 못하겠다는 표정을 지으며 멀어져간다. 하지만 금방 옆집 대문을 두드리는 모습이 보인다.

젠장, 하지만 한 가지는 확실하다. 즉시 이 문제를 끝내야 한다.

초인종을 누른다.

대답이 없다. 대답이 없어? 쌍. 좆같이 먼 곳에서 일부러 왔는데 아무도 없단 말이야. 머나먼, 열여섯 살이라는 이름의 나라에서 왔다는 생각까지는 하지도 않았다. 화가 나서 다시 벨을 누른다. 삐 하는 이상한 소리가 거리 전체, 동네 전체, 도시 전체, 주 전체, 브라질 전체, 전세계, 우주까지 울려 퍼지도록 연거푸 누른다.

문이 큰 소리를 내며 열린다.

"어떤 후레자식이 초인종을 그렇게 못되게 누르는 거야?" 머리가 희끗한 남자가 고함친다.

내 욕하는 버릇은 아버지에게서 물려받은 걸까? 이어서 그는 나를 말없이 몇 분 동안 자세히 관찰한다. 그러고선 집으로 다시 들어간다. 이제 반전의 시간이다. 그였다, 아버지였다. 날 못 알아볼 리가 없다. 집으로 돌아가야겠다. 울고 싶은 마음이다.

등을 돌려 집으로 가려는 데 문이 다시 열린다.

"들어와."

이제는 좀 더 차분한 목소리로 명령한다. 나는 복종한다.

몽유병 환자처럼 대문을 가로질러 간다. 16년 동안 잠자고 있던 사람에게 이보다 더 맞는 표현이 있을까.

"앉아."

나는 최면에 걸린 사람처럼 복종한다. 사실은 현기증이 난다. 한 걸음 디딜 때마다 땅이 내게 반대방향으로 가라고 말하는 것 같다. 뛰쳐나가고 싶다. 하지만 더 이상 존재하지 않는 사람에게 무슨 말을 할 수 있을까? 내 앞에 앉아 있는 이 사람은 누구인가? 결국 나는 누구인가? 내 사랑하는 프랑켄슈타인. 나는 이제 아버지를 알아보지 못한다. 정말 이 이상한 남자로 인해 내가 이 땅에 태어났나.

"어떻게 지냈니?"

'어떻게 지냈니?' 이 무슨 바보같은 질문이지?

"잘 지냈죠."

내가 왜 대답하고 있지? 잠자는 숲속의 공주부터 백설공주까지 생각한다. "거울아, 거울아, 나보다 더 바보같은 사람이 있니?"

"네 엄마는?"

아, 이 질문은 나를 재미있는 동화의 나라에서 잔인한 현실 세계로 되돌아오게 한다.

"돌아가셨어요."

그는 늙었다. 몸집이 불었고 머리는 희끗했다. 솔직히 말하자면 머리가 완전히 하얗다. 고개를 숙이자 더 늙어 보인다.

"어…… 언제?"

"한 5년 됐어요……. 어머니는 오랜 세월 문간에 서서 아버지를 기다렸어요."

나도 오랜 세월 문간에서 아버지를 기다렸어요. 제발, 이제 나를 버리지 마세요. 울지 않으려 했으나 울지 않을 수 없었다. 전혀 의미가 없다. 이곳에 있는 나, 내 삶. 얼마나 많은 눈물을 흘려야 내 지난 인생을 씻어버리고 다시 시작할 수 있을까. 전부 틀렸다.

여기서, 단둘이 있으면서도, 내가 누구인지를 기억나게 해줄 사람과 같이 있으면서도 난 완전히 텅 빈 느낌이다.

이렇게 16년간의 상처를 씻어낸다(비워낸다). 증오로 바뀐 상처가, 이제 원시적인 형태의 아픔으로 돌아온 상처가 내 혼란스러운 감정을 단번에 흔들어버린다.

내가 언제 그를 사랑했고, 내가 언제 그를 미워했던가?

내가 언제 그에게 책임을 미뤘고, 내가 언제 단번에 그를 잊었던가?

하지만 이 모든 증오에도 불구하고 얼마나 꿈꾸었던가, 아버지가 내 이름을 부르며 문으로 들어선다면 용서하리라는 꿈.

이제 아버지 이름을 외치고 싶다. 머리를 숙이고 있는 이 남자를 흔들고 싶다. 눈물이 흘러 부끄럽게 느끼지 않도록 한순간 핑계가 생각났다. 아버지 앞에서 나는 언제나 열세 살 소년이라는 핑계. 증오한다 해도, 사랑한다 해도. 증오하는 동시에 사랑한다 해도.

"난……." 그가 말한다.

"난……." 다시 말하려고 한다.

그 말을 하고 아버지는 바닥을 또 내려다보며 더 깊은 슬픔으로 빠진다. 한 뼘밖에 안 되는 거리에도 시간의 심연이 우리를 갈라놓는다. 잃어버린 기억을 되찾으려고 눈을 감는다.

내 인생에서 가장 고통스럽고, 확실한 질문을 할 시간이 되었다.

"왜…… 왜 떠나셨죠?"

이제 나는 다시 버스를 타고 가고 있다. 정류장마다 멈추며 내 감정의 집 가까이에 도착하고 있다. 아버지라는 감정의 집 가까이에 도착하고 있다. 그런 생각을 하니 두렵다. 종점에 도착하면 정말 새로운 아버지를 얻게 될까?

"난……." 그는 말한다.

"난……." 다시 말하려고 한다.

"난 모르겠다."

"모르다뇨?" 급기야 나는 폭발하고 만다.

"아무것도, 아무것도 내게 속하지 않았어. 너도, 네 엄마도. 아무것도. 그 누구도, 그 어떤 것도, 그 어떤 시간도 내 인생에 속한 게 없었다. 결코 없었다."

이게 뭔 말인가? 없어진 것에 대해 철학 놀이라도 하자는 건가? (그렇다. 유머감각을 회복했다.) 하지만 내 가슴의 구멍은 이 남자로부터 물려받은 거라고 무언가가 말해준다.

"어릴 때 빨간 자전거가 있었던 게 기억나요. 언젠가 아버지는 보조바퀴를 뗀 다음 나를 공원으로 데려갔죠. 그리고 내가 넘어지려 하자 자전거를 붙잡을 시간이 없다는 걸 알고 몸을 던져 내가 넘어지는 걸 막았어요. 그랬던 분이 어떻게, 지금의 당신처럼 형편없는 사람으로 변할 수 있죠?"

이제 아버지를 때리고 싶다. 내 심장에 있던 차가운 얼음이 녹아버렸다 해도, 내가 다시 아버지라고 부른다 해도, 내가 다시, 다시…… 사랑한다고 해도 말이다.

"이유가 궁금한 거로구나. 집에 도착할 때마다 나도 이유를 묻곤 했어. 왜냐하면 그 모든 게 너무 낯설었거든. 처음에는 죄책감뿐이었어. 그러다 조금씩 그런 감정이 커지더니, 너무 커져서 견딜 수가 없었지. 더 이상 집으로 돌아가고 싶지 않았어. 한 시간 늦게, 그다음엔 두 시간, 그러다 어느 화창한 날 다시 돌아가지 않기로 결심했다."

"우리 생각은 안 했어요?"

"그곳에 내가 속해 있지 않은데 어떻게 생각할 수 있었겠니?"

"속해 있지 않았다뇨? 우리는 가족이었어요. 명백한 사실을 부인하지 마요. 당신은 비겁한 사람이에요. 그게 당신이에요. 언제나 겁쟁이였죠. 자신의 이기주의조차 극복하지 못했어요. 문제는 당신에게 있었지 우리가 아니었어요. 당신은 당신이 속한 곳에 대해 배워야 했어요."

'나쁜 놈'이라는 단어가 빠졌다. 이제 나 자신이 피터 팬 같다. 자라지 않는 소년. 영원히 열세 살에 멈춘 소년. 피터 팬처럼 말하고 행동한다. 후크 선장에 대항하는 피터 팬. 아니다, 우리는 그냥 두 사람의 피터 팬일 수도 있다. 그래서 '절대로'라는 단어를 그렇게 많이 사용하는지도 모른다. 절대로, 네버, 네버랜드. 아버지는 오랫동안 말없이 있더니 다시 입을 열었다. 이번엔 단호하게 말한다.

"네 말이 옳다. 하지만 네가 아는 그 일에 대한 유일한 진실, 단하나의 유일한 진실을 모두 말해줄 테니 잘 들어라. 내가 왜 떠났는지. 내가 누구인지. 아니, 우리가 누구인지. 내 말을 잘 생각해보렴. 그게 내가 배운 것이란다. 내가 나를 증오하고, 증오한다 해도, 혹은 내가 죄책감을 느끼고, 느낀다 해도, 결국 네가 나를 혐오할 수도, 내가 너를 부정할 수도 없다. 왜 그런지 아니? 너는 내 아들이고 나는 네 아버지이기 때문이다. 내가 형편없고, 형편없다 해도 아무도 이 사실을 바꿀 수 없다. 그러므로 내 대답은 간단하다. 네 아버지이기 때문에 그런 일을 했다."

"좋든 나쁘든 그게 나다." 무서운 진실 앞에서 모든 게 메아리처럼 들려온다. 갑자기 난 무감각해진다. 기차가 속도를 줄이더니 멈추려고 한다. 개인적 비극이 기다리고 있는 역이다. 아버지는 다스 베이더인가? 아아, 감상적인 삶을 대단한 희비극으로 바꾸는 것 말고 내게 남아 있는 건 없는 걸까? 내가 웃다, 네가 웃다, 우리가 웃다. 내가 틀렸나? '웃다'는 불완전동사인가? '내가 웃다'는 존재하지 않는 동사변화였던가?* 나를 빼고 다른 사람들이 웃을 수 있다는 걸 뜻하는 건가? 진정해, 감정이 없다고 생각하지 마. 너를 위해 부드러워지려고 노력하고 있거든. 이 모든 게 얼마나 고통스러운지, 하지만 난 계속 괜찮다는 표정을 지어야 해. 모든 것이 통제되고 있는 척해. 웃어.

"요즘은 무슨 일 해요?"

"길 모퉁이에서 조그마한 바를 한다. 너는?"

"아무 일도 안 해요."

---

* 포르투갈어에서 '웃다'란 의미의 'rir' 동사는 불완전동사로, 1인칭 단수에서 사용하지 않는다.

"그렇구나."

죽여주게 멋진 대화네.

"하나만 더 물어볼게요."

"그러렴."

"그림 그리는 걸 좋아했잖아요. 근데 왜 공무원이 되셨죠?"

사실, 이게 아버지가 떠난 동기보다 훨씬 더 궁금했다. 나는 언제나 그 이유를 알고 싶었다. 이제 알아야겠다.

"네 할아버지는 내가 경찰이 되거나 공무원이 되어서 일하기를 바라셨다. 난 경찰이 되고 싶지 않았거든, 그래서 도청에서 일하게 된 거다." 나는 기억한다. 할아버지는 애국자셨다. 어리석게도. 현명한 사람들마저도 결점을 지니고 있다.

"할아버지의 바람 때문에 아버지의 인생을 포기했단 말인가요? 왜죠?"

"아버지가 행복해하셨고, 나도 그런 점에서 행복했다."

지금껏 단 한 번도 이렇게 생각한 적 없다. 난 언제나 우리는 우리가 원하는 것을 하며 살아야 한다고 생각했다. 그게 행복의 열쇠라고 확실하게 생각했다. 하지만 이게 뭔가? 이타주의? 체념? 희생? 더 나쁜 게 뭔지 아니? 그걸 내가 이해한다는 거다. 왜 아버지가 행복했는지 이해했다. 그리고 아버지가 정말 행복했다는 것도 알았다. 진실로. 아버지는 할아버지를 사랑했다.

"이제 가야겠어요."

"안다. 난……" 다시.

"뭐요?"

"아니다."

"내가 당신을 더 이상 증오하지 않는다고 생각하지는 마요. 미워할 이유는 얼마든지 남아 있으니까. 예를 들어, 그 코 정말 흉해요."

단호하게 일어선다. 아버지는 웃는다. 대문을 나서면서 나 역시 '웃는다'(이런 동사변화가 가능하기를 바란다). 자, 여러분, 우리는 지금 종착역에 도착했습니다. 내가 울었건 웃었건, 이제는 중요하지 않아요. 내가 아버지를 찾았냐 하면, 그것도 아니죠. 그저 무언가 가벼워졌다고 느낄 뿐. 그 열차를 다시 탈지는 모른다. 하지만 최소한 하나는 안다. 무언가 해결하지 못한 게 있다면 한번 시도해볼 것. 즐거운 놀라움이 기다리고 있을 수도 있다. 아니면 없을 수도 있고. 하하하하. 미안. 하나 더 말해줄까? 우리 인생에서 농담의 대상이 되지 않을 만큼 진지한 건 없지 않을까 하는 의심이 든다. 물론 어떤 것들은 웃어넘기기 어려울 수도 있다. 그것 또한 언제나 그렇지는 않을 것이다. 이제부터는 좀 더 웃으려고 노력해야지. 이런 나를 네가 봤으면 좋겠다.

집으로 돌아와서 내 비밀의 레코드 상자를 열어본다. 너도 지금쯤 알아차렸겠지만 내가 지금까지 언급한 노래들은 모두 외국 음악이다. 그래. 아버지는 브라질 음악을 무척 좋아했다. 아버지가 떠난 후 오랜 세월이 지나고 나서야 나는 아버지가 좋아했던 레코드 몇 장을 샀다. 하지만 끝까지 들은 적은 없다. 언제나 듣다가 말았다. 이스마엘 실바*, 무탄치스**, 카르톨라Cartola***의 레코드다. 넌 믿지 못하겠지만 이 긴 세월 끝에 난 처음으로 'O Mundo é um Moinho(세상은 물레방아)'를 끝까지, 가사를 곱씹으면서 듣고 있다.

오랫동안 걷는다. 화가 난다. 대단히 화가 난다. 진짜 화가 난다. 지미한테 전화했는데 어머니가 받아서는 패신저 클럽에 갔다고 말했다. 날 배반하다니. 친구라는 달콤한 말을 하더니 그곳에 혼자 가다니. 그곳이 현재 내가 기대할 만한 유일한 돈줄이라는 걸 알면서 말이다. 나는 이제 끝났다. 사실, 약간의 돈을 모아두긴 했다. 드문 일이기는 했지만. 나를 화나게 한 것은 돈보다 지미의 행동이었다. 태도라고나 할까. 그는 내게 연락했어야 했다. 개새끼. 그래서 나는 친구가 없다고 말했던 거다. 실망이다. 큰 실망이다. 더 큰 문제는 나 자신을 바꾸는 게 나한테는 무척이나 힘들다는 것이다. 사실 '디제이'도 우연히 되었다. 다른 클럽에서 디제잉을 하려면 나 자신을 바꾸어야 한다는 사실도 이제야 깨달았다. 1980년대 음악을 트는 젊은이들의 바 '닌텐도', 라스베이거스 카지노를 모방한(그것도 흉칙하게 모방한) '플라밍구', 패신저와 비슷

* Mílton de Oliveira Ismael Silva. 브라질의 대표적인 삼바음악 가수.

** Mutantes. 1966년 상파울루에서 결성된 사이키델릭 음악밴드. 브라질 록을 대표함.

*** 본명은 Angenor de Oliveira. 작곡가 겸 가수. 브라질 음악사에서 최고의 삼바음악 가수로 여겨짐.

한 '디제이 스튜디오', 내 취향취곤 너무 현대적인 '바 54'를 다녀왔다. 맥이 빠진다. 하루에도 수없이 들은 '노'라는 단어 때문에! 내일은 '런던'과 '유니버스', '보더라인'을 가볼 작정이다. 운이 필요하다.

파울리스타 거리를 걸어 지하철역까지 가던 도중 전에 없던, 시디 가게 2층에 걸린 간판이 보였다. '더 킬러'. 얼터너티브록 클럽 이름이 아닌가. 모험해보기로 했다.

"이봐, 아직 문 안 열었어."

빙고. 실내장식을 보니 얼터너티브록 클럽이 분명하다.

"그러니까…… 저, 그게 아니고, 못 보던 간판인데 새로 열었나요?"

"그래. 3주 전에 열었지. 이따가 문 열 거야. 정확히 2시간 뒤."

"저는 디제이인데요. 혹시 디제이 필요하지 않나요? 누가 디제이죠?"

"디제이라고? 어디서 일하는데?"

"패신저에서 일합니다. 아니, 일했죠. 다른 자리를 찾고 있는 중입니다."

"무슨 일 있었어?"

"제가…… 주인인 파울라웅과 문제가 있었습니다."

"파울라웅…… 파울라웅하고 문제 없는 사람 있나?"

"아세요?"

"그러니까 친구라고 할 수 있지. 여기 디제잉은 당분간 내가 하고 있어. 내일 한번 와서 해봐. 시간 돼?"

"좋습니다."

"대략 이 시간에 와서 사운드 체크해봐. 한번 둘러볼래?"

"네, 고맙습니다."

실로 소박한 바이다. 4각형의 바닥과 붉은 비닐 소파, 나쁘지 않은 스테이지. 제법 괜찮다.

"난 에두라고 하는데 자네는?"

"미스터 파렌하이트. 제 '전투 이름'이죠."

"그래, 이해하네." 그는 웃었다. "근데, 하나만 말하지. 이 집은 브라질에서 가장 좋은 언더그라운드 클럽이 될 거야. '브라질의 CBGB'* 아니, 브라질이라고 하니 좀 촌티 나니까 '상파울루의 CBGB'가 좋겠어."

나, 응? 나는 그가 과대망상에 빠져 있다고 생각했다.

이튿날 내 시디 케이스를 들고 킬러에 갔다. 부스에 들어가서 준비한다. 히트곡 몇 개와 멜로디 중심의 인디음악 몇 곡. 에두는 부스 건너편에서 벽에 기대어 있다.

"한번 해봐."

---

* CBGB(Country, BlueGrass, and Blues). 뉴욕 맨해튼에 있는 뮤직 클럽.

"좋습니다."

익숙한 음악을 튼다. 하지만 에두는 움직이지 않는다. 팔짱을 끼고 있던 팔을 풀지도 않는다. 젠장, 이러면 힘들다. 내 음악을 좋아하지 않는 건 아닐까.

"그만, 그만." 에두가 손짓한다.

"왜요? 별론가요?"

에두는 얼굴 표정 하나 바꾸지 않은 채 부스에 다가온다. 내 어깨에 손을 얹고 말한다.

"마타도르*로구만! 계약됐어." 마타도르. 킬러. 더 적절한 표현이 없다.

하지만 내 기쁨은 2분 뒤 실망으로 바뀐다.

"뭐라고요, 120헤알이라고요? 여기서 이틀 일하며 버는 게 패신저에서 하루 일하는 것과 마찬가지라고요."

"여봐, 자네가 이해하지 못하나 본데."

"알겠어요. 내가 아니어도 일할 사람은 많겠죠."

"아니. 그게 아냐. 자네는 여기서 디제잉하는 것에 대해 자긍심을 갖게 될 거야. 언젠가는……."

"알았어요, 상파울루의 CBGB 클럽이니까."

"그거야! 사실 여기서 일하려면 돈을 받는 게 아니라, 돈을 내야 되는 거라고. 참말이야. 이해가 가?"

* '죽여준다' '킬러' 라는 뜻.

빌어먹을. 내가 과대망상증인 줄 알았는데 이 사람은 더하네.

"조건을 좀 바꿀 순 없어요? 150헤알로 올려주면 안 돼요?"

"안 돼."

망할 놈, 찔러도 피 한 방울 안 나오겠다. 파울라웅이 조금은 그리워진다. 적어도 그 사람은 구두쇠는 아니었다.

"좋아요. 그렇게 하죠. 목, 금요일인가요?"

"계약 완료."

됐다. 적어도 일자리는 구했다. 하지만 두 배로 일해야 한다. 하지만 최소한 파울라웅으로부터는 도망쳤다. 그리고……. 가짜친구 지미로부터.

"여보세요? 아, 지미? 난 대화할 기분 아닌데. 이제 알았어. 알고 싶지도 않아. 그래. 게다가 일할 곳도 구했거든." 빈말이다. 만약 파울라웅이 우리 둘을 다시 부른다면. "아 그래? 나를 다시 부르라고 파울라웅을 설득하러 간 거였다고?" 빈말이다. "너와 더 이야기하고 싶지 않아. 그래. 잘 있어."

나는 변할 것이다. 언제나 인생에서 혼자였다. 아무도 필요하지 않다. 빌어먹을. 지금까지 살아왔듯 다시 살아갈 거다. 혼자서. 완전히 혼자서. 나와 내 책. 엿이나 먹어라.

혼자. 나는 혼자 디제이 부스에 있다. 스테이지에는 아무도 없다. 두 번째로 일하는 날이다. 어제는 사람이 없었다. 금요일이라서 이론적으로는 사람이 많아야 하지만 오늘도 파리만 날린다. 에두가 부스 가까이 온다.

"너무 신경 쓰지 마, 조금씩 소문이 날 테니."

"홍보 안 해요?"

"하지. 하지만 사람들이 그냥 알아줬으면 하는데."

"에두, 지금이 어떤 시댄데요! 홍보는 필요해요."

"내일 폴랴 신문의 기자가 와서 취재할 거야."

"그나마 다행이네요."

"기사 제목이 상상되네. '상파울루의 CBGB'. 계속해, 음악 좋은데."

두 사람이 스테이지에 들어섰지만 금방 나간다. 하지만 걱정 마시길, 난 텅 빈 스테이지에 익숙하니까. 알고 있니. 디제이 부스가 디제이의 도덕성을 지키는 마지막 참호란 것을. 우리는 바로 여기에서 방어하는 것이다. 마치 전쟁터에서처럼. 음악은 내 무기이다. 바보같은 생각이지. 요약하자면, 텅 빈 스테이지를 앞에 두고 디제잉하는 건 흉하지 않다. 게다가 제대로 된 디제이는 그런 것에 절대로 신경 써서는 안 된다. 그저 자신이 좋아하는 음악을 틀 뿐. 결국 나한테는 마찬가지이니까. 혼자든 아니든 상관없다.

추억이란 무엇일까? 그걸 생각하다보니 갑자기 패신저 클럽에도 사람이 없었다는 게 기억났다. 거짓말, 바에는 몇몇 사람이 있었다. 하지만 스테이지에는 아무도 없었다. 갑자기 진저가 스테이지에 들어와 미친 사람처럼 춤추기 시작한다(이미 우리는 사귀고 있었다). 나는 디제이 부스에서 나와 말한다.

"진저, 그럴 필요 없어. 스테이지에 아무도 없다고 기분 나쁘지 않거든. 바에 있어도 돼. 신경 쓰지 마." 나는 그녀의 팔을 붙잡는다.

"에이(나를 흘겨보며 팔을 뿌리친다), 네 기분 띄워주려고 이러는 줄 알아? 이 음악 좋아한다고. 나 자신을 위해 춤추고 있는 거야. 이거 놔."

하하하하하. 사실이었다. 그래서 나는 디제이 부스로 돌아가 Dancing with myself*를 튼다. 그녀가 이 노래를 좋아한다는 걸 알고 있다. "나 자신을 위해 춤추고 있어." 그녀는 어느 때보다 깊이 춤에 취해 있다.

그녀가 그립다. 'Dancing with myself'를 튼다. 스테이지는 계속 비어 있다. 문득 내가 혼자라는 게 느껴진다. 혹시 진저가 뛰어 들어올까 기대하며 문 쪽을 본다. 우리 집 문에서 결코 돌아오지 않았던 아버지를 기다리던 것처럼. 하지만 아무 일도 일어나지 않는다. 그래서 나 자신을 위해 음악을 튼다.

그렇게 일주일이 또 지나갔다. 손님은 좀 나아졌다. 에두는 '상파울루에서 가장 언더그라운드한 클럽으로 선정'이라는 문구가 쓰인 전단지를 생각해냈다.

---

* 가수 빌리 아이돌과 베이스 연주자 토니 제임스가 만든 곡.

"하지만 에두? 어디서? 누가 선정했는데요?"

"마케팅이지, 이 친구야, 마케팅."

아, 내가 브라질에서 가장 좋은 대학에서 마케팅을 공부했다는 걸 이 사람이 안다면……

"하지만 그건 사기예요. CBGB는 전단지에 그런 말 절대로 쓰지 않을 겁니다."

"뭐, 그건 우리 클럽이 원래의 CBGB보다 훨씬 더 좋기 때문이지! 정말 모르는 거야?"

아 정말 싫다. 정말이지 파울라웅이 그립다. 짜증나고 귀찮기는 해도 파울라웅은 상식 없는 친구는 아니었다. 여기에 오래 있을 수 없겠다는 생각이 들었다.

"디제이 부스로 갈게요."

"그래, 그거야, 챔피언. 터트려!"

퀸Queen의 'Don't stop me now'로 시작하기로 했다. 정체성의 위기를 느낄 때마다 트는 노래다. 오늘 나를 확인할 필요가 있다. "Two hundred degrees that's why they call me Mr. Fahrenheit." 많은 사람들은 그래서 내 이름이 미스터 파렌하이트라고 생각한다. 난 부인하지 않는다. "트뤼포가 누구야?"라는 말을 들어도 이제는 짜증나지 않는다.

"이봐, 스미스* 노래 좀 틀어줄래?" 알이 두터운 안경을 쓴 남

---

* The Smiths. 1982년에서 1987년까지 활동한 영국 맨체스터 출신 록 밴드

자애가 부탁한다.

오늘은 힘든 날이 될 거 같다.

"나중에 틀어줄게." 그는 손을 들어 고맙다는 표시를 한다.

몇 분이 더 지나갔다.

"미안한데, 큐어* 노래 틀어줄 수 있어?"

"이미 틀었어."

"아, 미안, 바에 있었거든. 그럼 듀란듀란DuranDuran은?"

싫다. 지금까지 노래를 청하는, 스테이지의 멍청이 같은 녀석들을 언급한 적은 없었다. 그게 정상적이고 일반적이다. 이런 일은 언제나 일어나는 일이기에. 테크노 음악 디제이가 아닌 이상, 이런 일은 피할 수 없다. 테크노 음악 얘길 하니까 말인데, 너도 웃고 나도 약간 기분을 전환할 수 있는 에피소드가 기억난다. 사실은 나한테 일어난 일이지만.

"클럽 음악 좋아해."

"응?" 무관심하게 대답한다.

"예를 들어, 테크닉. 테크닉 음악도 좋아해."

"테크닉?"

"응. 하지만 아무 음악이든 다 좋아해. 전자음악도 좋아해."

하하하하하. 그냥 웃을 뿐이다. 사실 우리 디제이들은(내가 마치 대표하듯 말하고 있네) 노래를 틀어달라는 사람들을 아주 싫어한다.

---

*The Cure. 1976년도에 나온 영국 록 밴드

만약 네가 이런 클럽을 다니면서 노래를 틀어달라고 해왔다면, 더 이상 그러지 말기를. 실로 짜증나니까.

"보위Bowie 노래는?"

오 하느님, 오늘 무슨 잘못을 했죠? 모든 노틀(노래 틀어달라는 사람을 줄인 말)들을 한 곳에 풀어놓았나요? 혹시 제가 감시받고 있는 건가요?

"오늘은 인디음악을 틀고 있거든. 잘 안 어울릴 것 같은데?"

이 얼마나 예의 바른가.

"알아." 언제나 상식 있는 사람은 있다. "하지만 틀어줄 거지?"

씨팔, 쌍. 듀란듀란을 신청한 여자애가 다시 디제이 부스 가까이 왔다. 겁난다.

"듀란듀란 노래는 안 틀어?"

그그그그그.

"틀어주면, 날 놔줄 거야?"

"무례하잖아."

여자애로부터 벗어날 수 있을 거라는 순진한 생각에 듀란듀란을 틀었다. 하지만 그건 즐겁지 못한 일을 몰고 왔다.

"이봐, 보위 노래는 여기 분위기에 맞지 않을 거라며, 근데 뭐하는 거야?"

으악. 정말 나가버리고 싶다. 최악의 문제가 해결됐다 싶은 순간 그 여자애가 다시 다가왔다. 난 절망해버렸다. 친구들과 귓속말을 하고 있다. 절망적인 심정으로 나는 펜과 종이를 찾는다. 급히 써서 디제이 부스 유리에 붙인다.

"당신이 요청하는 음악은 없습니다."

"무례해!"

그녀는 메모를 보고 친구들과 스테이지를 떠난다. 이제 벽보며 춤추는, 보위 노래를 신청한 남자애만 남았다. 하지만 모두가 나가는 걸 보더니 내게 고함치는 게 아닌가.

"이제 보위 노래 틀어주는 거지?"

짜증나!

하루하루가 짜증스러웠다. 너무나 외롭고 지겨운 날들이었다. 진저와 있을 때 난 살아 있었다. 지금은 붕 떠다니는 듯하다. 나는 그저 시간의 흐름을 쫓아가고 있다. 삶과의 유일한 접촉은 글을 쓸 때뿐이다. 최근에는 사람들과의 대화, 그러니까 이야기를 나누는 것을 할 수 없다. 이제 난 종일 침묵하고 있다. 집에 오면 어떤 음악도 틀지 않는다. 킬러 클럽에 갈 때 내가 하는 말은 "에두, 잘 있었어요?"와 "먼저 실례할게요", "내일 봐요"로 국한된다. 금요일에는 "다음 주에 봐요"로 바뀌지만. 이제 나는 글을 통해서만 나 자신을 표현하고 있다. 나는 질문을 던지고, 쿠비코바의 모습을 한 진저가 대답한다. 그녀가 묻고, 나는 현실의 삶에서 하지 못하고 말하지 못한 것을 글을 통해 대답한다. 나는 문학적인 자폐증 환자다. 내 책하고만 대화한다. 그게 좋은지 나쁜지는 모른다. 말해달라고? 어딘지 모르게 나는 기분이 좋지 않다. 몹시도.

　새로운 한 주의 하루가 지나간다. 이제 시간의 흐름을 느끼지도 못하고, 느낄 필요도 없다.

　고독. 고독은 내 삶에서 가장 많이 느끼는 감정이다. 아마 내 삶을 움직이는 원동력일 게다. 동시에 나를 마비시키는 감정이기도 하다. 이 크나큰 패러독스는 절대로 날 내버려두지 않는다. 지금처럼 혼자 버스를 타고, 혼자 점심을 먹고, 혼자 저녁을 먹고, 혼자 쇼핑하고, 혼자 마시고, 혼자 말한다(자주는 아니다, 날 입원시킬 정도는 아니다). 물론 디제잉 작업은 혼자서 하지 않지만. 책의 한 챕터를 고독에 할당해야지, 하고 생각한다. 거대한 고독의 장章. 그 어떤 사람도 쓴 적 없는 내용으로. 나의 증언을 남기고 싶다. 열대의 나라에서 자신을 잃어버린 체코 공화국 출신 여자의 고독. 그녀는 추위를 그리워하겠지. 그곳은 영하 20도라고 하니. 혹은 세상에서 자신의 자리를 절대로 찾지 못하는 상대를 그리워할 것이다. 그래, 내 책은 무엇보다도 만남에 관한 것이다. 불가능한, 증명할 수 없는 사랑에 관한 것이다. 완전히 다른 세계에 속한, 외로운 두 사람이 사랑하고 부딪치며 서로를 받아들이기로 한다. 두 사람은 고독으로 합쳐진다. 그러나 최근 나는 책의 초점을 바꾸려고 생각한다. 만약 인생에서 낙담한 브라질 사람이 백만장자라면? 재미있을 것 같지 않아? 체코 여자와 브라질 백만장자의 사랑 이야기. 추운 나라의 가난한 여자와 열대의 부자 청년. 감정적으로는 여자가 뜨겁고, 남자는 차갑게. 좋은 생각이다. 적어도 정형화는 벗어날 수 있다. 아니면 둘을 합치게 할까? 바꿀까? 사실 처음에 그랬다가 다음에는 바꾸기로 했다. 원래대로 돌아갈까? 누가 알겠어? 그건 서점에서 확인하기를.

보름달. 그건 나를 더욱 더 우울하게 만든다. 위스키를 마셔야겠다(난 얼마나 예측불가능한가!). 달을 보면 진저와의 대화가 생각난다.

"보름달이네. 한번 봐봐, 얼마나 예뻐!"

"그게 나랑 무슨 상관이야?" 그때 난 제대로 된 글을 전혀 쓰지 못하고 있다고 불평했다.

"우리가 에너지를 모을 줄 안다면 보름달이 최고일 거야. 결국 달이 조수를 움직이는 거라고. 다시 시도해봐."

지금 그녀는 내가 뭘 하기를 바랄까? 그래, 누군가와 대화하는 것. '에너지를 한 방향으로 모으는 것'? 나는 별자리 운세조차 믿지 않는다. 그걸 어떻게 보더라? 신문을 펼친다. 별자리 운세를 읽으려는 것은 아니다. 안토니오니의 영화 광고가 있다. 오늘의 영화? 〈라 노테〉*. 최고다. 이 영화는 비소통성을 주제로 한 3부작 중 하나이다. 고독에 대해 본 영화 중 가장 아름다운 대화가 마지

* 안토니오니의 '고독 3부작' 중 두 번째 작품. 첫 번째가 안토니오니의 이름을 세계적으로 알린 〈라벤투라(L' Aventura · 모험 · 1960)〉이고, 나머지가 〈라 노테(La Notte · 밤 · 1961)〉와 〈레클리세(L' Eclisse · 일식 · 1962)〉이다. 전후 이탈리아 중상류층의 고독과 권태와 안일과 대화 부재와 소외와 감정의 황폐화를 미니멀리즘 기법으로 보여주었다.

막 장면에 나온 영화. 네가 오늘 날 만난다면 말 좀 걸어줄래? 됐어, 잊어버렸…….

십 대 시절에는 트뤼포를 무척 좋아했었다. 하지만 나이가 들어감에 따라(늙는 건 나쁘다) 안토니오니를 더 좋아하게 되었다. 그거다. 정해졌다. 보름달이 뜬 밤 안토니오니의 〈라 노테〉를 볼 거다. 적어도 영화는 나랑 대화할 것이다. '에너지를 한 방향으로 모으는 것', 그건 어떻게 하는 거지?

매표소에 사람들이 줄지어 있다. '영화광'들은 포기하지 않는다. 커피를 마시려는 사람들이 바에도 길게 줄을 서 있다. 난 그 줄에서 떨어져 있고 싶다. 반대편 구석을 고른다. 벤치 가까이의 벽에 몸을 기댄다. 하지만 담배 연기가 너무 자욱하다! 몸을 돌리니 끝이 곱슬곱슬한 짧은 머리를 한 깡마른 여자애가 증기기관차보다 더 많은 연기를 내뿜고 있다. 문제는 그 여자애가 한 개비를 다 피우자마자 이어서 또 한 개비를 피운다는 것. 꽁초가 가득한 재떨이가 보인다. 두 갑은 되어 보인다!

"완전 담배 중독이구만, 응?" 나도 모르게 말이 튀어나왔다.

그녀는 천천히 얼굴을 돌리더니 내 얼굴에 연기를 뿜다시피 한다.

"담배 중독은 아냐. 영화 중독이지." 그러더니 계속 연기를 뿜는다.

예쁘다. 그래. 연약한 모습이다. 〈오즈의 마법사〉의 도로시 스타일의 치마를 입고 구두를 신고 있다. 하지만 내 주의를 가장 끈 건 화장한 얼굴이다.

"영화 〈블레이드 러너〉의 대릴 한나처럼 화장했네?" 그래, 이 말도 그냥 튀어나왔다.

이번에는 그녀가 내 말을 무시한다. 그녀는 담배를 끄더니 실례하겠다고 한다. 영화가 곧 시작할 게다. 나는 여자애를 뒤쫓아 가서 그녀 바로 두 줄 뒤에 앉는다. 그녀로부터 눈길을 뗄 수 없다. 진저랑 헤어진 후 약간이라도 관심을 갖게 된 첫 번째 여자였다. 거짓말하지 마. 정말 아무 일도 아니었다는 걸 입증하려고 쟈크린느랑 한 번 이상 섹스를 한 적이 있었잖아. 또, 이유는 잘 모르겠지만(아마도 정말 혼자라고 느꼈기 때문에) 다니에게 한 번 전화했다. 그때는 그저 전화해야겠다고만 생각했다. 영화가 끝났다. '에너지를 한 방향으로 모으는 것'. 무척 아름다운 영화다. 어느 한 장면에서 안드로이드 화장을 한 그 여자애가 우는 것을 본 것 같다. 화장이 번질 것을 생각하면서 나는 혼자 웃고 있었다. 그녀가 일어나기를 기다렸다. 하지만 일어나지 않는다. "내가 뭘 기다리고 있지? 바보 같잖아" 하고 생각한다. 나는 일어나서 나간다.

"이봐!"

나는 몸을 돌린다.

"지갑 떨어트렸어요." 내 옆자리에 있던 사람이다.

"아, 네. 고맙습니다."

커피를 마셔야겠다. 그래. 안드로이드 아가씨가 지나가는 걸 보기 위한 핑계다.

"카푸치노요? 조금 걸리겠네요. 필터를 갈아야 하거든요."

"괜찮아요. 기다리죠." 미소를 보낸다.

필터를 반쯤 갈았을 때 안드로이드 아가씨가 화장실에서 나와 내 옆을 지나간다.

"카푸치노를 취소해야겠어요. 대신……. 담배 한 갑 줘요."

나는 손에 담배를 들고 뛰쳐나간다. 바로 내 앞에 안드로이드 아가씨가 걸어가고 있다.

"헤이, 담배 떨어트렸어."

그녀는 잠시 멈추더니 핸드백에서 담배를 찾는 시늉을 했다.

"아니. 그건 내 거 아닌데. 하지만……. 좋아, 이리 줘." 그녀는 의미심장한 미소를 지으며 내 손에서 담배를 빼앗았다.

좋아, 이거야. 좋은 생각이 났다. 하지만 그녀가 내 생각을 망쳐버렸다. 그럼 이제 어쩌지?

"나랑 한잔할래?"

"어떤?"

"맥주?"

"아니. 난 독한 것만 마셔."

빌어먹을. 맥주라고 말한 건 여자들이 독한 술을 좋아하지 않기 때문이었는데.

"그러니까 복* 말야, 도수 높은 맥주." 난 고쳐 말했다.

"맥주는 좋아하지 않아."

염병할.

"난……. 내가 지금 너한테 맞춰주고 있는 거라고. 내가 진짜 좋아하는 건 위스키거든. 그것도 스트레이트로." 난 갑자기 큰 소리로 말했다.

얼음 넣지 않은 스트레이트는 허풍이었다. 하지만 말을 바꿀 필요가 있었다. 거의 절망적으로. 그녀는 미소를 지었다. 급히 머리를 굴릴 때가 왔다.

"저쪽 파울리스타 거리에 있는 라이트Light 레스토랑에 푼다도르 반 병을 보관해뒀는데 어때? 코냑 좋아해?"

"좋아해. 하지만 라이트 레스토랑은 좋아하지 않아. 헤비Heavy가 좋아. 돈 있는 애들이 많거든." 그녀는 나를 자세히 본다. "자긴 그런 곳을 다니는 사람 같지 않지만."

라이트는 '가볍다'는 뜻이 아니라 '빛'이라고 설명하고 싶었다. 하지만 그대로 있었다.

"맞아. 그리로 가는 동안 설명해도 돼? 자 한잔하러 가자."

그녀는 동의했다. 함께 걸어가다가 갑자기 그녀가 멈춘다. 그리곤 인생의 비밀을 고백하려는 사람처럼 눈을 크게 뜨고 날 바라본다.

"이름이 뭐야?"

* Bock. 맥주 상표

이번에는?

"로코Rocco. 내 이름은 로코."

"로코? 비스콘티Visconti 감독의 〈로코와 형제들〉*에 나오는?"

"맞아."

바로 맞혔다.

"멋지네! 아버지가 영화광이었어?"

"내 삶 자체가 영화지."

"뭐야, 그 진부한 표현은."

"그것 또한 마찬가지야. 내 삶은 진부해."

우리 둘 다 웃는다. 가는 도중 그녀는 매일 밤마다 영화 속 인물처럼 화장을 하고 다닌다고 한다. 어떤 날에는 〈101 마리의 달마시안〉의 크루엘라Cruela처럼, 또다른 날에는 〈프리티 우먼〉의 줄리아 로버츠처럼 화장하고 나갔다고 했다. 현재 열아홉 살이며, 대학에서 영화를 전공하고 있고, 엄마와 여동생과 같이 산다고 한다.

"그럼 이름은?"

"내 이름은 마조리야. ie말고 y로 끝나는 마조리Marjory."

그녀는 다시 멈추더니 내 팔짱을 낀다.

"날 메기Meg라고 부를 생각은 마. 알았지? 내 이름은 마조리야!"

읍스, 사이코패스주의(이런 단어가 있을까?)가 조금 느껴진다. 이런 생각을 들키지 않으려고 걸음을 재촉한다.

---

* Rocco E I Suoi Fratelli 루치노 비스콘티 감독의 최고 걸작.

"그럼 넌 무슨 일해?"

누군가를 알아가기 시작할 때 귀찮은 점? 삶을 다시 설명해야 한다는 것이다.

"빈 시간에 혼자 놀아."

"뭐라고요?"

잠깐. 그녀가 지은 표정과 어투로 미루어보아…… 메기(이건 생각이다, 생각으로만 할 수 있다)가 혹시 내가 저속한 농담을 했다고……. 아니다, 그녀는 그렇게 생각하지 않았다. 전혀 아니다. 그녀의 생각을 유추한다.

"내가 자위한다는 농담을 했다고 생각하는 건 아니겠지?"

"난 미친 사람들도 꽤 알거든. 그 정도로는 절대 놀라지 않아."

"디제잉한다는 뜻이야. 패신저 클럽에서 일해."

"아, 그래. 패신저."

"아는 데야?"

"내 친구 패티가 거기서 일했어."

"패티 친구라고?"

한순간, 나는 조금 전에 이야기한 이름을 어떻게 하나 하고 생각한다. 그래 이 여자와 진지한 관계가 되면 그때 말하지 뭐. 하지만 대부분의 경우 그런 일이 생기지 않기에 나는 그냥 있기로 한다. 하지만 정말, 세상 한번 좁다.

"뱅도 알아."

"정말 세상 좁네."

"그래. 언더그라운드 세계는 더 좁지."

"에두도 알아?"

"에두란 사람은 많잖아."

"'더 킬러' 클럽 주인 에두."

"알지." 난 깜짝 놀란다. "클럽 오픈할 때 갔었어."

상파울루의 'CBGB'. 우리는 함께 이야기했다. 이 여자애가 좋아졌다. 조금 이상하긴 하지만 아주 괜찮은 애다.

그녀와 마주보고 테이블에 앉았다. 만화 속 인물처럼 맑은 갈색 눈이다. 크고 둥근 눈. 살색 립스틱을 칠하고, 멜빵 원피스 속에는 하얀 셔츠를 입고 있다.

"불편하지 않아?"

"뭐가? 화장? 엿이나 먹으라지. 내 얼굴이니까 내 맘대로 할 거라고." 어깨를 움츠리며 대답한다.

"뭘로 하실래요?" 예쁜 웨이트리스다.

"나 기억해요?"

"기억이 잘 안 나는데요."

"지난번에 푼다도르를 한 병 시켰었는데."

"아, 그러네요."

"갖다줄래요?"

"안 오신 지 제법 되었네요." 그녀는 메기(이미 이야기했다, 생각으로는 다 할 수 있다고)를 보며, 실제로 내가 오지도 않았지만 그런 사

실을 감춰주려고 괜한 말을 건넨다. "가서 보관되어 있는지 볼게
요. 성함이, 아, 아니에요. 푼다도르는 한 병뿐일 테니까요."

이런, 설명 안 해도 된다!

"헤밍웨이? 무슨 이름이 그래?"

메기는 병에 적힌 이름을 보고 묻는다. 설명을 안 할 수 없다.

"누군지 몰라? 작가야. 푼다도르를 아주 좋아했지. 그 사람을 기
리려고 쓴 거야."

"젠장, 너무 쉽네."

"난 좀 다른 장르를 좋아해. 사드Sade, 바타이유Bataille, 보들레르
Baudelaire, 모두 대단한 저주를 받은 사람들이지."

"그럼 비트Beats 작가들은?" '친구들(무슨 친구들, 아는 사람들이지)
의 전당殿堂'에 걸어놓을 몽타주를 만들 준비를 하고 있다.

"부코스키만 좋아해."

거의⋯⋯.

한 가지는 명확하다. 술병이 비워져가면서 여자애 목소리가 점
점 더 커졌다. 말문이 트였다, 아니, 의미 없는 말을 시작했다는 게
맞겠다.

"그거 알아? 사람들은 아무것도 몰라. 자유로워져야 한다고. 하
고 싶은걸 해야 하고. 빠구리 뜨고 말야."

"뭐라고?"

갑자기 그녀가 테이블에 올라가려고 한다. 내가 팔을 붙잡자,

그녀는 계속 웃는다. 아무 일도 없는 데 갑자기 머리를 아래로 떨어트린다.

"나 한번 유산한 적 있어."

"뭐라고?" 이제부터 이 말이 밤새 반복될 거라는 걸 능히 짐작하겠지?

"열여섯 살이었을 때였어. 우린 열네 살때부터 사귀었거든. 그때 임신했어. 어느 날 임신했다는 말을 하려고 계단을 올라가다 그놈이 사촌과 빠구리 뜨는 장면을 보고 만 거야. 그만 계단 아래로 굴러 떨어졌는데, 그때 애를 잃었어." 메기는 앞머리를 올리고 이제는 아문 흉터를 보여준다.

"보이지? 이제 자국만 남았어."

오 하느님, 이게 뭐죠? 난 지금 어디 있는 거죠? 멜로드라마도 질색하던 내가 뭐 하는 거죠. 희한하기도 하지. 삼류 연속극이라니. 게다가 희비극적이기까지 하다니. 하지만 이 여자애가 너무나 진지하게, 그것도 서로 연결되지 않는 상황을 이야기하고 있어서 비꼴 용기가 나지 않는다. 나는 가만히 있었다. 사실 난 누군가를 바라보기만 하는 데에 소질이 없다. 어떻게 해야 좋을지 몰랐다. 여자애가 감정적으로 큰 혼란을 겪었을 거라는 것만 짐작하겠다. 조울증인가? 그래, 이 여자애는 미쳤다.

"우리 같이 춤출까?" 메기는 금방 일어나더니 웃으면서 말한다.

"뭐라고?" 기다려, 아직 할 말이 많으니까.

"춤. 춤추고 싶어. 어디 딴 데 갈 데 있어?

"오늘이 화요일. 어디 보자." 이 여자애의 변덕을 내가 너무 당연히 받아들이고 있는 게 아닐까?

"기억났다. 오늘 언더월드 클럽에서 GB의 공연이 있어. GB알아?"

"아니."

"모른다고? 못 믿겠는데. 상파울루 최고의 디제이잖아. 내 개인적 의견이기는 하지만, 가자!" 이미 나는 이 여자애의 미친 행동을 잊었다. 다만 GB가 디제잉하는 걸 정말 보고 싶었다.

아시다시피 나는 평범한 음악 디제이이다. 하지만 GB로 널리 알려진 구스타보 벨Gustavo Bell은 진정한 디제이이다. 내게 최신 음악을 알게 해준 사람이기도 하다. 취향도 좋지만 아주 섬세한 기술을 지니고 있다. 내 디제이 영웅이다(그럼 기타를 잘 치는 기타 영웅은 없나?). GB는 골든 보이Golden Boy란 의미도 된다.

언더월드 클럽에 도착하니 언제나처럼 더글러스가 문을 지키고 있다. 더글러스, 장대한 흑인, 상파울루의 가장 멋진 프로모터 중한 사람. '상투머리'를 하고 항상 미소 짓고 있다. 이 친구만큼 쉽게 사람들을 사귀는 사람이 또 있을까. 이 사람을 불러 내 책의 출간 기념회를 준비해달라고 할까 생각한다. 어떻게 알게 되었냐고? 밤에 일하다보면 온갖 사람들을 다 알게 된다.

"안녕, 더글러스. 요즘 어때?"

"파렌하이트, 잘 지내? 오랜만이야. 잠깐 기다려. 음, 리스트에 이름 있으면 30헤알. 파렌하이트, 패신저는 잘 되어가? 어떤데?"

"거기서 나왔어. 지금은 킬러에 있어."

"아 그래. '상파울루의 CBGB' 클럽." 그 거지같은 게 벌써 알려졌나? "오늘은 다들 미쳤어. GB가 디제잉할 거거든."

"알아. 그래서 왔지."

"이 예쁜 아가씨는 누구지?" 그녀 손에 키스한다.

"메기야……. 그러니까 마조리."

"안녕하세요." 메기가 대답한다.

"어디서 본 것 같은데."

"아마 그럴 거예요."

"자, 더글러스? 이제 우릴 들여보내줄 거지?"

"당연하지. 내 친구들은 언제나 VIP야. 들어가." 차단기를 들어 올렸다.

"고마워. 나중에 킬러에 한 번 들러. 거긴 자네 같은 프로모터가 필요하거든."

"알았어. 재미있게 놀아. 나중에 봐, 파." 더글러스는 다른 사람들을 맞이하려고 몸을 돌리면서 말한다.

내 이름을 파라고 부르다니? 말도 안 되지만 밤에 일하는 건 이런 거다. 우리는 거의 모든 디스코텍에서 VIP이다.

"뭐 마실래?"

"테킬라."

"정말?"

"물론."

그녀는 바에 앉아 테킬라 한 잔이 아니라 두 잔을 연거푸 마신다. 그러더니 실례한다며 화장실에 간다. 난 기다리는 동안 맥주를 주문했다. 시간이 제법 지났는데도 메기가 돌아오지 않는다. 어떻게 된 건지 보러 가기로 했다. 여기저기 찾으러 다녔다. 마침내 소파 뒤 구석에서 벽을 보고 있는 그녀를 찾았다.

"찾고 있었어. 이제 GB가 디제잉할 거야."

처음에 그녀는 약간 놀란 듯했다. 가라테하듯 뻗어 쥔 왼손 손등에 무언가 빛나는 게 있었다. 코카인이었다.

"할래?" 그러더니 말아서 흡입한다.

난 생각에 잠겨 바라본다. 손을 사용하는 사람을 본 적은 없다.

"안 해?"

"그만둔 지 제법 됐어."

"그럼 가자. 이제 밤을 즐기기만 하면 돼."

"모르겠네."

"받아." 내게 봉지를 건넨다.

그녀의 이런 미친 짓을 견디려면 나도 미쳐야 한다. 부코스키. 갑자기 '도시의 가장 아름다운 아가씨'란 헨리 부코스키의 단편소설이 생각난다. 그 순간 난 그녀의 이름을 몰래 지어준다. '도시에서 가장 미친 아가씨'.

오케이. 자 그럼 시작하자. 미친 사람과 싸우려면 미친놈이 되어야 한다. 나도 그걸 들이마신 다음 그녀와 같이 스테이지로 들어간다. 인디 광팬들의 항의로 내가 틀지 못하는 줄리엣 리믹스를

GB가 디제잉한다. 메기는 용수철마냥 펄쩍펄쩍 뛰고 있다. 난 잠시 그녀가 춤추는 걸 지켜본다. 웃음을 멈출 수가 없다. 그녀는 기본적으로 두 개의 스텝을 밟고 있다. 먼저 눈을 감고서 두 팔을 복싱선수처럼 들어올린다. 그리고 주먹을 쥔 채 팔을 위 아래로 흔든다. 그다음은 두 팔을 아래로 내리고 어깨를 움직인다. 마치 빨래하는 사람처럼 팔을 위 아래로 세게 흔든다. 정말 멋진 모습이다! 미친 삶의 이야기를 지닌 사람들을 만나는 내 믿지 못할 재능. 이렇게 열광적으로 춤추는 가운데 약 때문인지, 최근의 만남 때문인지는 모르지만 열세 살 때 아버지가 떠났다는 이야기를 그 여자애한테 했다. 진저 말고는 이 이야기를 해본 적이 없다. 슬픈 메기의 인생 이야기에 연대하기위해 말한 걸까 추론해본다.

GB는 뉴 오더의 'Jet Stream'으로 노래를 바꾼다. 환상적이다! 이런 리믹스가 있는지 몰랐다. 이런 거라면 킬러에서 틀 수 있겠다. 천재 같으니라고. 스테이지에서 손가락을 추켜세우자 GB가 날 알아본다. 그는 손뼉을 치더니 손가락으로 날 가리킨다.

난 스테이지에서 '스프링 맨' 같이 펄쩍펄쩍 뛰듯 춤추면서 눈으로는 메기를 찾았다. 그녀가 사라졌다. 걱정된다. 눈으로 홀을 훑어보다 한 구석에서 우두커니 선 그녀를 본다.

"메기, 마조리, 무슨 일 있어?" 그녀는 내 손을 잡더니 날 스테이지 밖으로 데리고 나간다.

"밤새 꿈을 보여준 건 달이었네……."

그녀는 세상의 모든 빙하를 녹일 듯한 목소리로 알 수 없는 시를 읊기 시작한다. 갑자기 왜 그럴까?

"밤새 나는 잤고 사랑에 빠졌네. 깊은 대양 속에 난 지쳐 잠이 들었네. 울고 싶지 않았지만, 그 순간 나는 울었고 당신을 사랑한다는 말을 했네. 이 밤이 끝나지 않기를 바라네. 모두가 밤새 계속되기를 바라네."

문학적으로 무슨 가치가 있는지 모르겠다. 순수하면서 무척이나 진부할 수도 있다. 하지만 중요한 건 내가 좋아했다는 거다. 무척 좋았다. 그녀 목소리를 직접 들었다면 내가 이렇게 말하는 걸 이해할 것이다.

"누가 쓴 시야? 네가?"

"응, 널 위해 썼어."

"날 위해?"

"응. 자기가 좋아."

"나도 네가 좋아. 이제 뭘 하고 싶어?"

"빠구리. 우리 빠구리해야지."

그래, 밤의 문장이다.

그래, 밤새 우린 '빠구리한다'. 쉬지 않고 서로를 올라탔다. 약 때문에 걱정이 되었지만 그걸 하는 데는 아무 문제가 없었다. 잠이 깊게 들기 전 나는 메기에 대한 일종의 연민 같은 감정을 발전시켰다. 인생에서 일어날 수 없는 과거를 갖고 있는 연약한 여자. 내가 그녀를 도와줄 수 있을 거라는 생각이 들었다. "더 심각한 건 엄마가 몸 파는 여자가 되었다는 거야. 동생인 시모니를 집에 혼자 놔두고 아무 남자하고나 자러 나갔어." 그녀가 내 가슴에 머리를 기대자 나는 빗질하듯 그녀의 머리카락을 쓰다듬었다. 그녀의 인생은 그녀의 머리카락처럼 정말 엉망진창이었다.

내 삶이 갑자기 부코스키의 소설이 되어버렸다는 생각을 하다 깨어난다. '도시에서 가장 미친 아가씨.' 난 미소 짓는다. 나는 고전문학 팬이다. 글을 쓰는 한 친구(무슨 친구?)가 이렇게 말한 게 기억난다. 그는 고전을 꼭 읽어야 한다고 주장하는 비평가를 언급하며, 나보고 "넌 열대 지방의 헤럴드 블룸Herald Bloom이야"라고 했다. 생각해보면 내 '작업 방식'은 비트 작가에 가깝지만, 어떤 작품에서든 좋은 걸 만날 수 있다. 비트든 고전이든. 예를 들어 지금 당장 부코스키의 《도시에서 가장 아름다운 아가씨》를 읽어보기를 권한다. 그럼 메기의 과거가 다른 의미로 다가올 것이다. 더욱 많은 의미를 지닐 것이다. 한번 읽어봐.

"대단했어, 그렇지? 메기? 마조리?"
그녀를 찾았다. 없다. 문을 확인해보니 열려 있다. 이런, 전화번호조차 받지 않았네. 침대로 돌아와 보니 메모가 남겨져 있었다. "내가 널 찾을게. ─마조리." 내가 널 찾을게. '도시에서 가장 아름다운 아가씨' 아니 '도시에서 가장 미친 아가씨'에 가깝다. 그럴 수밖에 없을 것 같다. 갑자기 생각났다. 롤링 스톤스Rolling Stones의 'Ruby Tuesday'를 듣고 싶어 시디를 찾았다. 그녀에게 인생은 정말 쉽지 않았을 것이다. 아마 그녀는 꿈꿀 때만 살아 있고 나머지 시간에는 죽어 있었으리라. 어쩌면 이름조차 없을지도 모른다. 그녀가 어디서 와서 어디로 갔는지조차 모르지만 확실한 게 하나는 있다. "그녀가 매일 변한다 해도, 나는 그녀를 그리워할 것이다." 창밖의 건물을 보며 생각에 잠긴다. 미로의 출구를 찾는 사람처럼 창에다 어제의 여정을 손가락으로 그리고, 잃어버린 추억을 헛되이 찾는다.

"에두, 메기 알아요? 그러니까, 마조리?"

"미친 여자애?"

나는 크게 웃었다.

"그럴걸요."

"그 미친년을 어디서 알았어?"

"영화관에서요. 어디서 알았는데요?"

"닌텐도 클럽일거야. 난 소파에 앉아 있었지. 2층에. 거기 주크박스 기억나? 걔가 노래를 고르고 있었는데 내가 가서 몇 곡 골라줬지. 그러고 나서 이야기하기 시작했어."

"어디 사는지 알아요?"

"야, 충고 하나 해줄까. 걔랑 얽히지 마. 미친 년이야."

"알아요. 애인이 사촌과 뒹구는 걸 보고 애를 잃었다는 이야기는 좀 이상했죠."

"쪼다."

"왜 그래요?"

"걔가 왜 미친 애인지 알아?"

"말도 안 되는 말만 하기 때문이겠죠. 처음에는 정신이 꽤 멀쩡해 보였지만. 하지만 술 때문 아닐까요?"

"파렌하이트, 앉아봐, 이야기 하나 해줄 테니. 걘 그래서 미친 게 아냐, 그게 아냐. 걘 제멋대로 이야기를 꾸며내."

"이야기를 꾸며낸다고요? 어떻게?"

"예를 들어, 유산했다는 얘기 있지, 그건 거짓말이야."

"뭐라고요?"

"그녀가 처음부터 너한테 진심으로 대하기로 했다면 몰라도. 물론 그럴 가능성은 거의 없겠지만."

"이해가 잘 안 가는데요."

"그러니까 걔가 언젠가 나한테 이야기하기를, 자기 아버지가 암으로 죽었다는 거야. 그래서 고통스러웠다고 했지. 또 한 번은 말이야, 다시 한 번 확실하게 말해주는데, 성폭행을 당했다는 거야. 그런데 우연히 걔 친구를 알게 됐거든. 불쌍한 마조리 아버지의 죽음에 대해 이야기하자, 그 친구라는 애가 나를 이상하게 보더군. 난 왜 그러냐고 물었지. 그러자 그 친구가 '걔 아버지는 안 죽었어요. 부모님은 이혼한 상태예요. 내가 알기로 걔 부모님은 파라나*에 살아요. 그리고 아픈 사람은 어머니예요.' 하더군. 난 깜짝 놀랐어. 며칠 뒤에 마조리를 만나 그 사실에 대해 물었어. 그러자 그녀는 수지라는 친구가 미쳤다고 말하더군."

"으흠……. 그럼 그 애인인가 뭔가 하는 얘기는 한 적 없어요?"

"뭐라고? 걔한테 반한 거야? 아니면 걔가 자네한테 반할 것 같나? 이 친구야, 정신 차려. 걔는 모든 사람을 그렇게 대해. 자네가 특별한 사람이라고 생각하지 마."

나는 생각에 잠겼다.

"다시 한 번 생각해봐요. 엄마와 여동생과 산다고 했거든요."

"아, 그건 그래. 하지만 내 말 들어봐. 내가 걔를 두 번이나 집에 데려다준 적이 있었어. 미리 말해두는데 난 아직도 걔네 집이 어딘지 잘 몰라, 타보아웅 판자촌 어디쯤이지만. 자넬 생각해서 어딘지 알아도 가르쳐주지 않겠어. 여하간 그때 난 아주 미치는 줄 알았어. 걔는 '오른쪽, 왼쪽, 오른쪽, 왼쪽' 이렇게 계속 중얼거리기만 했거든. 그렇게 해서 걔네 집에 간신히 도착했지. 문제는 나올 때였어. 두 번 다 거기를 빠져나오는 데 30분 이상 걸리더군. 근데 이상한 건 두 번이나 집으로 날 초대했는데 걔 엄마를 한 번도 본 적이 없다는 거야."

"잠깐만요. 엄마가 여행 갔거나, 아님 친척 집이나 다른 곳에 갔었을 수도 있잖아요."

"염병할, 파렌하이트, 이야기 좀 끝내자. 난 바보가 아니거든. 그때는 걔 아버지 이야기를 이미 듣고 난 뒤였어. 걔 엄마의 흔적

---

* parana. 브라질 남부 지방

을 찾아 온 집을 뒤졌지. 그 집에는 방이 2개밖에 없었어. 하나는 개 방이고, 다른 하나는 엄마 방이었을 거야, 알겠어?"

"그렇겠네요."

"그녀의 여동생 물건이 한 방에 있었는데, 걔가 거기서 자더군. 화장실에 갔을 때 일부러 살펴봤지."

"지금 날 놀래키려는 거죠."

"그것뿐만이 아냐. 씨팔! 말도 안 돼!"

"뭔데요?"

"쌍! 자네가 나한테 한 이야기. 그러니까 그 여동생이 실제로는 딸이라면?"

"……말도 안 돼요, 그건 말도 안돼요. 그건 미친 거죠."

"아직 더 끔찍한 얘기는 하지도 않았어."

"더 끔찍한 것?"

"정말 더 끔찍한지는 모르겠지만 더 근본적인 것이긴 해."

"뭔데요?"

"걔 신분증 본 적 있어? 걔 이름이 그거라고 생각하니? 그거 마조리? 걘 사람들을 아니까 클럽에 그냥 들어가. 한 번도 신분증을 요구받은 적이 없어. 하나 더. 이 얘기를 들으면 내가 돌았다고 생각하지 않을 거야. 난 그저 진실을 알고 싶어하는 사람들 중 하나일 뿐이지. 걔를 더 이상 만나지 않겠다고 결심하고 나서 걔가 자는 틈을 이용해 백을 뒤졌어. 내가 뭘 찾았는지 짐작할 수 있겠어?"

"뭔데요?"

"없었어."

"없다니, 무슨 말이에요?"

"없었어. 신분증을 갖고 다니지 않아. 그녀가 누군지 아무도 몰라. 그녀가 말하는 게 진실인지 아닌지는 아무도 몰라. 이 바보야, 난 더 이상 걜 생각하고 싶지도 않아. 상상해봐……."

"뭐라고요?" 이 밤이 계속될 것 같다.

"미성년자라고 상상해봐."

"맙소사. 하지만 그 딸 이야기는요?"

"잘 모르겠지만 여동생일 수도 있지. 엄마 이야기만 꾸민 건지도 몰라. 그게 아니면 걔가 미성년자고, 여자 아이가 딸이란 걸 자네가 한번 알아보던가?"

"불길하네요. 불길해. 제발요. 무슨 공포영화 같잖아요."

"그러니까, 빠져나와. 위험해."

"그럼 영화 공부한다는 이야기는요?"

"뭐? 영화를 공부하고 있대? 얘기가 어디까지 갈지 모르겠네. 내가 모르긴 몰라도 걘 영화 비디오조차 빌려볼 돈이 없어. 게다가 수상한 게 또 있어. 어디서 돈을 마련할까? 혹시 걔가……." 에두는 엉뚱한 상상을 하고 있다.

"원조교제 말하는 건가요?"

"곧 알게 될 거야. 인생에 대한 얘기를 지어내는 사람은 뭐든 할 수 있으니까.

"……어쨌든, 전화번호는 있어요?"

"이 친구야, 잊어버려. 미쳤어? 잊으라고. 문제만 생길 거야."

"모르겠어요. 걔는 마치…….."

"마치 뭐?"

"연약해요. 자기를 이해해주는 누군가가 필요할 수도 있어요."

"자기를 이해해주는 누군가? 같이 미친 거야? 걔한테 필요한 건 정신과 치료야."

"그러니까……. 내가 도와줄 수 있죠."

"도와줘? 어떻게?"

"모르죠. 그저 뭔가 느껴져요."

"자네가 천리안이야?"

"제게는 진실을 말했을 수도 있잖아요."

"자네가 순진한 건지, 혹은 너무 착한 사람인지는 모르겠지만 걔는 그냥 좀 예쁠 뿐이야. 잊어."

"……전화번호 있어요?"

"정말 포기 안 할 거야? 없어. 지워버렸어."

"정말이에요 아니면 꾸며낸 얘기예요?"

"꾸며내는 사람은 마조리지 내가 아냐. 잊어, 잊으라고."

나는 잊을 수가 없다. 이기 팝은 'Life is crazy'라고 했다. 며칠 전까지만 해도 나는 가끔씩 옛 여자친구 생각이나 하던 정말 외로운 남자였다. 지금은 메기만 생각한다. 그녀를 보고 싶어하면서, 그리고 진실이 무엇인지를 알고 싶어하면서 말이다. 그녀를 도와

줄 수 있을 거라는 확신이 어디서 왔는지는 나 역시 모른다. 그녀가 사귀었던 남자들과 내가 다르다고 생각하게 된 이유가 무엇인지도 모른다. 내가 반해서일 수도 있다. 난 그냥 생각한다. 결국 사랑은 무엇인가? 느끼는 게 사랑이라면 그걸 어떻게 알 수 있겠는가? 결국 누가 우리 감정에 대해 정의하는가? 진저에게 느꼈던 게 사랑이었을까? 그리고 지금 나는 메기에 대해 무엇을 느끼고 있는가? 그게 무얼까? 나는 사랑과 유사한 감정을 발전시켜 사랑이라고 규정하고 있는 게 아닐까? 만약 사랑이 완전히 다른 종류의 감정이라면? 그리고 평생 '사랑'을 절대로 느끼지 못한다면? 결국 사랑은 무엇일까?

화요일. 메기를 찾기에 좋은 날이다. 화요일에 메기를 만났었다. 에두도 주중에 그녀를 만났다고 했다. 화요일에 물이 좋은 곳은 많지 않다. 쉬울 거다. 화요일에 그 여자애를, 아니 도시에서 가장 미친 여자애를 찾아나서기로 했다. Ruby Tuesday. 놀랄 정도로 우연의 일치다. 이제 움직여보자.

첫 번째 찾기: 닌텐도 클럽

더 확실한 곳은 없다. 여기는 젊은 애들만 온다. 전부가 인디 스타일을 하고 있다. 자신들이 런던에 있다고 믿는 애들이다. 1층 자리를 지나가며 살펴본다. 목양말에 주름치마를 입은 여자애들이 많다. 남자애들은 꼭 달라붙는 티셔츠에, 이상한 헤어 스타일, 벨트 그리고 인디들의 일반적인 부속물인 올스타 컨버스 운동화를 신고 있다.

전부 똑같다. 가장 재미있는 건 남들과 다르게 보이고 싶어하는 애들이 사실은 모두 똑같은 모습이라는 거다. 지금 외계인이 지구(더 정확히 말하자면 브라질)에 떨어진다면, 쉽게 인디 스타일로 변장할 수 있을 것이다. 그냥 술을 조금 마신 뒤에 피시이이이스 Pixieeees, 위이이이저Weezeeeeer, 소닉 유우우우우스Sonic Yooooouth* 라는 밴드 세 개의 이름을 유령처럼 중얼거리기만 하면 된다. 더 확실하게 하려면 지금 유행하고 있는 인디밴드만 대면 된다. 내 생각에는 카이저 칩스**, 아틱 몽키스***, 블록 파티****같은 밴드들 이름만 말하면 된다(여기서 우리는 재미있는 토론을 할 수 있다. 아마 오래전부터 네가 나한테 말하고 싶었던 것일 게다. 내 음악적 기호가 유행을 지났다는 말. 많은 사람들이 부정적인 의미로 그렇게 말한다. 내가 좋아하는 밴드들이 단명했다는 점에서는 사실이다. 하지만 한번 상상해보자. 몇 년이 지나고 갑자기 인디음악이 이 세상에 존재하지 않는다면. 그런 기준으로 평가하면 내 책 역시 유행에 뒤질 것이다. 하지만 여기서 중요한 건 시간이 아니다. 감

* Sonic Youth. 미국 뉴욕 출신의 록 밴드.

** Kaiser Chiefs. 1997년 영국에서 결성된 록 밴드.

*** Arctic Monkeys. 영국 셰필드 근교 하이 그린(High Green) 출신의 4인조 록 밴드.

**** Bloc Party. 잉글랜드의 인디록 밴드.

정과 의도이다. 바로 여기서 유니버설한 것을 제대로 볼 수 있는 상식을 충분히 갖고 있기를 바란다. '예술에는 과거도 미래도 없다' '현재 존재하지 않는 예술은 더 이상 예술이 아니다' 나는 피카소의 이 말에 공감한다. 그래, 넌 이런 말을 풍자로서 받아들일 수 있다. 하지만 일부 젊은이들의 문화적 파노라마이기도 하다. 솔직히 얼마 동안 지속될지는 모른다. 하지만 대중음악에 대한 저항의 시도로 이해한다. 나도 공감한다. 다만 일부가 배타적으로 행동할 때만 좋아하지 않는다. 마치 "이 음악 좀 들어봐, 아니 이것 입어봐, 아니 너는 잘 몰라"라고 이야기하는 듯하다. 그런 행동에 나는 현재도 동의하지도 않고, 앞으로도 동의하지 않을 것이다. 사람들을 분류해야 한다면 재정 상태나 음악적 기호 또는 다른 어떤 기준과는 상관없이 '좋다' 또는 '나쁘다'로 구분하라. 한번은 '유럽 00클럽'이라는 데서 디제잉한 적이 있다. 범생이들, 부잣집 애들, 노는 애들(난 날라리라 부른다)의 소굴이다. '뿌리 댄스'(개인적으로 1990년대 댄스 음악을 이렇게 이름 지었다) 음악을 틀었기 때문에 디제잉은 쉬웠다. 고백하건대 날라리들이 너무 많아서 딱 일주일만 일했다. 하지만 좋은 사람들도 많이 만났다. 그래서 농담하기 위해 일반화하는 것을 벗어나(왜냐하면 내 음악적 기호와 기준을 생각해본다면 나는 인디에 속할 테니) 나는 사람들이 '-인척'이 아닌 '-이다'에 좀 더 신경 썼으면 한다. '가진 것'보다 '존재하는 것'에 신경 썼으면 한다. 요약하자면 우리는 책을 더 많이 읽어야 한다. 그렇다. 그게 진정한 차이를 만들 것이다.

도무지 메기를 찾을 수가 없었다. 메기는 커녕 그 비슷한 여자애도 만나지 못했다. 계단을 올라간다. 밴드가 연주하고 있다. 당연히 인디 밴드다. 메인 보컬이 너무 과장되게 포즈를 취한다. 토하고 싶다. 메기를 찾는다. 여기에는 없다.

두 번째 찾기: 닥터 판타스틱 클럽

입구에 미사일이 있다. 큐브릭Kubrick 영화에 대한 존경의 표시이다. 이 집은 내가 '모던 피플'이라고 부르는 사람들이 온다. 손님들은 닌텐도와 조금 다르다. 인디도 있지만 그렇게 많지는 않다. 대신 그래픽 디자이너, 도시 아티스트, 그리고 패션계에 일하는 사람들이 주를 이루고 있다. 메기와 비슷한 스타일을 한 얼굴들이 더 많다는 생각이 든다. 실제로 메기와 아주 유사한 여자애들이 있다. 짧은 머리에 이상한 옷. 먼저 바에 있는 여자애부터 확인한다. 아니다, 그녀는 아니다. 너무 키가 크다. 스테이지 있는 다른 여자애, 멀리서 봐도 그녀가 아니다. 복서 춤을 추고 있지 않다. 계단을 올라간다. 커튼 가까이에 짧은 머리의 여자애가 있는 게 보였다. 손을 펼쳐 코로 가져가고 있다. 그녀일 게다. 그 손을 붙잡았다.

"또 약하는 거야?"

"왜 이래요. 당신 뭐야? 뭐하는 거야?" 손을 놓는다.

"미안, 잘못 봤습니다."

젠장, 이런 실수를 하다니. 그녀는 콧물을 닦고 있었다. 더럽다.

닥터 판타스틱 클럽의 명성은 이미 끝났다. 이제 대안이 많지 않다. 갑자기 그녀가 "난 네오 클럽 주인의 친구예요"라고 한 말이 생각난다. 자 다시 그곳으로 가보자.

네오는 영화 〈매트릭스Matrix〉에서 영감을 받은 클럽이다. 영감이라고 하지만 아주 피상적이다. 내 생각이 틀리지 않았다면 그냥 이름만 따왔다. 음악적으로는 인디와 일렉트릭 중간이다. 클럽은 싸움으로 유명해졌다. 언제나 싸움이 일어난다. 그래도 사람들로 꽉 찬다는 게 인상적이다. 하여간 네오는 성격상 매트릭스보다 싸움 클럽에 더 맞는 것 같다. 기도를 보고 있던 카를라웅이 날 들어가게 해준다. 여기에 디제잉하러 온 날 한 번 봤기 때문이다. 그날 나는 싸웠고, 더 일하지 않았다. 들어가서 바를 훑었다. 메기는 바에 앉아 있는 그런 종류의 여자애가 아니다. 스테이지로 간다. 거기를 가려면 어두운 복도를 지나야 했다. 스테이지도 그렇게 밝지는 않지만, 그녀가 여기 있다는 이상한 예감이 든다. 몇몇 커플들이 키스하고, 어떤 애들은 취해서 벽에 기대어 있다. 서로 이야기하는 여자애들 옆을 지나쳤다. 복도 중간 쯤 가니 픽시스의 'Here comes your man'이 흘러나오기 시작한다. 나는 이 노래를 무척 좋아한다. 이 상황에서 이 노래보다 적합한 게 없다. 내 친구 하나는 이걸 보고 우연의 일치라고 말할 게다. 음악과 나는 이런 이상한 조합을 가지고 있다. '신이 디제이'라는 말 기억나니? 그렇다. 신은 언제나 확실한 노래를 내게 틀어준다.

홀은 상당히 어두웠고 사람들로 제법 차 있었다. 복싱 스타일의 춤을 추는 여자애를 찾아보았다. 만나지 못했다. 짧은 머리를 한 여자애를 찾았다. 빙고! 그녀다. 벽에다 다리 하나를 기댄 채 위스키 잔을 들고 있다. 머리를 숙인 채, 아마 취한 상태로 재즈 음악을 듣는 듯 머리를 흔들고 있다. 잠시 난 무슨 말을 할까 생각했다. "안녕", "널 찾아 다녔어" 아니, "밤새 너를 찾았어" 혹은 "여기서 만나다니 정말 우연의 일치네?" 하지만 난 움직이지 않았다. 그녀의 삶에 대한 진실을 얼마나 찾고 싶은지, 그녀를 위해 내가 무언가 해줄 수는 없는 것인지 생각하고 있었다. 가슴에 구멍이 난 남자와 과거 없는 여자의 만남에 대해 상상의 나래를 펼치고 있었다. 결국 나는 메기가 날 기억조차 하지 못할 거라고 확신하게 되었다.

"실례합니다." 그래요. 나는 복도에 있습니다.

옆으로 한발 옮긴다. 이제 5미터 정도 떨어져 있다. 그녀의 위스키 잔에 집중한다. 난 우리가 언제나 위스키 잔에 떠다니는 얼음조각이 되어버릴 거란 걸 깨닫는다. 하느님이 내 부서진 심장의 반쪽을 그녀의 심장 반쪽과 합치지 않으면 모든 게 위스키 한 잔에 담긴 얼음덩이의 충돌에 지나지 않을 것이다. 나는 등을 돌렸다. 할게 없었고, 할 말도 없었다. 부서진 두 심장을 하나로 합치는 가능성만 집중적으로 생각했다.

갑자기 메기의 음성이 들린다.

"어두워. 언제나 어두워!"

난 홀로 돌아가지 않으려고 애썼다. 복도의 벽을 더듬다 손이 긁히는 걸 느끼면서 층층이 쌓인 내 고독을 없애버리는 방법을 생각한다. 문밖으로 나올 무렵 홀에서 나오는 싸움 소리와 뒤섞인 쳇 베이커의 'Tenderly' 가 들려오는 듯 했다.

"밤새 널 찾아다녔어."

"어두워. 언제나 어두워."

키스하려 했지만 그녀는 날 밀친다.

"난 진실을 이야기했어. 네가 나를 안 믿는 거지. 네가 날 안 믿는 거라고."

놀라서 깼다. 그녀의 눈이 내게 꽂혀있다. 그녀와 실제로 이야기를 나눈 건 아닌가 하는 생각이 들었다. 완전히 슬퍼지기 전에 다른 전술을 시도하기로 했다. 즐거운 것을 생각하기로. 하자 뭘? 진저는 아니다. 킬러 클럽도 아니다. 《쿠비코바》. 지금은 아니다. 학생들, 아마도. 포르셰, 전철, 참, 생각났다. 진정 나를 행복하게 해주는 것. 전화기를 든다.

"접니다."

"알아."

"음……. 생각하고 있는 게 하나 있어요."

"뭘?"

"제가 글을 쓰고 있는 거 아시죠."

"아, 그래?"

"그래요? 제 생각엔 당신이……."

"내가 뭘?"

"아직 그림 그리시죠, 그렇죠? 그러니까 그려주실래요."

"뭘 그려?"

"내 책 표지. 책 표지를 그려주실래요. 줄거리는 이래요. 체코슬로바키아 출신의 한 여자애가 브라질에서 한 남자를 만나요. 그리고……."

"아, 끊어야겠다. 바를 열어야 하거든. 잘 지내라."

씨팔. 그래, 그 사람이다. 바로 아버지. 내 자존심을 삼켜버린 망할 아버지에게 전화를……. 못된 사람. 나한테 주의조차 기울이지 않는다. 그런데 나는 그걸 기똥찬 생각이라고 여겼으니. 못된 사람. 거기 가는 게 아니었다. "바를 열어야 하거든" 엿 같은 핑계다. "누가 초인종을 누르는구나"라고 말할 수도 있었는데. 그럼 덜 기분 나빴을 것이다. 좋아, 나를 행복하게 만들 수 있었던 전화가 화를 일으켰다. 엄청난 화. 분노가 치민다.

킬러에 도착해 동일한 전술을 쓰려고 했다. 비록 첫 번째 시도는 좌절되었지만.

"에두, 생각이 하나 떠올랐어요. 엿 같은 생각요."

"마조리에 대한 건 아니지?

"아니에요. 걔는 잊었어요."

"아, 잘됐네. 말해봐."

"GB 알죠?"

"아니."

"알아야 돼요. 상파울루 최고의 디제이거든요."

"나하고 무슨 상관이지?"

에두 역시 밥맛 없는 사람이다. 가끔은 말이다. 대부분은 좋지만.

"그 사람 동생은 카를로스예요. 역시 디제이죠. GB는 Gustavo Bell의 약자예요. Bell이 성이고. 그 사람을 하룻밤 초청해야 해요. CBGB의 밤. Carlos Bell과 Gustavo Bell. 퍼펙트하지 않아요? 어때요?" 아주 자신있게 물었다.

"별론데. 그게 누구야?"

"CBGB요. 당신이……."

"파렌하이트, 난 그런 친구들 몰라. 그러니 엉뚱한 말 좀 하지마. 프로그램은 내가 알아서 해. 가서 음악이나 틀어. 손님들이 벌써 왔잖아."

씨팔. 부스 문을 발로 찼다. 제대로 일을 하려고 해도 나만 상처 입는다. 에두에게 벌써 좀 질리기도 했다. 시디를 고르느라 케이스를 자세히 살펴보다가 메기에 대한 생각에 빠져들었다. 내가 비겁했을까? 내가 그저 보통 사람에 불과하다고 겁먹은 게 아닐까? 만약 나한테만 진실을 말했다면? 난 그 사실을 결코 알 수 없을 것이다. 그리고 그녀 또한 나만큼 겁내고 있었다면? 하지만 뭣 때문에 내가 유일한 사람이고, 남과 다르다는 생각을 하게 됐을까? 난 쓸

데없는 생각을 시작한다. 네오는 원one의 애너그램으로, 유일하다는 의미다. 내가 기회를 잃은 걸까? 괴로웠다. 집착으로 변하기 전에 이걸 끝내야 한다. 생각하지 않으려면 무언가 필요하다. 결과가 그리 좋지는 않았지만 동일한 전술을 택했다. 적어도 여기서는 아무도 날 짜증나게 하지 않을 거다. GB의 선곡 리스트 중에서 이선Ethan의 'In my heart'를 고른다. 이어서 'Juliet'. 이제 됐다. 난 점점 더 행복해지고 있다.

"록큰롤 틀어!" 스테이지에서 누군가 소리친다.

나는 그 말을 무시한 채 톰 네빌Tom Neville이 리믹스한 뉴 오더의 'Jetstream'을 튼다. 부스 안에 혼자 서서 춤춘다. 그래 이게 댄스 음악이다. 갑자기 누군가 부스를 두드리는 걸 느낀다. 스테이지에서 고함쳤던 친구다.

"그 밥맛 없는 음악 계속 틀 거야?"

나는 다시 무시한다. 계속 춤춘다.

"이봐, 너한테 말하고 있잖아."

"그래. 알았어."

난 계속 춤춘다.

"여기 얼터너티브록 클럽 아니었어? 이건 댄스잖아. 인디음악, 1980년대, 큐어, 뉴 오더를 틀라고."

"이 노래는 뉴 오더가 부른 거야. 잘 들어봐! 너네 걔들 새 시디 모르지? 이게 'Jetstream'이야. 잘 들어봐."

"진짜네? 이봐, 이 음악 멋진데?"

"내가 말했잖아."

"좋아."

"다음에 내 인디 음악 셀렉션을 틀 테니. 기다려봐."

마음이 바뀐 친구는 스테이지로 돌아간다. 좋은 음악으로 사람을 설득하는 행운을 늘 갖고 싶다. 하지만 그런 일은 아주 드물다. 음악 세계, 아니 무대를 위해 트는 내 음악 세계의 대부분을 지배하는 건 '불관용'이다. 아마 이것 또한 삶에 있어서는 가치 있을 것이다. 어쨌든 마침내 내 전술이 먹혔다. 여기에 오늘의 교훈이 있다. 중요한 건 계속 시도하는 거다. 많은 경우에 있어서(대부분의 경우라고 하자) 결과가 좋지 않다 하더라도. 내가 정말 바닥을 칠 때 이걸 기억할 수 있기를. 한 가지는 확실하다. 난 이 킬러 클럽에 오래 있을 것 같지 않다. 이 클럽은 말 그대로 날 죽이고 있다.

그래, 나는 내가 원래 갖고 있지 않던 것조차 다 잃어버렸다. 진저, 디제잉을 정말 즐겼다는 사실을 깨닫지 못한 채 떠난 좋은 클럽, 아버지가 다시 될 수 있었던 아버지, 진정한 친구가 될 수 있었던 '친구', 그리고 두 번째 만남에 대한 막연하고 신비로운 생각. 이제 내게는 〈쿠비코바〉만이 남았다. 시집을 먼저 내자는 생각은 이미 포기했다. 내가 글을 쓰고 싶은 마음을 잃게 되었을 때를 상상해본다. 이 삶에서는 모든 게 순환적이다. 재생되는 시디의 회전들은 내 삶에 있어 최대의 메타포들이다. 그런데 개같은 되감기 버튼은 어디에 있지? 픽업처럼 내 손에서 돌아갈 수 있을까? 최악의 경우 더 빨리 회전시켜 마지막에 무슨 일이 일어날지 금방 알 수 있을까? 책을 출간할 수 있을까? 사람들은 좋아할까? 내 책을 살까? 내가 그렇게 할 수 있을까?

오늘은 조금 일찍 도착했다. 과대망상증 환자인 에두가 오늘 디제잉하고 싶어한다. 대신 내가 바 일을 해주기를 원한다. 짜증나는 히트곡들이 망치로 때리듯 내 귀에 울린다. 몇몇 곡들은 나 또한 트는 곡이라서 나중에 다시 틀지 않으려고 주의 깊게 듣지만 내 인내심은 금방 사라진다. 내가 또 틀든 말든 모르겠다. 주엉에게 위스키 한 잔을 부탁했다. "스트레이트로 줘" "스트레이트로 마신 적 없잖아" "그러니 지금 달라는 거지" 두 모금째 마시려고 할 때 누군가 옆에 앉아 나를 방해한다.

"자넨 언제나 술 창고를 끝장내려는 사람 같군."

"파······ 파울라웅? 여기 웬일이에요?"

"에두 클럽에선 어떤 손해를 끼치나 하고 보러 왔지." 역시 한 잔을 시킨다.

"잘 지내고 있어요."

"에두랑? 아닐걸." 인정하고 싶지 않지만 이번에는 파울라웅이 옳다.

한 모금 벌컥 마신다. 파울라웅은 날 보지도 않은 채 말을 이어 간다.

"뱅이 그만둘 거야. 문신 가게 차렸대. 대신 일해줄 사람이 필 요해."

"나요?"

"그럼 이 바에 또다른 디제이가 있나? 이 집에서 목, 금요일 일 한다는 거 알아. 두 클럽에서 디제잉해봐. 돈도 더 벌고, 좋잖아."

"내 생각엔 날 좋아하지 않았던 것 같……."

"그건 그래. 그러니 내가 널 좋아한다고 착각하지는 마. 널 다 시 부르라고 졸라대는 지미를 더 이상 견딜 수가 없어서 그런 거 니까."

가끔 파울라웅이 날 좋아할 거로 생각한다고 말한 적이 있다. 그 렇지?

"내가 싫다면?"

"염병할! 지금 그런 말할 때야? 내 인내심을 시험하지 마, 알았 어?"

파울라웅이 팔을 든다.

"좋아. 좋아요. 다시 갈게요."

에두가 스테이지에서 나온다.

"시디 한 장 틀어놨어. 30분 뒤에 네가 해. 파울라웅? 여긴 웬일 이야?"

"자네 디제이 훔치려고 왔지."

"하나도 안 변했구만? 언제나 나쁜 새끼야. 우리 클럽은 어때?"

"별 볼 일 없네. 이제 갈게."

바에 돈을 던지고 등을 돌린다.

"디제이를 훔친다는 말은 무슨 이야기야?"

"수요일에 거기서 일하기로 했어요."

"아, 잘됐네, 하지만 여기도 계속 하는 거지, 그렇지?"

"……아뇨, 안 할래요." 내 일생에서 가장 빨리 내린 결정이다. "언더그라운드 음악은 피곤해요. 좆같은 소리 하나 하자면요, 그런 말 들어도 싸지만, 오늘 남은 시간도 땡칠라고요." 그리고 난 나가버렸다.

거울로 에두가 욕하는 게 보인다. 난 웃으며 계단을 내려간다. 대학에서 광고를 전공할 때 배운 유일한 지식이 생각난다. 전설적인 광고인인 베른바흐Bernbach는 '인생은 개새끼들 옆에서 지내기에는 너무 짧다'라고 말했다지. 난 그 말에 '짜증나는 사람들 옆에서도'라는 말을 덧붙인다. 집으로 돌아가서 오랫동안 목요일 밤에 자지 못했던 잠을 실컷 잤다. 사자들 꿈은 왜 꿨는지 모른다.

패신저 클럽으로의 귀환은 축제였다. 모두가 내게 인사하러 온다. 조나스, 쟈크린느, 쥬닝요(쥬닝요에 대해 이야기 안 했던가? 쥬닝요는 여기서 모든 잡일을 한다), 심지어 파울라웅까지 내게 인사하러 온다. 지미가 마지막으로 왔다.

"모두 널 그리워했어. 염병할, 내가 널 배신했다고 생각했지? 파울라웅이 나한테만 일하라고 했거든. 처음에는 너도 같이 와야만 나도 돌아오겠다고 말했어. 하지만 이 꼰대가 전혀 물러서지 않는 거야. 그래서 내가 먼저 돌아온 다음에 옆에서 압력을 넣는 게 낫겠다고 생각했어."

"그래. 이해해."

"어디 한번 안아봐."

나는 어색하게 포옹한다. 알다시피 난 이런 애정 표현에 별로 익숙하지 않다. 맥주 한 잔을 시킨다. 지미와 쟈크린느가 서로 눈길을 나누는 게 보인다.

"어이, 내가 잘 못 본 거야 아님 둘 사이에 뭐가 있어?"

"쟈크린느랑? 아니, 아무 일 없어."

"얘기해봐. 상관 안 할 테니."

"아무 일도 없어. 사실이야."

"좋아, 좋다고."

지미가 좀 불편해 보인다. 나 또한 계속 물어볼 생각은 없다. 돌아와서 행복하다. 잠깐. 어디 보자. 디제잉하던 당시에는 내가 좋아한다는 사실을 몰랐던 클럽과 진정한 친구가 될 '친구'를 다시 찾았다. 내 인생이 변할까?

"지미, 전화기 좀 줘."

"누구한테 전화하려고?"

"빨리 줘."

"여보세요, 여보세요, 진저, 나야."

"다신 전화하지 말라고 했잖아!"

뚜 뚜 뚜 뚜. 그럴 필요 없는데. 그럴 필요 없는데. 약간 시무룩해진다, 하지만 예상했던 일이다. 지미가 웃고 있다.

"왜 웃어?" 하지만 나도 웃음을 참지 못한다.

"미스터 성질. 쇼타임이야. 사람들이 스테이지에서 기다리잖아. 시작해. 터트려버려. 스테이지에 불을 질러."

사람들이 나를 박수로 맞이해준다. 이런 일이 생기리라고 생각해본 적 없는데. 나를 좋아하는 사람이 있다는 것. 감동했다. 부스에 들어가서 마이크를 들었다. 파울라웅을 보고 그가 허락하지 않으면 마이크를 내려놓을 마음이었다. 하지만 그는 머리를 위아래로 까닥이며 허락했다.

"난 내 인생을 시디와 비교하곤 해. 돌고 또 도는 거지. 원을 그리면서. 아마 인생도 실제로는 단순한 반복일 거야. 내가 무슨 성경에 나오는 탕아는 아니지만 이제 집으로 돌아왔어. 다시 오니 좋네. 모두들, 고마워."

다시 큰 박수가 날 맞이해준다. 날 행복하게 해준다. 어떤 노래로 시작할까 생각한다. 모두가 'Bizarre Love Triangle'를 기다리는 듯하다. 틀림없이 다들 이 노래에 만족해하고 행복할 것이다. 하지만 내가 원하는 노래는 아니다. 난 갑자기 인생에서 선택을 배웠다는 사실을 깨닫게 되었다. 바로 그걸 하고 싶다, 조금씩 내 인생을 의지意志라는 원석으로 변화시키고 싶다. 사람들에게 이해받지 못할 위험이 도사리고 있겠지. 단번에 고독한 길을 걸어가야 하는 위험 또한 만나게 될 거다. 사물의 본질을 만나는 위험에도 부딪힐 거다. 하지만 난 그 길을 갈 것이다.

로린 힐Lauryn Hill의 시디를 든다. 15번째 트랙에 있는 'Can't Take My Eyes Off You'를 골랐다. 그리고 마이크를 잡았다.

"이 노래 멜로디에 맞추어 이걸 썼어."

내가 갖고 있는 원칙들에 대한 선언문이다. 단어로 된 내 인생, 내 음악.

당신을 사랑하지 않게 된 후

나는 혼란스러워

단어들이 오고가지

주변의 사람들처럼

긁힌 시디 같은 내 인생이

같은 멜로디만 반복하고 있어

불규칙한 심장

내 맥박은 약해져가

아주 작은 희망의 신호에 따라

흔들리는 촛불처럼

더 강한 맥박이 내 삶을

다시 살아나게 할 텐데

그랜드 파이널까지 몇 곡이 남았지?
마지막 노래까진 몇 번 돌아야 하지?

전 곡을 뒤에서 앞으로 연주하려면
자살한 마법사처럼 모든 가사를 읊으려면
내 꿈이 전부 이진 코드와 악보로
표현되길 원한다면

높게 낮게 읽혀지는 내 감정들
길고 짧은 내 모든 사랑들
잠시 멈췄다 계속되는 내 삶
부조리한 음표의 내 교향곡을 어떤 회전으로 연주해야 하나

측정할 수 없는 키스 속 대답
순진한 애무 속 행복해지고픈 마음

돌고
또 돌고
돈다

내 위대함은 어디로 갔나
허공에서 돌아가는 연기

쓸쓸한 입가에 텅 빈 컵들
내가 느끼고 있던 불행은 어디로 갔나
숙명. 내 두 눈에 넘치는 눈물
이 많은 절망을 어디다 쏟아부었나

내일의
잊히고 낡은 멜로디에 대한
새로운 사랑과 인생
더 이상 혼란스럽지 않은
더 이상 사랑받지 않는
더 이상 꿈꾸지 않는
더 이상 느껴지지 않는

원 속에서 만져지는 나이처럼
영혼의 깊은 주름으로부터

너를 사랑하게 만든
이 음악을 한 번 더 연주하는 동안
나는 또다시 혼란스워져

스테이지 전체가 침묵에 잠겼다. 난 고개를 숙인다. 아무도 내
가 쓴 시를 좋아하지 않는 것 같다. 모든 게 내 바람이었을까? 내

가 사람들을 당황하게 만든 걸까? 사람들이 위축되었을까? 침울해져서 다음 시디를 찾는다. 그때 안쪽에서 누가 박수를 치기 시작했다. 난 고개를 들어 쳐다본다. 파울라웅이다! 이어 모든 사람들이 박수를 치기 시작했다. 휘파람을 부는 사람도 있다. '우후후' 하는 소리가 들렸다. 파울라웅은 몹시 감동해서 부스 가까이 왔다.

"좋았어, 파렌하이트! 좋아, 아주 좋아! 디제이 시인이라고 해야겠다. 하하. 좋았어, 파렌하이트!" 청중을 향해 몸을 돌린다. "디제이 시인. 하하!"

이런. 이런. 누가 이럴 줄 알았을까. 넌 내가 얼마나 행복한지 모르겠지. 왜인지 무척 부끄러웠다. 나는 급히 다음 시디를 올려놓았다. 'Bizarre Love Triangle' 이 스테이지에 퍼지는 동안 내가 아직도 사람들에 대해 전혀 모를지도 모른다는 생각을 하기 시작했다. 그날 가장 재미있었던 건 파울라웅이 춤추는 스텝을 몇 번 밟았다는 것이다. 나는 파울라웅이 춤추는 걸 본 적이 없다. 마침내 나는 아마도(좋다, 아마도라는 말은 취소한다) 그가 나를 좋아할 거라는 확신을 가지기 시작했다. 진정으로 말이다.

집으로 돌아오고 나서 난 파울라웅의 얼굴을 상상하며 혼자 웃고 있다. 그럴 줄 누가 알았을까. "거친 사람들도 역시 느끼네?" 하는 생각이 든다. 하나는 깨달았다. 나는 장점 외에도 작은 결점이 있는 사람들을 좋아한다. 그래, 그런 결점들을 좋아해야만 한다.

그게 사람들을 사람답게 만들고, 다르게 만드는 것이다. 넌 내가 너무 많은 단어들을 반복하고 있다는 걸 눈치 챘을 거다. 난 친구가 없다, 감정의 기복이 아주 심하다, 욕도 많이 한다, 결점투성이이다. 하지만 이런 게 없는 나를 상상해봐. 더 이상 내가 아닐 것이다. 작은 결점들. 그게 나를 사람답게 만들고 인간적으로 만든다. 네가 좋아하는 사람들에게서도 이 같은 사실을 깨달을 수 있을 것이다. 내 의견에 동의하지 않는다 해도 최소한 지금은 내 뜻을 알 거다. 작은 결점들. 내가 사람들의 결점을 좋아할 때 비로소 그들을 좋아한다는 것. 나를 너와 똑같은 뼈와 피를 가지게 만든 것은 인간적인 결점들이다.

그러다가 에두의 표정이 생각나 다시 웃었다. 내가 너무 큰 충격을 준 것 같다. 거기에서 일할걸 그랬나? 그럼 더 많은 돈이 들어왔을 텐데? 아니다. 디제잉을 시작했을 때 별 볼 일 없는 여러 군데서 밤새, 혼자 그것도 거의 일주일 내내 일했던 시절이 기억난다. 처음에는 재미있었다. 하지만 그다음에는 노동일 뿐이었다. 아주 힘든, 피곤한 노동이었다. 이제 그런 일은 필요 없다. 더구나 이제 패신저 클럽에서의 내 위치가 올라갔다. 금요일에도 일한다. 파울라웅과 계약을 맺었다. 이틀에 350헤알. 게다가 보너스로 한 달에 1500헤알을 더 받는다. 행복해서 미칠 지경이다. 낭비하지 않도록 관리해야 한다. 내가 돈 관리를 제대로 못한다는 걸 넌 알거다. 버는 돈을 족족 다 써버리곤 했다. 유일하게 내가 모았던 건 수업하면서 받은 몇 푼 되지 않는 돈이다. 수업이 그립다. 그리움(내가 잘 모르는 또다른 단어)을 등급으로 매긴다면 진저가 제일이고(당연하다), 그다음이 수업, 세 번째가 최근에 알게 된 메기이다.

전화벨이 울린다.

"여보세요? 찰리? 어떻게 지내? 정말 오랜만이네?" 누군가 나를 그리워했구나. 그건 좋다.

"이사하려고."

"아 그래? 어디로? 그럼 만나서 하룻밤 같이 놀아야지."

"안 될 것 같아."

"무슨 일 있어?"

"내가 오래갈 것 같지 않아."

"농담해? 어디 아파?"

"아니. 그 망할 학생용 승차권 땜에."

"잠깐. 누가 협박해?"

"온 사방에서. 승차권 판매상부터, 갱단 두목, 경찰. 더구나 10헤알 승차권이 없어질 거라는 소문이 돌고 있어서……."

"젠장! 왜 나한테 말 안 했어?"

"미쳤어? 그건 내 거야. 나만의 것이라고. 그냥 넘겨줄 수 없지. 원하면 자기들이 해보라고 해. 게다가 난 죽는 게 두렵지 않다고. 이미 죽었잖아, 잊었어?" 그래. 찰리는 그 말을 반복하곤 했다.

"하지만……."

"내 말 잘 들어. 시간이 많지 않아. 내 전화도 도청당하는 것 같아. 공중전화에서 걸고 있어. 모든 통신 수단을 사용하지 않을 거야. 잠시 어디 가서 숨어 있을 거야. 내가 걱정하는 건 친구들이야. 누가 너를 찾아와서 물어도 넌 나를 모르는 거야. 알았지?"

"뒤를 밟는다고? 지나친 걱정 아냐?"

"그랬으면 좋겠다. 하지만 넌 그쪽 사람들을 몰라. 게다가, 한 가지만 알아둬. 돈이 걸려있을 때는 놈들 전부가 광적으로 변한다고. 이제 가야겠다. 아…….. 만일 우리 다시 못 만나게 되면, 널 알게 돼서 정말 좋았다는 것만 기억해. 알았어. 오, 사탄이여, 내 오랜 불행을 불쌍히 여기소서!"

그는 마지막으로 보들레르를 읊었다. 난 무슨 말을 해야 할지 몰랐다. 무언가 도와줄 수 있지 않을까 생각하며 수화기를 들고 있었다. 하지만 아무 도움도 생각할 수 없었다. 영향력 있는 친구도 없고 경찰 쪽에 아는 사람도 없다. 또한 내가 안다 해도 무슨 소용이 있을까? 그저 내게는 찰리의 인생이 자기가 원하는 대로였다라는 위안만이 남았다. '자유로운 추락.' 넌 그게 슬프다고 생각할 수 있다. 하지만 나는 찰리가 위대한 순간에 이르러 미소를 지으리라는 확신을 가진다. 슬픔과 즐거움이 섞인 이상한 감정이 한꺼번에 밀려온다. 찰리의 친구라는 사실이 자랑스럽다. 그는 자신이 원하는 대로 살았고, 언제나 바랐듯 그렇게 죽을 것이다. 하지만 난 한 순간 그렇게 쉽지는 않을 거라는 걸 깨닫는다. 나는 계속 삶에 대해 말하고 있는 거지 죽음에 대해 말하고 있지 않다. 우리 어머니나 내 단호한 성격 때문일 수 있다. 네가 좋아하는 사람을 더 이상 만날 수 없다고 생각하면 그건 쉽지 않을 거다. 그래, 나는 그걸 잘 이해한다. 아프다는 걸 안다. 그것도 아주 많이. 내 신경을 무디게 만들 무언가를 생각하려고 할 때 전화벨이 다시 울린다.

"찰리? 찰리?" 아무 소리가 없다. "제발, 말해!"

이상하게도 벨이 계속된다. 전화가 아니라 인터폰이었다.

"네, 세베리노, 무슨 일이에요?"

"여기 마고리란 여자가 왔어요."

"마고리? 뭐라고요?" 아, 아니다. "마조리 아녜요?"

"물어볼게요……. 네."

"올려보내줘요, 당장!"

믿을 수가 없다. 불쑥 나타났다. 뭘 원하는 것일까? 되는 대로 아파트를 치운다. 머리를 빗고 문고리를 열어놓는다. 메기가 초인 종을 울린다.

"들어와, 메기……. 마조리."

그녀는 피곤해 보인다. 화장이 번져있다. 코트는 한쪽으로 걸치고, 핸드백은 반쯤 열려 있다. 망사스타킹에다 검은 치마, 꼬은 은색 벨트를 하고 있다. 그녀만 한 여자애가 셋은 들어갈 만한 코트 안에 검은 톱을 입고 있다.

"밤이 좋았나봐?"

그녀는 아무 말 없이 신발을 벗고 들어온다.

"자야겠어." 그리고 침대로 위장한 내 매트리스에 머리를 처박는다.

"하지만……."

메기는 이미 꿈나라에 있다. 난 그녀를 바라보며 생각에 잠긴다. 코트를 벗겨서 조심스레 접어놓는다. 담요를 덮어주고 식탁에 앉아 고독에 대한 장을 하나 더 쓴다.

난 갑자기 놀라서 깨어나 메기를 찾는다. 잠깐 졸았다. 그녀가 침대에 없다. "또야?" 하지만 부엌 문쪽에서 슬리퍼 끌리는 소리가 들린다. 메기다. 내 티셔츠를 입고 있다. 티셔츠만 입고 있다.

"자, 커피 준비했어. 마실래?"

"그러지. 어제는 무슨 일이야?"

"너무 취했는데 네 집만 기억나는 거야."

아마 그녀는 거짓말하고 있을 게다. 대신 이렇게 말하고 싶었을 거다. "내가 마지막으로 알게 된 사람이 바로 너야. 다른 곳에는 갈 수도 없고, 날 받아주지도 않아."

"어떻게 지냈어?" 진정해. 말을 잘 가려야 한다. 조심스럽게.

"잘 지냈어, 넌?"

"좋았지. 하지만 엄마가 걱정 안 해?"

"엄마는 상관 안 해. 키스해줄래?"

"뭐라고?"

"키스. 이렇게." 그녀가 내게 키스한다. 그녀는 정말 예측할 수 없다. "내가 정말 널 좋아한다는 걸 알아?"

"그래?"

"오랫동안 이런 적이 없어."

"정말?"

"왜 그래? 날 의심하는 거야?"

"아……. 아니. 학교는 어때?" 에둘러 시도하기로 한다.

"아, 아주 잘 다니고 있어!" 그녀는 흥분한다. "시나리오까지 쓰고 있거든. 들어봐. 주인공은 두 사람이야. 나이 어린 여자애와 남자애. 여자애는 열네 살이나 열다섯 살이고. 남자애는 열한 살. 둘이서 코카인 가루를 만드는 장면으로 영화가 시작해."

"그럴 수밖에 없겠네."

"끝까지 들어봐. 카메라는 손과 얼굴만 상세히 보여줘. 끝에 가서야 둘이 벽에 기대 있는 걸 보여줘. 머리를 양 옆으로 계속 흔들고 있는 남자애보고 여자애가 이렇게 말해. '내 눈이 어릴 때 깨끗했다는 거 아니? 파란색이었어. 그리고 시간이 지나면서 흐려졌지. 지금은 회색이야.' 어때. 여기까지 썼어."

내가 무슨 말을 할 수 있을까? 이 여자애는 너무나 상상력이 풍부해서 자신이 한 거짓말까지도 믿고 있는데. 사실 줄거리는 좋다. 달리 무슨 말을 할 수 있겠는가.

"좋네. 어떻게 끝나?"

"아직 몰라. 둘 중 하나가 죽어."

"슬프네."

그녀와 이야기하는 동시에 추리해보려고 한다. 만약 에두가 거짓말했다면? 결국 누가 진실을 말하지? 결국 진실은 무엇이지? 혼란스러워진다.

"에두를 안다고 했지."

"응, 그 새끼 알아. 내 면전에서 다른 여자랑 놀았고, 내가 미쳤다는 말을 퍼트렸지."

"정말?"

"그래."

난 생각한다. 사실일까 혹은 또 지어내는 걸까? 혼란스럽다. 무척 혼란스럽다.

"그 사람 말을 믿는 거 아니지, 그렇지?" 이 말을 하면서 그녀는 얼굴을 돌린다. 그리고 매트리스에 앉아 허리춤에 셔츠를 묶는다. 날 유혹하고 있다. 그리고 성공하고 있다.

"신분증 보여줄 수 있어?"

그녀는 화가 나서 일어난다.

"날 믿지 않는다는 거지? 핸드백이 저기 있으니까 직접 뒤져봐. 그러면 난 떠나버릴 거야. 네가 날 신뢰하지 않는다는 걸 알기 때문에. 네가 뒤져보고 내가 말한 게 진실이란 걸 알게 되면 죽을 만치 후회할걸. 아, 하나 더 있네. 백에 아무것도 없을 수도 있어. 그럼 미스터리가 더 커지겠지. '집에다 놔두고 온 걸까, 아님 에두가 말한 게 사실일까.' 어떻게 할 거야?"

이런 장면을 어딘가에서 본 것 같다. 어떤 영화에서 말이다. 하지만 결정을 내리기는 언제나 어렵다. 백을 열어보고 싶다. 생각에 잠긴다. 사람들의 정체를 아는 게 그렇게 중요한 것일까? 진실은?

동기는? 나 또한 비판의식을 잃고 있는 걸까? 나도 미쳤을까? 더 알고 싶니? 나는 백을 집어든다. 그리고 거실에서 가장 먼 곳으로 던져버린다. 백은 바닥에 떨어지면서 커다란 소리를 낸다.

"내 바하 플라워 에센스 병을 깬 것 같은데." 그녀는 웃었다.

그래, 나는 그녀에게 반했다. 나머지는 예상한 그대로다. 메기가 말하듯 '우리는 빠구리했다'. 하지만 메기가 그 단어를 사용하는 것은 단순한 기계적인 행동을 뜻하지는 않는다. 그 반대다.

우리는 오후 내내 섹스하고, 각자의 인생을 이야기하며 보냈다. 내가 가장 놀란 건 그녀가 절대로 모순에 빠지지 않는다는 것이다. 혹시 그녀가 천재이거나 세상에서 가장 이색적인 인생 이야기를 갖고 있는지도 모른다. 이 세상에 그렇게 자세히 거짓말할 수 있는 사람은 아무도 정말 아무도 없을 거다.

오후 4시경 제법 피곤해진 우리는 점심을 먹기로 했다. 파울리스타 거리의 식당을 골랐다.

"그 식당은 너무 고급 아니야?"

"걱정 마, 내가 낼 테니까."

"그럼 좋아."

사실 고급 식당이다. 내가 돈이 없다는 걸 넌 알고 있지. 하지만 고급인지 아닌지는 나도 확실히 안다. 무언가를 고급으로 만드는 건 단순함과 좋은 기호이지 지나치게 화려한 장식은 아니다. 하지만 여기저기에서 '이게 얼마나 비싼가 봐' 하고 말하는 안내판이 보이는 듯했다. 무시하기로 했다. 그러면 내가 왜 여기 왔을까? 메기에게 강한 인상을 주고 싶었기 때문이다. 그녀가 나를 믿을 만한 사람이라고 생각하도록. 어쩌면 내가 그녀를 잘못 판단했을 수도 있다. 나는 묻는다.

"그래, 좋아?"

"너무 좋아. 여기 대단한데." 그래. 그녀는 믿는다.

"메뉴는 정하셨습니까?" 웨이터가 묻는다.

"아, 그래요. 연어가 좋겠네요. 메기…… 마조리?"

"나는 여기 구운 야채와 감자를 곁들인 안심 요리."

"잘 선택하셨네요. 그럼 좋은 시간 보내십시오." 웨이터가 돌아선다.

"이봐요, 아직 안 끝났어요. 안심은 빼고 줘요."

"네?"

우리는 동시에 말했다.

"그래요. 채식주의자거든요. 안심은 빼고 줘요."

그렇다면 샐러드를 주문하면 되잖아? 우리는 말없이 가만히 있었다. 웨이터는 당황해서 물러갔다. 아무리 말을 논리정연하게 한다 해도 그녀는 미쳤다. 우리는 집으로 돌아갔다. 섹스하고 음악을 듣다 영화에 대해 이야기했다. 꼭 이 순서대로는 아니지만.

"이상해. 널 알았을 때, 정말 미친 여자처럼 담배를 피웠잖아. 그다음에는 끊었고. 지금은 또다시 미친 듯이 피우네. 왜 그래?

"특정한 상황에서만 피워."

"예를 들어서, 어떤?"

"무언가 기다리고 있을 때."

"뭘 기다리고 있는데?"

그녀는 침묵한다.

"나는 사람들이 계속 섹스만 한다면 세상의 모든 문제들이 다 해결될 거라고 생각해. 세상에서 가장 큰 문제는 사람들이 섹스를 계속하지 못한다는 거지. 멈추고 대화를 해야 돼. 그게 모든 걸 다 망쳐."

그녀가 화제를 돌리려 한다는 느낌을 확실하게 받았다. 하지만 다시 물어볼 용기가 나지 않았다. 그녀가 내게 어떤 답을 할까. 솔직히 나는 그녀가 무엇을 기다리고 있는지 알고 싶지 않다. 가끔 무지는 위대한 축복이다. 이런 특별한 경우에는 다시 물어보지 않는 게 낫겠다.

"나가야 돼. 시디하고 레코드판을 가지러 발테르 집을 들를 거야. 같이 갈래?"

"귀찮아. 옷을 또 입고 싶지 않아." 그녀는 다시 내 티셔츠만 입은 채였다.

"좋아. 오래 걸리지는 않을 거야. 돌아와서 플라밍고 클럽에 가자. 제 카를로스Ze Carlos가 디제잉한대."

"정말? 너무 좋아하는 디제이야. 리스트가 끝내주거든."

"좋아할 줄 알았어."

기호를 이해하는 사람이 곁에 있으면 정말 좋다. 그녀는 내게 키스하더니, 내가 너무 좋다고 속삭인다.

난 휘파람을 불며 길을 걸어간다. 행복하다. 패신저 클럽에서도 모든 게 잘되고 있다. 메기와의 관계도 다 잘되고 있다. 더 기쁜 건 진저를 생각하지 않게 된 지 제법 되었다는 것이다. 거의 하루가 되었다! 하하하하. 발테르 집에서 플라밍고 클럽에 예약했다. 그곳은 좀 무리인 감이 있다. 하지만 중요한 건 같이 간다는 것이다. 이제 모든 게 잘될까? 내게 행운이 미소 짓고 있을까? 진저보다는 메기가 나한테 더 맞는 여자라고 생각하기 시작한다. 진저는 너무나 완벽했고, 나는 아니었다. 아마 그런 내가 그녀에게 맞지 않았을 거다. 메기는 나처럼 실패한 여자다. 나처럼 가슴에 구멍이 나 있다. 내가 그녀를 도와주든가, 그 반대로 그녀가 날 도와줄 수 있다. 심지어 우리는 행복한 부부같다. 더 할 이야기가 없을 때는 영화에 대해 이야기할 거다. 우리만의 세계에서 살아갈 것이다. 나는 언제나 그녀의 상처를 고쳐주고, 그녀를 지지해주고 앞으로 나아갈 준비가 되어 있을 것이다. 언더그라운드 노랫말처럼. 피할 수 없는 고통이라면 겪어낼 것이다. 하지만 함께다. 참을 수 없는 아픔이라면 울 것이다. 하지만 함께다. 어깨를 안고 거리를 쏘다닐 것이다. 서로의 눈물을 닦아줄 것이다. 우리는 모든 것으로부터, 모두로부터 서로 보호해줄 것이다. 생존할 것이다. 아름다운 사물의 이름으로 우리를 아프게 하고 우리를 구해주는 것으로부터 우리는 상호

신뢰라는 치료약을 선택할 것이다. 그래, 계속할 거다. 누구도 더 이상 삶으로 인해 고통받지 않을 것이다. 우리는 직면해나갈 거다. 우리의 운명이 가장 완전한 패배일지라도 우리의 존엄성을 건드리지 못하도록 할 거다. 투쟁할 것이다. 오늘부터 우리는 세상과 싸우고 결과에 연연해하지 않을 것이다.

비디오 숍에 들른다. 파티에 가기 전에 영화 한 편을 보면 좋겠다. 재미있는 영화를 찾으려고 이리저리 뒤져본다. 하지만 내가 만난 건? 안토니오니의 〈라 노테〉. 판매용이다. 의심할 여지가 없다. 좋아할 거다. 선물용으로 포장해서 급히 나온다. 이걸 보면 그녀는 미칠 거다. 나는 뛰어서 집으로 간다.

엘리베이터가 내려오는 데 시간이 걸린다. 보고 싶어 기다리기가 힘들다. 계단을 뛰어 올라간다. 숨이 차서 도착한다. 문고리를 돌린다. 열려 있다.

"너한테 가져온 게 있어."

하지만 내 기쁨은 내 앞에 펼쳐져 있는 장면으로 인해 한순간 절대적인 공포로 변한다. 태풍이 거실을 휩쓸고 지나간 것 같다. 모든 게 제자리에 있지 않다. 심지어 내 원고조차 집 안 여기저기에 흩어져 있다.

"메기? 메기? 어디 있어?"

강도가 들었나. 하느님. 인터폰을 든다. 인터폰을 들다 알지 못할 전율이 온몸을 스치고 지나간다. 이럴 순 없어. 이럴 순 없어. 인터폰으로 물어보는 게 겁난다. 수화기를 내려놓는다. 진정해. 누군가 여기 들어와서 메기를 데리고 갔을 거야. 그녀가 아는 누군가가 말이다. 아마 질투 많은 옛 남자친구나 약 딜러. 하느님, 그것 말고는 없지요. 하지만 의심이 나를 떠나지 않는다. 어느 한 곳을 보는 게 겁이 났다. 오직 한 곳. 내 장롱 두 번째 서랍 안에 갈색 가죽 지갑. 지갑은 당연히 그 안에 없었다. 다 뒤집어져 있다. 하느님, 오 하느님. 이건 아니죠. 거실을 찬찬히 훑어보았다. 마침내 지갑을 찾았다. 절망해서 열었다. 아무것도 없다. 내 세계는 무너졌다. 이럴 수 없다. 하지만 날 더욱 더 좌절하게 만든 건 지갑 안에 있는 종잇조각이었다. 무너지듯 앉았다. 메모에 무슨 내용이 써 있을까? "미안해요, 돌려줄게요." 그거다, '도시에서 가장 미친 여자애'가 모아둔 내 돈을 다 가지고 갔다. 정확히 800헤알. 집세를 비롯해 여러 곳에 지출할 돈. 나는 얼마나 순진한가. 머리를 한 대 맞은 느낌이다. 우습기까지 했다. '함께 고통을 겪을 것이다. 함께 다닐 것이다. 함께 울 것이다' 얼마나 바보같은가? 너무 부끄럽고, 침울하고, 힘이 빠진다. 그냥 웃어버렸다. 비웃듯 긴 그런 웃음이다. 난 허공으로 원고를 던져버린다. 그녀가 날 사랑한 게 아니었나? 나한테 반하지 않았던가? 우리는 서로 반하지 않았던가? 싸우고 나서 '자 이야기해봐. 사랑이 무슨 소용 있어?' 라고 이야기했던 진저가 기억난다. 사랑이 무슨 소용 있어? 똑같은 질문을 메기에게 던져본다. 결국, 사랑이 무슨 소용 있어?

바닥에 무너지듯 누워 깊은 잠에 빠진다.

모든 게 그저 꿈이었으면 하고 깨어난다. 그러니까 악몽이었으면 하고 말이다. 하지만 내 손 안에 원고를 느끼면서 그게 아니란 걸 안다. 거칠게 고함쳤다. 망했다. 어린아이처럼 '배가 고파도 갚을 건 제대로 갚아라' 라고 하시던 어머니 말이 기억날 뿐이다. 갑자기 아무것도 없다. 먹을 것도, 더구나 갚는 데 써야 할 돈은 더더욱 없다. 그 망할 여자애를 죽이고 싶다. 어떻게 그런 사기꾼의 말에 넘어갈 수 있었을까? 마치 내가 경제사범의 희생자같이 느껴졌다. 씨발, 왜 나한테 돈을 빌려달라는 말을 안 했을까? 이제 난 무얼 하지? 그러자 모든 게 다 아귀가 맞는 것 같다. 갑자기 일어나서 눈을 뜬다. 숨 쉬는 의지조차 잃어버렸다. 금요일이다. 디제이 일을 하는 날이지만 이렇게 누워 있다, 아무런 반응 없이 누워 있다. 다시 긴 잠이 들었다. 전화벨에 놀라서 깬다.

"여보세요? 지미, 너야? 진정해. 잔소리 그만해. 그만하라고. 좀 기다려."

일어나서 얼굴을 씻는다. 자지는 않았다. 코마 상태였다.

"파울라웅이 화낼 거라는 건 알아. 하지만 몸이 안 좋아."

"어딘가 안 좋은데? 아픈 거야?"

"아니, 그것보다 더 나빠."

"더 나쁘다니? 뭐가 더 나빠?"

"여자애랑 얽혔는데."

"알겠다. 차였구나, 또? 농담이야. 그래, 나쁘겠네."

"더 나빠."

"뭐가 더 나빠? 에이, 파울라옹이 지금 내 귀에다 대고 고함친다."

"몸이 안 좋다고 해. 아프다고. 부탁해."

"하지만 무슨 일이야?"

"그 염병할 계집애가 내 돈을 다 갖고 튀었어."

"넌 돈 안 모은다며?"

"그건 그래. 하지만 수업해서 번 돈이 있었어. 생활비."

"얼마?"

"800헤알."

"그럼 이제?"

"망했지. 지미, 지금 얘기할 기분이 아냐. 몸이 안 좋다고 말해줘, 됐어? 나중에 다시 이야기해."

"알았어……. 몸이나 추슬러."

전화선을 벽에서 뽑아버린다. 더 이상 그 누구와도 이야기하고 싶지 않다. 해결책이 무엇일까 생각하며 집 안을 돌아다닌다. 호베르투에게 부탁해 볼까. 아니다, 그러고 싶지 않다. 하지만 무얼 해야지? 찰리는 틀림없이 날 도와 줄 수 있을 거다. 하지만 지금은? 다시 무얼 해야 할지 모르겠다. 하지만 이번에 날 아프게 한 건 배신감이다. 돈은 아마 어디서 구할 수 있겠지만 난 살고 싶은 마음마저 잃었다. 모든 게 너무나 피곤하기만 했다. 더 나쁜 게 뭔지 말해줄까? 내가 메기에 대해 화를 낼 수가 없다는 사실이다. 잘못된 인생 탓이라고 치부한다. 너무나 슬퍼 움직일 수조차 없다. 죽은 바퀴벌레처럼 눈을 감고 누워 있다. 여기저기 흩어져 있는 원고를 느끼는 육체로 인해 나는 더욱 슬퍼진다. 내 인생이 아파트에 흩어져 있다. 하수구 입구로 흘러가는 물처럼 나 자신이 비워져간다. 이제? 중요한 게 뭐지? 치료방법을 생각하려고 해보지만 할 수 없다. 머리로 'Bizarre Love Triangle'을 연주하려고 했다. 하지만 고통, 거부, 상실이라는 트라이앵글의 사랑을 겪고 있다는 걸 깨닫는다. 날카로운 세 개의 각이 나를 크게 상처입힌다. 마침내 내가 이 노래를 좋아하는 이유를 발견한다. 내 삶을 이루어왔던 수많은 세월 동안 나는 처음으로 자살을 생각한다. 어머니와 나 자신에게 어떤 상황이 와도 언제나 삶을 선택하겠다고 약속한 내가 약해지기 시작한다. 이 상처를 치유할 수 없을 거라는 단순한 생각이 날 벼랑 끝으로 몰고 간다. 어머니가 살아 계셨다면 나를 막았을 것이다. 팔을 옆으로 펼치고 내 앞에 서 있었을 것이다. 그리고 내가 계속 가려하면, 내 발을 꼭 붙잡고 가지 못하도록 했을 것이다. 하지만 어머니는······.

어머니에 대한 생각이 이런 자살하고픈 유혹을 떨쳐버리게 하는 유일한 생각은 아닐 게다. 어머니가 지금의 내 상태를 봤다면 날 때렸을 것이다. 그러고선 함께 울었을 것이다. 아버지는 떠나버렸고 우리에겐 가난만이 남겨졌다. 어머니는 차고에다 문을 내고 사탕을 팔았다. 밤에는 생계를 위해 바느질을 했다. 가장 기억이 생생한 건 미안한 마음이 들어 어머니를 돕겠다고 할 때였다. 아주 늦은 시간에 재봉틀 돌아가는 소리가 내 양심을 쉬지 않고 두들겼다. 방문을 열고, 거실에 가서 재봉틀 옆에 앉았다. 그리고 나는 마감질을 시작했다(가위로 실밥 끝을 자르는 것인데, 그러면 장당 50센타부를 더 주었다). 어머니는 바느질을 멈추고 내 손에서 가위와 옷을 뺏었다. '앞으로 절대 하지 마. 이건 네 일이 아냐. 넌 이런 일 하라고 태어난 게 아냐. 공부에나 집중해.' 그리고 어머니는 다시 바느질을 했다. 지금 나는 어머니에게 '어머니, 왜 내가 태어난 거죠?'라고 물어보고 싶다. 내 삶에 어떤 의미가 감추어져 있다고 어머니는 생각했던 것일까. 이제 어머니 생각을 하지 않겠다고 나 스스로 약속한 이유를 넌 이해하겠니? 죽음의 고통처럼 나는 괴로웠고, 지금도 여전히 괴롭다. 여기 이 지상에서 어머니가 사는 하늘나라를 만들고 싶었다. 결코 흔들린 적 없는 내 어머니. 대입 시험에서 합격했다는 소식을 전하러 집으로 뛰어갔던 때가 생각난다. 그건 어머니의 꿈이었고 내 꿈이기도 했다. 나는 믿었고, 상파울루 대학에 합격했다. 하지만 갑자기 장난기가 발동했다. 집에 도착하니 어머니는 빨래를 하고 있었다. 어머니가 몸을 돌리며 '그래, 어떻게 됐어?' 하고 물었다. 난 '안 됐어요. 떨어졌어요' 하고 대답했다. 그러나 어머니는 슬픈 표정을 짓지 않았다. 그저 나를 끌어안고 '괜찮다, 아들아. 다시 하렴' 하고 말했다. 그리고 빨래를 계속했다. 그제야 나는 '거짓말이었어, 엄마. 나 붙었어! 우리가 해냈어!' 하고 다시 말했다. 그러자 어머니는 앞치마를 끄르고 나를 끌어안았다. 우리는 울었다. 어머니는 한 번도 내게 물은 적이 없다. 그 어떤 것에 대해서도 물은 적이 없다. 사회가 강요한 성공 모델을 내가 믿지 않은 것에 대해서는 책임을 느낀다. 하지만 내가 진정한 인생이란 위대한 발견을 하게 된 것은 전적으로 어머니 덕분이다. 너는 내가 대기업에서 일했었다는 사실을 모를 것이다. 그것도 다국적 기업에서. 사람들은 내 미래가 보장되어 있다고 이야기했다. 진정한 삶은 사무실 밖에서 일어난다는 사실을 깨달았을 때 사람들이 나에게 한 말이었다. 난 거리로 발을 내디뎠다. 나는 아웃사이더 정신과 아카데믹한 규율을 배웠고, 길거리 철학과 전통적 교육을 지니고 있었다. 결국 나는 인생의 양 끝을 묶을 준비가 되어 있었다. 본질을 찾아, 사람들 대부분이 갖고 있는 감정 언저리에서 나 자신을 찾을 준비가 되어 있었다. 인생의 아픔과 부적응을 치료하기 위한 방법을 찾아야만 했다. 그렇다. 찢어진 내 감정을 치료할 방법은 내 아파트에 흩어져 있다. 카드를 섞고 하나씩 나누어주듯 내가 이해할 기회가 바닥에 흩어져 있다. 내 운은 끝났다. 손을 뻗어 원고지 한 장을 아무렇게나 집는다. "옷을 재봉틀로 박는 동안 그녀는 모든 시간의 씨줄을 펼 수 있을 것이다. 한 번에 한 개의 별. 별자리를 수놓은 자리에 드문드문 희망을 수놓는다. 파란색, 빨간색 그리고 하얀색. 네 가족. 비단 자투리와 이를 나누는 바느질 선들. 벨벳 혁명*. 손가락 하나하나마다 잃어버린 자존심의 약속이 걸려 있다. 합쳐질 수 없는 운명을 바느질하려는 사람의 몸짓이다. 그녀는 한줌의 별을 더 찾으려 창밖을 내다본다. 행성들, 위성들, 옷에다 우주 전체를 박아 넣을 것이다. 그녀는 손을 뻗쳐서 저 높은 곳에 감추어진 슬픔의 비밀을 잡으려 한다. 그 비밀이 사랑하는 사람 주변을 신비롭게 맴돌고 있다는 사실을 알지 못한 채." 부분적으로는 잘 알려지지 않은 지난 세기 작가인 제임스 알렌**에 대한 경의의 표시였다. 난 원고를 구겨서 힘껏 벽에다 던져버린다. 또다른 원고를 집어 든다. '나는 딸이 둘 있었으면 했다. 첫째는 셀마, 둘째는 루이스' 다시 구겨버린다. 이마에 팔을 올리다 갑자기 어머니 생각을 하게 된 이유가 생각났다. 내일이 내 생일이다. 오랫동안 내 생일은 어머니와 나 둘만의 것이었다. 어머니는 언제나 케이크를 직접 만들었고, 내 나이에 맞는 양초를 샀다. 돈이 있는지 없는지는 한 번도 개의치 않았다. 그리고 나는 언제나 선물로 양말을 받았다. 어머니는 항상 웃으면서 '너한테 행운이 있으라고' 하고 변명하곤 했다. 당연히 어머니만이 양말을 사줄 수 있었다. 매년 나는 일부러 놀라는 척했다. 이제 케이크도, 어머니도, 양말도 없다. 내게 부재하는 것들의 요약이다. 난 누워서 팔을 옆으로 펼친다. 바닥에 등을 대고 기어간다. 고독의 바다에서의 수영. 떠다니는 것. 잊어버리는 것. 떠나는 것.

"아들, 하나만 약속해 줄래?"

"뭔데요, 엄마?"

"약속해줘……."

---

* 피흘리지 않고 시민혁명을 이룩한 것을 비유할 때 사용하는 용어. 1989년 11월 하벨이 반체제연합인 시민포럼을 조직해 공산 독재체제를 무너뜨릴 때 피 한 방울 흘리지 않고 체코슬로바키아의 민주화 시민혁명을 이룩한 데서 유래.

** James Allen. 영국의 저명한 작가로 '인생철학의 아버지'로 불린다.

"뭘, 엄마."

"포기…… 죽는 것에 대해."

"엄마……."

"날 더 고통받게 하지 않을 거지, 그렇지? 난 어떤지 알아. 우리 아프잖니."

"……"

"약속하지? 내가 떠나간 뒤에도?"

"엄마, 난 죽지 않을 거예요."

"약속할 거지?"

"약속해요, 엄마. 약속한다고요."

내가 태어난 날에 모든 걸 끝내버리는 것도 나쁘지는 않겠지. 어머니는 내가 삶을 선택하도록 도와줄 것이다. 하지만 지금 내가 생각하는 것은 오직 어머니에게 가는 것이다. 내가 마지막으로 쓸 글이 자살에 대한 메모가 아닐까 생각해본다. 하지만 누구를 위해? 무엇을 위해? 날이 어두워져감에 따라 나는 바닥에 널브러져 있는 원고 몇 장을 더 구기면서 상상의 메모를 쓴다. "내 생일 축하합니다, 내 생일 축하합니다, 이런 좋은 날에 행복과 장수長壽가 가득하기를 빕니다"라는 생일축하 노래가 생각난다. 장수. 장수. 몇 년의 수명? 지나가고 있는 매 분마다 '내 생일 축하합니다'라고 쓴 메모를 남기자.

이제 배고픔은 느껴지지 않는다. 갈증도 느껴지지 않는다. 아무런 느낌이 없다. 여기에 누워 있은 지 이틀이 지났다. 커튼을 치려고 일어났을 뿐이다. 사방이 어둡다. 그래서 몇 시인지조차 모른다. 변신을 하거나 내 몸 속의 것을 비울 때, 나는 두 발을 움직인다. 두 번 화장실에 갔다. 아직 내가 확실하게 죽으려는 건 아니라는 얘기다. 그레고르 잠자Gregor Samsa. 만약 지금 내 이름이 뭐냐고 묻는다면 난 주저 없이 '그레고리 잠자. 내 이름은 그레고리 잠자입니다' 라고 대답할 거다. 사실 이 아파트는 카프카Kafka의 폐소공포증의 세계와 더 닮았다. 이제야 조금 나아졌다. 어머니가 도와줬을까? 원고지로 종이 공을 더 만든다. 벽에 종이 공을 던진 뒤그중 하나가 나를 도로 맞혀주기를 바란다. 몇 번의 시도가 실패로 끝난 후 나는 다시 움직이지 않고 있다. 사위가 어둡다. 희망은 빛과 같은 것이라고 생각하기 시작한다. 빛은 가끔 너무나 세고, 가끔은 완전히 꺼져 있다. 꼭 등대 같다. 등대가 빛을 내고 다시 한 바퀴 돌 때까지 세상은 완전한 암흑이다. 그렇기 때문에 내가 나아졌다는 느낌은 금방 사라졌다. 일어나서 머리를 숙인다. 그러다 머리를 바닥에 부딪쳐버렸다. 잘 들리지 않지만 소리가 난다. 좋았다. 다시 머리를 들어 일부러 부딪친다. 한 번, 두 번, 세 번, 네 번, 다섯 번. 멈춘다. 팔삭둥이 같은 장난을 시작하려고 할 때, 어떤 소음이 들리기 시작한다. 메아리인가? 아니면 내가 미쳤나? 심지어 박자를 맞추기까지 한다. 빌어먹을. 바로 그거다. 인터폰. 울리게 놔둔다. 멜로디가 멈추기 전까지 영원 같은 시간이 흐른다. 다시 울린다. 도대체 세베리노는 뭘 하는 거야? 이틀 전부터 나는 집밖을 나서지 않았다. 일어나서 벽에 있는 인터폰을 뽑아버리려고 할 때 갑자기 무언가 뇌리를 스친다. 그랬다가는 더 큰 문제가 생길 거라는 생각. 빌어먹을. 간신히 일어난다. 가는 도중 테이블에 부딪치고, 바닥에 있는 원고지를 밟으면서 사방치기 하듯 뛰쳐나간다.

"세베리노 무슨 일이야?" 고함친다.

"누가 찾아왔는데요?"

"누구?"

"지뉴래요."

"지뉴? 지뉴라는 사람 몰라."

"아, 지밀. 지미우. 그래요. 지미우."

"지미? 지미가 여기 뭐 하러?"

"얘기하고 싶대요."

"얘기하기 싫어."

"이봐, 나야."

"쌍, 뭐 하러 왔어?"

"전화를 걸었지만, 신호가 안 가더라고. 오늘이 네 생일이잖아, 아냐?"

"좆같네, 지미. 생일 축하하려고 여기까지 왔다는 건 아니겠지?"

"그것도 있고. 또……."

"말해!"

"우리가 돈을 좀 모았어. 선물 하나 가져왔지. 전부 다 참여했어. 조나와 쥬닝요까지. 파울라옹, 쟈크린느, 모두 다."

"그게 나랑 무슨 상관이야, 좆같이!"

"올라가서 선물 전해줄게."

"내 삶이 진짜 끝난 게 안 보여?"

"하지만……."

"뭐가 하지만이야? 꺼져."

"여기다 놔둘 수 없거든. 잘못하면……."

"지미, 그게 나랑 무슨 상관있냐? 생일 케이크야?"

"넌 사람들에 대해 좀 더 배려할 줄 알아야 돼. 너무 배은망덕해."

"배은망덕? 내가 언제 부탁한 적 있어? 그 거지같은 추렴하라고 부탁했어?"

"씨팔, 파렌하이트! 돈이 없는 친구들까지 냈어. 넌 진짜 씨발새 끼야! 더 듣고 싶냐? 엿이나 먹어라. 이 거지같은 걸 여기 수위실에 놔둘테니 알아서해. 아, 하나 더 있다. 난 쟈크린느랑 사귀고 있다. 이 나쁜 새끼야, 어쨌든 생일 축하한다." 지미가 인터폰을 끊어버린다.

마치 쟈크린느랑 사귀는 게 내게 상처나 주는 듯이 인터폰을 끊어버렸다. 바보천치 같은 사람들. 아무것도 모른다. 하지만……. 조나스와 쥬닝요까지 돈을 냈다니. 이런……. 약간 후회된다. 둘은 제대로 돈을 벌지 못한다. 무얼 샀을까? 값싼 것에 지미가 그렇게 화를 내지는 않았을 거다. 이름난 제과점 케이크? 빌어먹을. 언제부터 내가 그런 걸 좋아했지? 사람들은 무슨 생각을 했을까? 사람들이 날 생각했다는 걸 알고 기분이 조금 나아진 것 같다. 궁금해졌다. 무얼 샀을까? 엘리베이터를 탄다. 서 있기가 힘들다. 바닥에 앉는다. 3층에서 흰색 둥근 무늬가 그려진 녹색 원피스를 입은 아주머니가 타더니 나를 본다. 우리는 서로 마주 바라본다. 힘이 남아있었더라면 엘리베이터 버튼인 양 원피스의 둥근 무늬를 눌렀을 것이다. 1층.

"세베리노, 케이크는 어디 있어?"

"무슨 케이크요, 파게나이찌씨?"

"지미가 놔두고 간 케이크."

"그 청년은 케이크 같은 것 놔두지 않았는데요."

"그럼 뭘 놔뒀어?"

"여기 이거요."

봉투다. 의심스럽다. 무슨 문화상품권인가? 도서상품권인가? 너무 궁금해서 봉투를 연다. 아니. 이럴 수가……. 날 돌아버리게 한다. 시발. 봉투 안에 있는 돈을 눈으로 세어본다. 정확히 800헤알이다. 두 눈에 눈물이 고인다. 아무 말도 못하고 봉투만 보며 서 있다.

"파게나이찌씨? 괜찮아요?"

"난……."

이제야 '친구'란 단어가 무얼 의미하는지 알겠다.

엘리베이터를 타고 올라가는 동안 내 새로운 발견, 즉 친구들 목록을 만들기 시작한다. 지미는 내 친구다. 조나스는 내 친구다. 쥬닝요는 내 친구다. 쟈크린느는 내 친구다. 파울라웅은 내 친구다. 찰리는 내 친구다. 호베르투는 내 친구다. 아마 나는 아직도 이 단어의 의미를 완전히 이해하지 못했나 보다. 하지만 지금은 친구가 정체성과 이해에 대한 것이 아니고 동감과 동정이란 걸 깨닫는다. 이게 가장 최근의 발견이고 아직 생각을 제대로 정리할 수가 없기에 난 하나에만 집중하고자 한다. 바로 지미. 나는 나 자신을 잘 안다. 내가 이런 것에 익숙하려면 제법 오랜 시간이 걸릴 것이다. 친구라는 단어를 말할 때마다 좀 이상하게 느끼긴 할 거다. 종종 이 단어를 말하게 될지 어떨지 아직 잘 모르겠다. 하지만 내가 친구라는 것에 대해 막연하게나마 생각하기 시작했다는 사실이 중요하다.

전화기 옆에 서서 초조하게 기다리고 있다. 지미가 집에 도착하려면 대략 2시간 정도 걸릴 것이다. 기다리는 동안 나는 어질러진 거실을 본다. 그 어떤 것보다 크게 느껴졌던 예전의 문제들이 왜 이렇게 이 구겨진 원고뭉치와 닮았는지 그 이유를 모르겠다. 이 원고뭉치들은 내 인생에서 가장 중요한 것들이지만. 찢기지 않도록 조심스레, 아주 조심스럽게 펼쳐본다. 아마 난 또다시 순진해질지 모르겠다. 위기를 한 번 극복하고 난 후 깨닫게 되는, 이 모든 소동이 찻잔 속 태풍일 뿐이었다는 느낌이 이런 건가. 잘 모르겠다. 내가 갖게 된 확신은 이런 감정이 처음도 아니고 마지막도 아닐 거라는 거다. 어질러진 물건을 선반 위 제자리에 놓는다. 갑자기 가구들의 위치를 바꾸고 싶어진다. 조금 옮겨야겠다. 소파, 책장, 테이블, 매트리스. 참, 빗자루가 필요할 거다. 이제 시작하자. 잠시 동안이지만 삶을 계속하고 싶다는 의지를 다시 회복했다는 걸 느낀다. 내…… 친구들…… 덕분에. 빗질을 하다가 창에 오래 서본다. 전날 손가락으로 만들었던 흔적을 간신히 찾아볼 수 있다. 천천히 창문을 닦는다. 이 도시 어딘가에서 메기가 놀고 있거나, 혹은 위험을 겪고 있을 것이다. 정말 실망했고, 감정적으로도 허약해졌음에도 그녀가 항상 내 심장 한 구석에 있다는 예감이 든다. 가장 믿을 수 없는 건, 나 역시 그녀의 심장 한 구석에 있을 거라는 걸 내가 안다는 거다. 어떻게 아냐고? 메기의 두 눈에서 봤다. 그녀가 사람들에 대해 믿음을 가지려면 아직은 많은 시간이 걸릴 것이다. 아니 믿음을 가질 수 없을 지도 모른다. 하지만 난 우리에 갇힌 짐승의 눈과 같은 그녀의 놀란 두 눈을 결코 잊지 못할 것이다. 어쩌면 이 도시는 그녀에게 감옥이다. 내게는 그저 그녀의 행운을 비는 일만 남았다. 메기는 날 기억할 것이다. 아마 언젠가 다시 나를 찾을 것이다. 천에 물을 조금 묻힌다. 알코올 냄새가 사라져가는 걸 느끼며 모든 상처를 지워버리고 싶어 애쓴다. 창을 깨끗하게 닦고 싶다. 약간 힘들겠지만 가능할 것이다. 이제 인생에 적용하는 일만 남았다.

"여보세요, 지미?"
"뭐야? 이 배은망덕하고 못된 새끼야!"

"이봐, 미안하다는 말, 하려고 전화했어."

"신경 꺼. 엿이나 먹어."

"지미, 미안해. 넌……. 친구였어. 그러니까 너희 전부가 말이야."

지미는 한순간 말이 없다.

"넌 아무한테도 친구라고 부른 적 없잖아."

"그렇지."

"그러니까 네가 잘못했다는 걸 깨달았다는 거냐."

"세상에서 가장 큰 잘못이지. 너무 힘든 나머지 나만 생각했어. 잘못했어."

"넌 개새끼야."

"그래. 알아. 정말 미안해. 수요일에 가서 전부 사과할게. 한 사람 한 사람에게."

"그래야지."

"용서해줄래?"

"한번 생각해보고."

"알았어. 친구."

난 친구라는 단어를 사용하려고 애쓰고 있다. 하지만 이 단어를 꺼낼 때마다 누군가가 나를 핀으로 찌르는 듯하다. 많이 말하는 건 좋지 않겠지. 막연하나마 그런 생각이 든다. 아마 이 정도면 충분할 것이다.

글을 쓰려고 테이블에 앉았다. 메기와의 경험을 써야 했다. 하루하루 지나가며 내 삶과 글이 서로 혼동되는 것 같다. 하지만 진지해지자. 나는 아직 메기와의 사건으로부터 회복하지 못했다. 그래서 몇 줄 못 쓰고 멈춘다. 삶에서 고독만이 내 유일한 동반자일까? 너도 알다시피 나는 절망적으로 사람들과 대화하려고 시도하고 있다. 하지만 늘 실패한다. 몰이해라는 장벽을 극복하지 못한다. 그래서 나는 언제나 나 자신에 사로잡혀 있다. 내 육체가 내 감옥이다. '내 천상의 육체'가 될 수 있는 단어들은 내 입에서 나오지 않는다. 내가 말할 때 나오는 내가 아닌 다른 환영들이다. 다른 사람들의 생각으로 만들어진 환영들. 진심 없이 타인의 비위를 맞추면 이해시킬 수 있을 거라는 생각으로 만들어진 환영. 모든 것이 허공으로 날아가 버린다. 환영은 정말이지 내게 좋은 비유이다. 나는 나 자신이 겁난다. 사람들이 진정한 내가 누구인지 알게 되는 게 겁난다. 하지만 오늘 친구들을 발견하게 됨으로써 조금은 더 희망적으로 변했다. 사람들이 나를 이해하지 않아도 될 것 같다. 이러한 차이와 더불어, 말로 표현할 수 없는 내 세계와 더불어 우리가 살아가야만 하는 걸까. 그렇지만 사람들이 날 이해해준다면 얼마나 좋을까. 다만, 날 아프게 하는 것을 조금 나누고 싶다. 하지만 잘 생각해보니 내가 꼭 그걸 원하는 것 같지도 않다. 내 비참함을 나누고 싶지 않다. 그건 언제나 나만의 위대한 비밀일 게다. 아마도 우리의. 아마도.

패신저 클럽에서 한 사람 한 사람에게 인사한다. 돈을 모으는 대로 갚겠다고 말한다. 모든 사람들이 그럴 필요가 없고, 마음으로 한 일이라고 말한다. 사랑을 시작한 쟈크린느에게 축하를 보낸다. 두 사람은 아주 멋있는 한 쌍이 될 거다. 파울라웅에게는 금요일 결근해서 미안하다고 한다. 생각해보면 이 사람은 친구 이상이다. 가족이다. 패신저 클럽을 내 인생에서 잠시 지나치는 곳으로 생각했던 나는 여기서 내 두 번째 집을 만난다. 아이러니다. 미래에 다른 직업을 갖게 된다 할지라도 나는 계속 여기에서 디제잉을 할 것이다. 그러던 어느 날 너는 날 개인적으로 알게 될 것이다.

오늘은 스테이지가 조용하다. 바 역시 꽉 차지 않았다. 언더그라운드 세계에서 유명한 디제이인 파브시리우가 잠시 디제잉하면 안 되겠냐고 부탁한다. 한 시간 양보해주기로 한다. 파울라웅은 언제나처럼 불평한다.

"염병할, 너한테 돈 주는 사람이 나 맞지, 아냐?"

"파울라웅, 짜증 내지 마요. 클럽에도 좋다는 걸 알면서 왜 그래요. 딱 한 시간인데요."

"네가 이 클럽 주인이라고 생각하는 건 아니겠지, 응?"

파울라웅이 정말 까다로운 사람이라서 일부러 그러는지는 모르겠다. 속은 아주 좋은 사람이라는 생각을 받아들이고 싶다. 이런 날에는 내가 틀린 것 같다는 생각이 든다. 바에 앉아서 위스키 한 잔을 시킨다.

"사장이 술 양을 정해 놨어."

"뭔 소리야?"

"그래. 이제 30헤알어치만 공짜야. 더 이상은 안 돼."

"잠시나마 파울라웅이 좋은 사람이라고 착각했었네."

"냉정히 생각해봐. 그런 짓도 하지만 좋은 사람이잖아."

"알아, 알아……."

"그 사람은 경영을 하는 거야."

"그렇다고 날 짜증나게 할 필요까진 없잖아."

"하하하하. 좋은 시절은 오래가지 않는 법이지, 안 그래?"

"절대 변하지 않는 게 있어."

난 잔을 들어 한 모금 마신다. 그때 누군가 내 등을 두드려, 물을
품어내듯 술을 뱉어버린다.

"어이, 잘 지내?"

아, 아냐. 이건 아냐. 세상에서 가장 짜증나는 친구다. 쟈콥. 토
속적인 인물. 그가 즐기는 건 알려지지 않은 밴드와 음악에 대한
백과사전식 지식을 이야기하며 밤에 일하는 사람들(주로 디제이들)
을 괴롭히는 거다. 그런데 거기서 도망칠 수 없다는 게 더 큰 문제
이다. 이럴 때는 고정점 이론을 사용해야 한다. 아직 이 이론에 대
해 이야기한 적이 없지? 기다려봐.

"그럼, 파렌하이트, 심플 덤플Simple Dumple 들어봤어?"

"아니……."

나는 쟈콥 어깨 바로 위에 있는, 저 멀리 보이는 못을 하나 고른

다. 고정점 이론은 이렇다. 짜증나는 친구가 이야기하는 동안 네가 고른 한 점을 뚫어지게 보는 거다. 가끔 미소 짓고 동의하면 그만이다. 짜증나는 친구가 계속 이야기한다면 상상력을 발휘해야 한다. 무슨 일이 일어났을까 하고 상상해보라. 내 경우엔 못이 왜 거기에 있나 하고 상상한다. 혹은 파울라웅을 생각한다. 계단을 한 계단 한 계단 올라가면서, 그리고 막무가내로 망치질하는 파울라웅을 생각한다. 그가 망치로 손가락을 때리게 될 때까지의 순간을 상상한다. 나는 미소 짓는다. 우연인지는 모르지만 쟈콥도 웃고 있다. 20분 정도가 지났다. 제기랄. 쟈콥은 여전히 지치지 않은, 확신에 찬 모습이다. 내 상상력은 이제 다 소진되어버렸는데. 이 경우라면 레이저 포인트 이론으로 옮겨가야 한다. 그게 뭐냐고? 뚫어질 때까지 한 점을 보고 있는 것이다.

"이봐, 파렌하이트, 이제 디제잉할 시간이야." 지미가 날 구원해준다.

"그러네. 고마워, 친구. 나중에 봐, 쟈콥. 잘가."

급히 부스로 뛰어 들어간다. 파브리시우가 이상히 여긴다.

"끝날 때까지 잠시 여기 있어도 되겠어? 쟈콥이 여기 와 있어."

"농담 아니지. 미치겠네."

파브리시우가 안됐다. 이러는 가운데 쟈콥이 스테이지로 들어온다. 으아! 우리는 동시에 고함지른다. 그가 부스로 가까이 온다. 본능적으로 나는 볼륨을 올린다. 부스에 섬처럼 갇혀 있는 우리는 아무것도 못 들은 척한다. 아무것도 모른 척하는 이론. 그는 부스로 들어오려고 한다. 안 돼! 우리는 동시에 고함친다. 쟈콥은 상어인 양 부스를 찬찬히 살펴본다. 디제이란 직업이 위험한 직업이 아니라고 누가 이야기했던가.

금요일은 피곤한 날이었다. 수요일 건으로 파울라웅은 나보고 한 시간 더 일하라고 했다. 파브리시우에게 한 시간을 할애했다고 말이다. 치사하다. 대여섯 명의 술취한 노틀(노래 틀어달라고 하는 애들, 알지?)들을 위해 음악을 틀었는데 정말이지 짜증의 연속이었다. 계속 디제잉을 하게 된다면 난 방탄 부스에 돈을 투자할 생각이다. 소리뿐만 아니라 모든 걸 견디는 부스. 정말이다.

축 처져서 완전히 탈진한 상태로 집에 도착한다. 비가 많이 내리고 있다. 뭐라고? 일하고 돌아와서 쉴 때 음악을 틀어놓는다고? 말도 마. 밤새 나는 비인간적인 볼륨으로 음악을 들었거든. 집에 도착했을 때 바라는 건 절대적인 정적뿐이다. 테이블에 앉아 캔맥주 하나를 따서 마시면서 원고를 검토한다(운이 좋건 나쁘건, 메기와의 사건 이후 겁이 나지만 원고를 컴퓨터로 옮기는 작업을 시작했다. 컴퓨터로는 계속 수정할 수가 있어서 원고가 점점 좋아지고 있다). 마지막 20페이지가 마음에 들지 않는다. 정말 완전한 내용만을 담고 싶다. 손으로 쓴 원고를 일부 수정해보았다. 나쁘지 않다. 그러다 갑작스러운 충동에 찢어버린다. 20페이지 전부를. 백지를 든다. 다시 쓰기 시작한다. 됐다. 30분에 한 페이지. 다시 읽으니 마음에 들지 않는다. 다시 찢어버린다. 한 페이지 더 그리고 또 하나의 원고뭉치. 또 다른 페이지 그리고 쓰레기통. 일곱 번 시도한 끝에 나는 오늘 글을 쓰는 게 아무 소용 없다는 걸 알아챈다. 캔맥주를 다 마셔버린다. 내 글의 수준을 올릴 수 없어서 알코올 도수를 올린다. 반쯤 남은 위스키 병을 꺼낸다. 아끼던 물건이다. 다 마셔버리면 새로 사는 데 시간이 걸릴 것 같아서다. 컵에 부은 위스키가 얼음을 덮는 동안, 그래 얼음, 메기가 생각난다. 자동적으로 진저 또한 생각난다. 컵을 보고 있다. 얼음이 녹으며 위스키와 섞여감에 따라 내 생각도 섞인다. 메기와 진저가 서로 섞인다. 진저가 돌아오지 않을 거라는 걸 알고 있다. 하지만 메기가 돌아올 거라는 예감이 든다. 꿈의 인생 vs. 즉각적인 악몽의 인생. 진실 vs. 허용된 거짓말. 치료 vs. 나쁜 습관. 사랑 vs. 모르겠다…….

진저는 천사이고, 메기는 환영, 거의 행동이 이탈된 환영이다. 하지만 이상하게도 둘은 나를 매혹시킨다. 설명할 수 없을 정도다. 구원 또는 난파? 가끔 죽음은 삶만큼 저항할 수가 없다. 메기를 구원하면 나 자신도 구원할 거라고 생각했다. 내가 완전히 틀렸다.

"퉁."

잠시 내 심장이 울리는 걸 들었다고 생각했다. "퉁." 내 심장이 부서진 걸까? 오스카 와일드Oscar Wilde의 《행복한 왕자》에서처럼. 살아오며 읽었던 글 중 가장 좋은 이야기이다. 하지만 내 심장 소리는 아니다. 소음이 계속 들린다. 나무가 쓰러진 걸까? 창문을 열어보지만 아무것도 보이지 않는다. 너무 비가 많이 내리고 있어서 그런가보다. 아냐, 누군가 문을 두드리고 있다. 어떻게? 인터폰은 없었다. 말도 안 된다. 어떻게 이렇게 뻔뻔할 수가 있지? 이건 정말 미친 사람의 짓일 수밖에 없다. 더 정확히, '도시에서 가장 미친 여자애' 짓일 수밖에 없다.

"메기? 너니?"

정적.

"나한테 그런 짓을 해놓고 어떻게 여기에 올 수 있어?"

주저하며 문을 열었다. 하지만 어느 정도의 만족감을 감추지 못했다.

문에는 아무도 없다. '메기는 환영이다.' 복도 끝 엘리베이터 옆에 누군가가 보일 뿐이다. 한 사람은 세베리노이고 다른 사람은…… 잘 보이지 않는다. 그곳까지 뛰어 간다.

"세베리노, 놔줘. 아는 여자애야. 기억 안 나……?"

"올라갈 수 없다고 말했는데, 선생님을 안다고 하더군요. 주정뱅이예요. 선생님 아버지라더군요. 제가 알기론, 아버지가 안 계시잖아요."

아버지? 한 사람밖에 없다. 비에 젖은 푸들을 닮은 사람이 어둠 속에서 나타난다. 그다.

"여기 웬일이세요?"

"그저…… 근처에…… 지나가다…… 들어오기로…… 했다." 잠깐. 우리 집이 이제 여관으로 변했나? 갈 곳 없는 주정뱅이들을 수용하는 집인가?

"취하셨어요."

"선생님, 이 사람 아세요?"

"그래. 됐어, 세베리노. 내가 알아서 할게."

"우리 집 주소를 어떻게 알았죠?"

" 내가······번지를 봐······뒀지."

"뭐 하러 힘들게 왔어요?"

"어떠······게······ 사는······지······ 보고······ 시퍼다. 너도······
했느은······데······ 난······못······하니?" 취한 건가 말을 더듬는
건가?

그래, 다시 환영이다. 16년 뒤에 아버지가 우리 집을 방문하다
니······. 취한 아버지를 데리고 복도를 걸어서 집 안으로 들어간다.
문을 열고 들어가고나서야 아버지가 손에 무언가 쥐고 있는 걸 봤
다. 서류철이다.

"무어······마시······일 게······있니?"

위스키 병을 보더니 금방 입으로 가져간다.

"그게 마지막 술이에요."

"째째······하게 구······굴지 말고······ 소······손 떼."

씨팔. 일이 잘되어 가고 있다고 생각할 때 가장 나쁜 일이 생
긴다.

"지이······집······조으네?"

그건 비꼬는 의미였다. 난 오늘 에피소드가 환영이란 걸 알고있

다. 여기 이건 보잘것없는, 아주 형편없는 햄릿 버전일 게다. 아주 소박하긴해도 아파트를 제법 잘 정리해놓았기에 아버지가 한 말에 화가 난다. 말 그대로 화가 난다. 아버지를 집 밖으로 쫓아내지 않으려고 참고 있을 뿐이다. 이제 아버지는 내 침대에 눕는다(그래 바로 그 순간에 침대로 승격되었다). 그리고 흥얼거리기 시작한다. 노래는 잘 못한다. 정말 못한다.

"다 젖었네요."

"그…… 그래서?" 계속 노래한다.

난 테이블에 앉아 아버지를 무시하기로 했다. 내 계산으로는 곧 잠들고 말 거다. 금방이다. 10분도 안 걸린다. 하지만 이번에는 아니다. 바보같은 사람이 벌써 코를 골고 있다. 너무 운이 나쁘다. 한순간 바라보니 추워서 떨고 있다. 그래, 나는 그렇게 형편없는 놈은 아니다. 담요를 집는다. 하지만 소용없다는 걸 깨닫고 수건을 집어 든다. 머리를 닦아주고 자켓을 벗긴다. 재미있는 건 그가 계속 서류철을 붙잡고 있다는 것이다. 손에서 빼앗으려고 해봤지만 쉽지가 않다. 종이를 보관하는 플라스틱 서류철이다. 강제로 손가락을 하나하나 열어 젖힌 다음 손에서 서류철을 빼낸다. 안에는 종이 한 장이 들어있다. 나쁜 예감이 든다. 병원 서류 같다. 무슨 검사라도 받았나? 이 몹쓸 사람이 암에 걸렸다는 사실을 알게 된 걸까? 이번에는 내 손이 떨리기 시작한다. 파일을 연다. 내 눈이 눈물로 가득 찬다. 검사 결과가 아니다. 색연필과 물감으로 그린 그림이다. 우는 얼굴을 하고 있는 여자애가 걸어가고……. 그

뒤에는 고개를 숙인 남자의 그림자가 있다. 나무들의 모습에서 바람이 불고 있음을 알 수 있다. 슬프지만 아주 아름다운 그림이다. 그래, 너도 알겠지. 그 그림은 바로 내 책의 표지이다. 코를 고는 아버지를 다시 본다. 말로는 결코 표현할 수 없는 무언가를 느낀다. 난 마른 걸레를 들고 테이블에 앉아서 아주 조심스럽게 그림에 번진 물기를 닦아낸다. 그러는 동안 아버지가 중얼거리는 말을 들은 것도 같다.

"내가 한 짓을 넌 하지 마라. 네 삶을 살아라, 아들아……."

이튿날 우리 두 사람한테 어떤 일이 일어났는지 묻지 마라. 나는 아버지와 이야기하지 않았다. 일부러 밖에 나가서 노인네가 자도록 내버려두었다. 돌아왔을 때 마주치기 싫어 제법 오래 밖에 있었다. 무슨 말을 해야 할지 몰랐다. 아버지도 몰랐으리라. 내가 마지막으로 들른 곳은 유리가게. 거기에서 액자를 하나 샀다. 집으로 돌아와서 타자기로 쓰고 있는 내 컴퓨터 바로 위쪽 벽에 구멍을 냈다. 그리고 아버지가 그린 그 표지 그림을 걸었다. 그래서 내가 앉을 때마다 그림을 볼 수 있었다. 힘이 빠질 때면 그 그림을 보고 계속 글을 써나가자고 생각한다. 지금 쓰고 있는 이 책보다 시집을 먼저 내고 싶었지만 포기했다고 말한 적 있지? 잘 기억이 나지 않는다. 그렇다. 내 기억은 이제 옛날 같지 않다. 지나친 술. 틀림없이 과음 탓일 게다. 언젠가 내가 토산품 시장에서 집에서 만든,

'뉴론 파멸자*' 라는 이름의 핑가** 술을 봤다면 넌 믿겠니? 정말
이다. 그렇지만 실례, 이제 일 좀 해야겠어.

힘이 솟는다. 아버지가 그려준 표지는 정말이지 끝내주게 좋다.
한 문단에서 다른 문단으로 넘어가는 사이 그림을 쳐다보지 않을
수가 없다. 내 여정이 끝나가고 있음을 느낀다. 내가 가진 두려움,
갈망, 고통, 사랑, 슬픔, 내가 알고 배운 모든 것, 앞으로 절대 배울
수 없는 것, 이 모든 게 내 책에 담겨 있다. 삶에 대한 크나큰 불확
실성이 내가 하나하나 고른 글자로 된 문장마다 기록되어 그 의미
를 지닌다. 사실 삶은 이렇게 아닐까? 무한한 가능성 속에서 한 단
어를 구성하는 글자, 한 문장을 구성하는 단어, 이어 문장은 한 문
단을, 한 페이지를, 한 장을, 결국 인생이라는 커다란 책이 되어 위
대한 삶에 대한 이야기를 구성하게 되는 것 아닐까?

난 시간 앞에서, 그리고 죽은 신들에게 몸을 숙여 경의를 표한
다. 손에 든 건 뼈와 살로 된 동물의 연약함과 불안으로 쓴 한 권의
책일 뿐이다. 우리는 어떤 목적을 가지고 삶을 마지막 장章까지 끌
고 갈 수 있을까? 바다에 닿지 않은 강의 여정, 뜨거운 태양으로
인해 사라지는 구름들, 비옥한 토양을 결코 만나지 못할 꽃가루를
쫓아가는 것. 결국 우리는 우리의 비참함만을 심는다.

* 브라질에서는 핑가술에 괴상한 이름을 붙인다.
** Pinga. 사탕수수로 만드는 브라질의 국민 증류주. 카샤샤로도 불린다.

그녀는 슬픈 나라에서 왔다. 마른 모래가 부는 친절이라곤 없는 모국. 얼음같이 매서운 바람이 불고 영하의 기온에서 만들어진 강철 같은 나라.

그녀의 얼굴은 매일 변하는 내밀한 일기장이다. 그녀는 어디로 가는지 보고 싶지 않아 항상 운전수를 등지고 앉는다. 매일 점심시간에 텅 빈 공원의 그네에 앉아 있곤 한다. 공장으로 돌아가서 6시까지 나사를 조인다. 밤에는 촛불을 켜고, 빛이 온 집을 채우길 기다린다. 그녀는 운다. 더 큰 손이 있어 얼굴을 다 가릴 수 있기를 꿈꾼다. 시간은 수확을 끝난 꿈속의 들판에 있는 도미노처럼 쓰러진다.

잠에서 깨어나는 건 지옥 중의 지옥이다.

그녀는 하나의 숫자에 불과하다. 이진법 코드와 모든 사람들이 밟고 다니는 두 가지 색깔의 보도. 붉은 홈에는 붉은 실, 초록 홈에는 초록 실. 그녀는 앞치마 주머니에 언제나 어머니의 편지를 갖고 다닌다. 눈물 자국이 남은 네 페이지의 편지. 한 페이지 한 페이지를 매트에 펼쳐 늘이려고 생각한다. 약간의 삶. 원치 않지만 말이 없고, 제도적으로 눈이 멀고, 감정적으로 귀가 먹은 그녀는 낮에도 어두운 방을 가로질러 다닌다.

그래서 그녀는 매일 매일 코를 만지는 이상한 버릇을 갖게 된다. 자신의 정체성을 잃어버린 후 그녀는 얼굴을 잃을까 겁이 난다. 사모타Samota*. 감정은 유니버설한 언어이다.

과거의 시간 속에서 그녀는 돌고 돌고 또 돈다. 생물학적 시계 속에 파묻혀 있는 기억으로부터. 모든 것의 시작을 향해. 한숨으로부터 생각이, 울음으로부터 감정이 시작된다. 탄생의 고통이 기록된 육체, 모래시계 자세로 놓인 다리 위에 안전하게 있는 육체. 역산逆算.

똑같은 악으로 고통받는 다른 사람에게서 성스러운 유사함을 만나려고 하지 마라. 모든 게 깨진 거울 조각이다. 10, 9, 8, 7, 6, 5. 시간은 앞으로 가고, 삶은 뒤로 간다. 하루는 계속 반복되는 트레드밀이다. 하나의 죽음. 단어들이 텅 빈 육체에서 쉼없이 울린다. 모두가 자신만의 바벨탑에서 살고 있다. 사람들 가슴속에서 피는 유일한 꽃은 선인장에서 유래한다. 사막은 인간적 풍경의 유일한 건축물이다.

모두가 자기 자신의 그림자의 모습을 지니고 있다.

사람들은 땅을 보며 진화한다. 매일 밤, 눈물의 강들이 비밀스레 흘러간다. 4, 3, 2, 1. 모두 잊고 죽음의 안락함을 흉내 내기 위해 잔다. 깊은 잠 속에서 공포의 외침. 평균적인 삶의 크기에 갇힌 영혼. 관객이 없는 슬픈 모놀로그 연극. 아무도 듣지 않는다, 아무

* 체코어로 고독, 외로움.

도 말하지 않는다, 아무도 느끼지 않는다. 침대 주변의 불빛을 줄이는 것, 마지막 남은 담배를 끄는 것, 여명의 첫 빛을 느끼는 것. 천천히 눈이 감기는 동안 결코 알게 되지 않을 누군가를 천장에 그려본다. 0. 막이 내린다.

이렇게 그녀가 운전수를 등지고 앉을 때, 고독이 언제나처럼 옆자리에 앉아 같이 가줄 때 모든 게 다시 시작된다.

'거대한' 은 감정의 깊이이지 이 챕터의 크기는 아니다.
갑자기 정적이 내 방을, 도시를, 꿈속의 세계를 채운다.

난 펜을 내려놓고 제법 오랫동안 그림을 응시한다. 불가능한 만남들. 내 책이 불행한 결말로 끝날 것이라고 생각하고 있다. 완전한 어긋남. 사랑하는 사람을 잃어버린 사람이 갖게 되는 끝없는 슬픔. 갑자기 체코슬로바키아로 가야지, 하고 생각한다. 정확히는 체코 공화국. 내 책의 주인공과 반대되는 움직임을 행하고 싶다. 내가 거기서 쿠비코바를 정말로 만날지 누가 알겠는가? 프라하. 아르데코의 차가운 건물들을 상상해본다. 그 도시를 좋아하게 될 것 같다. 희망이 아르데코와 결합한다. 지난 세기 초에 지은 듯한 거리를 걸어다니고, 광장 근처의 바에서 커피를 마시는 걸 상상해본다. 하지만 어디에서 내 진정한 쿠비코바를 만날 수 있을까? 책방에서? 디스코 클럽에서? 영화 매표소에서? 실험극 극장에서? 새로운 예술가의 전시회 개막식에서? 사진전에서? 슈퍼에서? 쇼핑

센터에서? 거리에서, 버스에서, 지하철에서, 광장 벤치에서, 도서관에서? 브라질 식당에서? (하나는 있겠지?) 어디에서? 답을 찾기로 했다. 펜을 들고 다시 써나간다.

　나뭇잎들이 떨어지기 시작했다. 가을이다. 사실 나는 시간의 흐름을 느껴본 적이 없다. 특별한 날은 내게 존재하지 않는다. 크리스마스나 새해는 아무런 의미도 없다. 왜냐하면 크리스마스 때마다 나는 선물로 이해를 부탁하곤 했기 때문이다. 심지어 망각을 부탁한 해도 있다. 그다음에는 아무것도 내게 중요하지 않다. 하지만 가을에는 조금 더 예민해진다. '가을이 오면 겸손하게 하소서'라는 한 편의 시가 기억난다. 나뭇잎들이 떨어지면 그런 감정을 느낀다. 가을이 가득한 거리를 걷는 게 무척 좋다. 날카로운 바람이 불기 시작하면 웃옷을 여미는 것도 무척 좋다. 지난 몇 달 동안 매일 매일 달력의 종이를 찢듯 글을 써왔다. 하지만 나뭇잎들이 떨어지기 시작한 이래 내 글 역시 드물어져갔다. 책이 끝나가고 있다고 생각했던 나는 끝맺는 게 시작하는 것보다 훨씬 더 어렵다는 걸 깨달았다. 창에서 잎이 얼마 남지 않은 나무를 여기서 바라보며 최근 며칠 동안 품었던 생각을 다시 한 번 떠올린다. 더 나빠질 게 뭐가 있을까? 고통받는 것, 혹은 아무것도 느끼지 않는 것. 사실 그런 일이 일어났다. 아무것도 더 느끼지 못한다. 우리나라 전체가 가을이 되어버린 순간에(아마 레이 브래드버리*의 《가을의 나라에 대한 추억》 내 나뭇잎들 역시 떨어지기 시작했다고 느낀다. 하지만 모든 게 익숙한 멜랑콜리가 아니라 경악스러운 무관심으로, 회색빛이 되겠다고 위협하고 있다. 수돗물을 틀어 얼굴을 씻고 나서 차가운 바람에 말린다. 한 번 더 나무를 본다. 오 헨리O. Henry의 단편처럼 마지막 잎이 떨어지면 나는 세상에서 사라질 거다. 가을에는 모든 게 성숙해진다고 말하지. 하지만 내게는 가장 어린 나이, 유아기로 돌아가는 듯하다. 얼음 조각 하나를 집어 입에 넣는다. 의지 또한 시간이 가면 녹아 없어지는 얼음 같을까? 일어나면 점심 먹고, 저녁 먹고 그러고 잔다. 그게 내가 하는 일이다. 수요일과 금요일에만 기계적으로 디제잉하러 간다. 3주 전부터 똑같은 음악만 튼다. 이번 주에는 이미 노래를 골라서 녹음해둔 시디 두 장만 가지고 갈 것이다. 한 CDJ에서 다른 CDJ로 옮기는 일만 할 거다. 틀 일은 없지만 혹시 몰라 메들리를 녹음해둔 여분의 시디 한 장을 갖고 있다. 그저 플레이버튼을 누를 뿐이다.

하지만 이번에는 반복이 아니다. 고통이 사라졌고, 고독이 받아들여졌으며 사랑은 존재하지 않는다. 시디들은 더욱 느리게 돌고 있어 이제 정지 버튼을 눌러야 한다. 아니다, 난 슬프지 않다. 정말이다. 훨씬 덜 괴롭다. 모든 게 간단히 진정되어버렸다. 더 이상 느끼지 못했다. 내 나뭇잎들은 다 떨어진 것 같다. 겨울이 오면 영원히 자야지. 인생의 동면으로 들어가 다시는 깨지 않을지도 모른다.

---

* 미국의 SF 작가. 대표작으로 《화씨 451》이 있다.

아냐, 죽는 것 또한 생각하지 않는다. 아니다, 그건 아니다. 어느 정도 면역되었다는 느낌이다. 설명할게. 나는 삶에 대한 흥미를 잃었다. 마치 감기에 걸려 음식 맛을 느끼지 못하는 것처럼. 내가 좋아했던 모든 게 재미없다. 이제 극장에 가지도 않고, 지하철도 타지 않고 심지어 술도 마시지 않는다. 진저도, 메기도 더 이상 생각하지 않는다. 고개를 잔뜩 숙인 채 다니는 데 익숙해졌다. 매일 매일 나는 쿠비코바와 비슷해진다. 이상한 도시에 있다는 동일한 감정. 내 〈거대한 고독의 장〉을 모방하기 시작했다. 오후에 나는 텅 빈 공원의 그네에 앉아 있다. 밤에는 촛불을 켜고 하얀 벽을 바라보고 있다. 버스를 타고 다닐 때는 항상 운전수를 등지는 좌석을 고르고, 마치 공장 생산 라인에 앉아 있는 듯한 자세로 음악을 튼다. 내 삶은 저온살균되었다. 소비하기에 부적절한 엉긴 우유가 되었다.

나뭇잎들이 계속 떨어진다. 나뭇잎들이 얼마 남지 않았고 떨어지는 간격은 상당히 짧아졌다. 이상하다. 평소와 달리 바깥은 춥다. 모두가 기온이 떨어진 것을 이상히 여긴다. 일생에서 언제 이렇게 추웠던가 기억나지 않는다. 이렇게 나뭇잎이 많이 떨어지는 것이 낯설다.

내 취미는 이제 창밖을 보고, 나무에 잎이 얼마나 남았는지를 세어보는 것이다. 나무. 사실 또 하나의 식물이다. 화단에 있는 식물들. 나는 나무에 대해 아무것도 알지 못하기에, 역시 묘목일 수도 있다. 30, 31, 32, 33개. 어제부터 오늘까지 나뭇잎이 다섯 개 더 떨어졌다. 나뭇잎이 전부 떨어지면 나무들이 어떻게 살아갈까. 나뭇잎이 우리의 손과도 같다면. 손이 없어진다면 어떻게 글을 쓸 수 있을까? 사실 1주일 전부터 나는 전혀 쓰지 못하고 있다. 그럴 필요조차 느끼지 못한다. 이제 알겠다. 나무들은 잎을 잃어도 생존할 것이다. 나 또한 글 쓰는 걸 멈춘다 해도 생존할 것이다. 창문에 서서 하얀 눈이 내리는 걸 꿈꿔본다. 난간에 몸을 기댄 채, 프라하의 거리를 걸어가는 걸 상상하면서 눈을 감으니 떨어지는 눈 조각 사이로 쿠비코바를 본 것 같은 느낌이다.

추위가 더 심해졌다. 이제 25, 26, 27, 28개의 나뭇잎만 있다. 뉴스는 기록적인 추위를 예보한다. 남극에서 대서양으로 부는 찬 공기. 이번 겨울은 힘들 것이다, 오랫동안 이런 적이 없다. 사람들은 걱정하고 있지만 나한테는 아무런 의미가 없다. 나는 계속 내리는 눈을 꿈꾸고 있다.

파울라웅은 내가 선곡 리스트를 바꾸지 않고 계속 틀어서 화가 나 있다. "그러죠." 오늘은 예비용 시디로 시작한 다음 노래 순서만 바꾼다. 효과가 있는 듯하다. 패신저 클럽에서는 누구도 내게 말을 건네지 않는다. 지미조차 말하는 데 지쳐 있다. 내가 바에 앉으면 지미는 조니워커 레드 한 잔을 밀어줄 뿐이다. 정말이냐고?

아무와도 이야기하지 않지만, 그럴 필요성도 느끼지 못하고 있다.

"헤이, 나 기억나? 언젠가 우리 집 파티에서 노래 틀었잖아?"

"아 그래, 미안."

나는 일어나서 문으로 나간다. 거리로 나서려는데 뒤에서 욕설이 희미하게 들린다. 아차, 부스에 목도리를 두고 왔다.

일어나서 제일 먼저 쳐다보는 것은 나무이다. 나뭇잎이 줄었다. 점점 더 추워진다. 나뭇잎 숫자를 세는 게 겁난다. 우리나라가 이렇게 추우리라고 생각해본 적이 없다. 너무 체코 공화국만 생각하고 있어서 추위가 거기서 왔을까 하고 상상해본다. 상파울루에 눈이 내리는 걸 본다면 환상적일 거다. 하지만 내가 정말 바라는 건 누군가가, 아니 무엇인가가 쿠비코바를 내게 데려와주는 것이다. 내 소설 속의 삶이 현실로 바뀌기를 바라면서 하루의 대부분을 창가에 서서 보낸다. 눈이 내리기 시작해야 가능할 것이다. 갑자기 비관적이 된다. 기적에 한계가 있을까? 어떻게 불가능하다는 걸 알면서 믿을 수 있을까? 예전에 한 번도 일어난 적 없으며 과학적으로, 지리적으로, 논리적으로 불가능한 것을 믿을 수 있을까. 믿는다는 것. 이것이 바로 삶의 위대한 비밀과 신비가 아닐까? 자신을 믿는 건 기적이 아닐까? 내가 나를 믿는지는 확실하지 않다. 가끔 막연하게, 혹은 운이 좋으면 일시적으로 믿기는 하지만. 지금은 불가능하다. 언젠가 내가 다시 믿게 될지 누가 알겠는가. 하지만 현재 내가 가진 모든 확신은 나무 잎사귀들처럼 떨어지고 있다. 나의 겨울이 확실하게 도착했다.

컴퓨터 앞에 앉았다. 수단을 바꾸기로 했다. 직접 컴퓨터로 글을 쓰는 것이다. 그래, 저항하기로 했다. 모든 걸 겪고 이렇게 포기하는 건 옳지 못하다. 하지만 아버지가 그려준 그림조차도 내게 힘을 불어넣지 못한다. 계속 깜박이고 있는 커서와 컴퓨터를 보고 있다. 자판의 'delete' 키를 누르고 싶은 충동이 견딜 수 없을 정도로 솟는다. 난 더 견디지 못하고 눌러버린다. 계속 누른다. 한 줄이 사라진다. 그다음 한 문단이 사라진다. 한 페이지 전체를 선택한다. 한순간 나는 내 정신에 대해 질문한다. 내 인생에서 가장 중요하다고 생각했던 것이 갑자기 아무런 의미가 없다는 걸 깨닫는다. 결국 인생이란 무엇인가? 우리를 계속 살아가도록 이끄는 건 무엇인가? 책을 출판하는 게 뭐 그리 중요한가? 누가 신경이나 쓸까? 나는 그래서 뭘 바라는가?

갑자기 모든 확신이 사라져버렸다. 내가 아무것도 모른다는 게 더 큰 문제다(마치 전에는 내가 무언가를 알았던 것처럼). 조크? '아무것도 몰라, 아무것도 몰라' 하고 어떤 사람이 고함치던 〈서머 스쿨〉이라는 영화가 기억났다. 이상하게도 기억을 상실한 것처럼 내 모든 동기를 잊어버린다. 깜박이는 커서를 말끄러미 바라본다. 내 의도의 기원을 찾으려고 애쓴다. 무엇 때문에 모두가 좋아하는 책을 쓸 수 있다고 생각했던가? 무엇 때문에 내 보잘것없는 삶에서 좋은 것을 꺼낼 수 있다고 생각했던가? 원고 전체를 선택한다. 거의 1년간의 작업. 그걸 믿게 한 건 내 삶이었다. 이 모든 게 사라진 후에도 내가 계속 존재할 거라는 건 위대한 진실이다. 내 고통도 계속 존재할 것이다. 그럼 이 거지같은 원고가 무슨 가치가 있나? 완전히 사라지려는 듯 내 간단한 터치를 기다리고 있는 책 전체를 한동안 바라본다. 자판에 검지를 댄다. 내가 버튼을 누르는 순간과 마지막 잎이 일치하리라는 극적인 상상을 한다. 창가로 간다. 아직 바람에 흔들리는 나뭇잎 몇 개가 보인다. 컴퓨터로 다시 돌아간다. 자판을 누른다. 'delete'는 아니었다. 문서를 닫았을 뿐. 내 무능력의 증거를 이렇게 쉽게 끝낼 수는 없었다. 난 무능력과 더불어 살아야 할 것이다. 내가 또다시 그 어리석은 생각을 한다면, 그땐 내가 루저라는 피할 수 없는 증거를 갖게 되리라. 그러면 컴퓨터를 볼 때마다 내 상처가 드러나 이번 생에서는 더 이상 글을 쓸 수 없을 거라는 사실을 알게 되리라. 묻히지 않은 시체처럼.

나머지 밤은 이상하리만치 편안하다. 마지막 잎이 떨어진 후 나는 침대로 간다.

손으로 위스키 잔을 두드린 지 5분은 족히 되었다. 얼음은 이미 다 녹아버렸고, 지미는 씁쓸한 미소를 지을 뿐이다. 나는 잔을 들며 다른 미소, 그러나 비겁한 미소로 대답한다.

"지미, 그냥 재능이 없어지고 있는 거야."

내 결정 때문에 짜증날 거라고 생각했지만 그건 아니다. 난 괜찮다. 누군가가 성스러운 약은 무지라고 말했다. 내 경우 순응주의였다. 내가 재능이 없는 평범한 사람이란 걸 받아들이는 것. 이제 내가 할 일은 월말에 모두 정산하는 것이다. 더는 없다. 이제 다른 일자리를 구할 수도 있다. 은행원, 공무원, 외판원, 웨이터, 바텐더, 운전기사, 일용직……. 이봐, 잘못 이해하지는 마. 내가 편견을 갖고 있는 건 아냐. 그저 지금부터 어떤 직업을 갖든 아무런 차이가 없다는 걸 말하고 있을 뿐이야. 내가 말하고 싶은 건 내 우월성 콤플렉스와 부적응에 대한 죄책감으로 인해 고통받지 않을 것이라는 거다. 나는 그냥 생존하기로 결정했다. 그래서 행복해지기를.

의자를 돌리고 놓여 있는 팔걸이의자들을 본다. 안쪽에 스테이지가 보인다. 사람들은 웃고, 대화하고 있다. 지금부터 내 삶은 '받아들임'으로 요약될 거다. 대화를 하고, 가끔 문학을 말하며, 전혀 쓸모없는 의견을 낸다. 예전에는 아무것도 하지 않고서 작가, 영화, 연극의 장점과 단점을 자신의 것인 양 논하는 사람들에 대해 화가 났다. 이제 나도 그런 사람들 중 하나가 될까 두렵다. 집 짓는 공사판에서 시멘트 나르는 일을 해도 괜찮겠다고 생각한다. 절대 나쁘지 않을 것이다. 나 스스로 말이 없고, 제도적으로 눈이 멀고, 감정적으로 귀가 먹은. 잠깐. 내가 재능이 있다고 생각하고 있지는 않았지, 안 그래? 말해줄까? 난 잘난 척하는 사람에 지나지 않아. 대단한 과대 망상증환자지. 하지만 지금은 알아. 내가 해야될 건 재능이 완전히 없다는 내 조건을 받아들이는 것. 그게 바로 나야.

이렇게 생각하고 있는 데 얼음같이 찬바람이 날 거세게 때리는 듯하다.

"이봐, 조나스. 문 좀 닫아."

"어떤 문? 다 닫혀 있어."

그래, 내 결정이 나를 조금씩 아프게 하기 시작한다. 하지만 이 것 또한 지나가리라. 조금 있으면 무뎌질 거다. 그냥 생존하는 거다. 그 이상은 없다. 나는 그걸 원한다. 그리고 모든 결과를 받아들여야만 한다.

디제잉을 하려면 이제 25분밖에 남지 않았다. 아무런 의욕도 없다. 이게 인생에서 자살하는 방법이었는지 모른다. 나중에 나한테 일어 날 수 있는 것에 대해 별 상관하지도 않고, 상관할 수도 없다는 게 사실이다. 그저 이 순간에 더 디제잉하고 싶지 않다는 결정을 내렸다는 그 사실만 안다. 디제잉을 하든 안하든 아무런 차이가 없다. 난 또다른 거리를 찾는다. 혹은 죽을 때까지 술을 마신다. 무슨 상관있을까?

"파울라웅?"

"무슨 일이야?"

"하나만 이야기할게요."

"뭘?"

"아……. 아니에요."

"염병할, 파렌하이트! 난 할 일이 많아."

확인되었다. 난 평범할 뿐만 아니라 겁쟁이이다.

축 처진 몸을 이끌고 집으로 돌아간다.

"여보세요, 여보세요?"

"네?"

"다니, 나야. 이 시간에 전화해서 미안해."

"난……. 잘 지냈어. 오랜만이네. 무슨…… 할 말 있어?"

"나, 난……. 아…… 아냐."

미안하다는 말을 하고 끊는다. 그녀가 내게 전화해줄 거라 생각하지 않는다. 확신한다. 난 다니를 안다. 내게 전화하지 않을 거다. 그런데 왜 제법 긴 시간동안 전화기를 보고 있는지 모르겠다. 일어나서 와이셔츠 상자를 집어들 때까지 전화기 때문에 최면이 걸렸다. 테이블 위에 있는 원고를 모아 상자에 조심스럽게 담는다. 모든 게 나한테 맞지 않는다고 생각하면서 옷장에 상자를 보관한다. 이제 하나만 남았다. 벽에 걸린 그림을 집어든다. 잠시 보다가 서랍 안에 집어넣었다. 그림은 내 동공에 잠시 머문다. 안녕. 더 이상 적절한 건 없다. 작별이었다.

이제 여기서 용서를 비는 게 좋겠다. 아무것도 아닌 일로 지금까지 날 따라다니게 해서 정말 유감이다. 그런데 어떤 사람이 나를 따라다니고 있다고 누가 말했더라? 이 모든 게 그저 내 환상이지 않았을까? 거대한, 아마 가장 긴 독백은 아니었을까? 아냐, 지금은 이런 걸 생각하고 싶지 않다. 네가 거기 있다고 믿고 싶다. 넌 내게서 모든 낙천적인 단어들과 내가 결국 실현하지 못한 꿈을 빼앗아 가져갈 수 있다. 내가 실수했다. 진심으로 용서를 빈다. 하지만 난 내 단어들이 계속 가치를 지닌다고 믿는다. 포기는 나만의 것이다. 무능력과 부족한 재능은 나만의 것이다. 우리의 유사함은 여기에서 끝난다. 재능이 있는지 없는지는 너 혼자 찾아보는 게 맞겠다. 네가 믿든 말든 상관없다. 이건 네 결정이다. 넌 날 설득할 수 있다. 내가 틀렸고 재능을 가지고 있다면서 말이다. 나는 다시 용서를 빈다. 그런 말은 이제 믿지 않는다. 나는 바에 틀어박혀 혼자 술을 마시며 만족할 거다. 가끔 이상한 생각을 하기도 하고, 영원한 독백 같은 인생으로 인해 괴로워할 것이다. 안다. 하지만 받아들였다. 결국 내게는 완전하게 정직해지는 일만 남았다. 내가 결코 보상할 수 없는 감사와 배려 때문에 말이다. 난 너를 이 고난으로부터 지키고, 내 감상적인 인생 이야기를 즉시 끝낼 거다. 하지만 제발 내게 연민을 갖지 마라. 이미 말했듯이 내가 선택한 길이다. 내가 그러길 원했다. 이제 행운을 비는 일만 남았다. 기다린다, 진심으로 네가 성공하기를 기다린다. 또한 기적이 가능하다는 걸 내게 증명해주길 바란다. 성공한다면, 그리고 네가 믿는다면 제발 나도 삶으로 돌아가게 해주라. 너도 알잖아. 그렇지 못해도 이제는 상관하지 않겠지만. 아니, 책임을 너에게 전가하는 게 아니다. 그 반대다. 너 또한 가치가 없다고 생각하면 포기할 수 있다. 나는 완전히 이해할 거다. 그래 한 가지는 확실하다. 모든 것을 잃지는 않았다. 왜냐고? 이 모든 것에서 나는 아주 중요한 한 가지를 얻었으므로. 감추어져 있었다 해도 이제 내게는 네가 있다. 바로 내 친구.

잠시 실례, 왜냐하면 창을 닫을 것이니까. 오늘 요 근래 45년 중 가장 추울 거라고 한다. 잘 자. 그리고 행운을 빌어. 모든 것에 고마워.

나다 서프*의 'Inside of Love'를 듣고 있다. 지금의 내 모습을 가장 잘 요약해주는 노래다. '나는 언제나 사랑 바깥에 있어요. 내가 알고 싶은 것은 오직 사랑 안으로 가는 방법뿐예요.' 이 계속되는 추운 밤에 《백년 동안의 고독》에 대한 생각을 멈추지 못한다.

추위는 계속 이어지고 나는 10여 년 전 '웃기는 파티'에서 구입한 동물 슬리퍼를 한 주 내내 끌고 다닌다. 누가 나보고 항상 반사회적이라고 했지? 갑자기 잭푸르트** 모양을 한 슬리퍼를 상상한

---

* Nada Surf. 미국의 얼터너티브록 밴드.
** 두리안과 비슷한 열대 과일. 발 모양을 닮았다.

나는 혼자서 웃는다. "내 두 발을 잭푸르트에 끼워 넣는다." 모든 걸 힘차게 도전한다. 이해하니?

슬리퍼는 용의 발가락 모양이다. 컵을 들고 슬리퍼를 신고 다니는 내 모습을 네가 봐야 한다. 진짜 공룡 같다. 이봐, 몸무게 때문이 아니라 어느 정도 후줄근한 내 모습 때문이라고, 알겠어? 기분이 좋은 것 같다고? 그건 네 느낌이다. 호베르투의 집에서 저녁을 먹은 후 내 안에서 무언가 자라나기 시작했다. 그래, 영원히 여기 혼자 있을 수 없었다. 그날도 그 친구가 정말 많이 말했거든……. 그래, 배가 고팠었다. 그 친구가 "인생에서 뭘 할 거야?" 하고 나한테 질문하기 전까지는 모든 게 잘되고 있었다. 그 말은 나를 엄청나게 화나게 했다. 질문 때문이 아니다. 인생에서 무언가 해야 할 필요가 있다는 그 친구의 확신 때문이다. 만약 누군가가 태어나서 아무것도 안 하겠다고 결심하면, 그 사람의 존재 가치는 없는 것일까? 그럼 하느님이 레드카드를 보여주거나, 틀렸다고 알려주며 호루라기를 불거나 벼락을 내리며 경고음을 낼 건가? 이런 삶에 대한 이론은 언제나 나를 짜증나게 했다. 행복해지기 위해선 무언가를 할 필요가 있다고? 충분히 합당한 이유 같지 않게 느껴진다. "난 아무것도 하려고 하지 않아" 하고 대답했다. 이어서 내가 들은 건 이런 잔소리다. "넌 인생에서 의미를 찾아야 해" "그건 받아들일 수 없는 거야" "네 인생을 버리고 있어", "광고회사의 일자리를 구해줄게" "인생에서 출세할 수 있는 조건을 다 갖고 있잖아" 언제나 남편 말에는 전부 동의하면서 내 말에는 전혀 동의하지 않는 카롤의 심각한 말도 동시에 들었다. 보통 때는 별로 신경 쓰지 않았는데, 그날은 왜 폭발했는지 나도 모른다.

"당신들은 그런 게 삶이라고 생각하지. 당신들에겐 망할 놈의 성공이 다야. 손에 쥔 것으로 인생을 평가하지, 안 그래? 은행에 예금되어 있는 돈으로, 그렇지? 편하게 살고, 그 만족감으로 평가되는 우리의 삶은 얼마나 서글픈 광경이야. 내가 당신들과 다르다는 그런 개 같은 이야기는 하지 않을게. 하지만 내가 걱정하는 건 다른 거야. 우리가 지금 막 먹은 음식 접시보다 더 깊지도 않고, 더 낮지도 않은 그런 걱정거리야. 호베르투, 내 배고픔과 가난은 돈 때문이 아니야. 오케이, 위선자가 되진 않을게. 돈 없이는 살 수 없지. 하지만 내게 중요한 건 선택할 수 있는 약간의 존엄성이야. 하나가 다른 하나를 배제해야 되는 배타성이 아니라는 걸 언젠가 내가 입증할 거야. 하지만 그때까지 무엇이 맞고 무엇이 틀린가를 선택할 수 있는 기회를 줘. 안 그러면 나는 존재하지 않는 거야. 안 그러면 나는 아무것도 아니야. 내게서 이 음식 접시는 치울 수 있어, 하지만 이건 안 돼. 이것 없으면 난 죽을 거야. 나는 내가 믿는 거거든."

문을 나서자마자 후회했다. 내가 이해했어야 했는데. 그들은 그저 나를 걱정했을 뿐인데. 그래, 내가 바보였다. 하지만 어쩔 수 없었다. 후회하면서도 내가 뱉은 말로 인해 갈등하고 있었다. 내가 왜 그런 말을 했지? 그 어떤 것도 믿지 않는다면서? 상관없다. 내 이야기는 이미 끝났다. 슬리퍼를 벗었다. 어머니의 양말만이 내 발을 따뜻하게 할 수 있다. 의자에 앉아 눈을 감고 있는 동안 질문이 계속 머리를 두들겨대고 있었다. 잠시 유혹에 빠져 컴퓨터를 본다. 원고가 들어있는 상자를 가져올까. 판도라의 상자처럼 그 상자를 열면 희망을 만날 수 있기를. 바보같은 생각이다. 그런 일은 일어나지 않을 것이다. 모든 게 끝났다. 난 거짓말하고 있다. 한 가지가 날 구원할 수 있을 것이다. 뭔데? 신의 개입. 신만이 이 시점에서 무언가를 변화시킬 수 있다. 신의 개입. 하지만 정말 그럴까? 그렇게……. 정신이 갑작스런 이상해진 가운데 왠지 모를 충동이 치민다. 구원의 시도 중 가장 어처구니 없는 시도를 해보기로 결정했다. 이걸 내가 정말 진지하게 받아들이고 있다는 게 더 큰 문제다. 신의 개입. 그게 내가 필요한 거다. 신의 개입.

"하느님, 전 신의 개입이 필요합니다. 절 도와주실 수 있으세요? 하느님, 제 말 듣고 계신가요. 신호를 보내주세요, 최소한 마지막에는 다 잘될 거라는 신호를요. 제발요. 바보같은 생각이다. 바보……."

딩동.

불가능한 일이다. 하지만 정말 초인종이 울린 것 같았다. 가능한 일일까? 마침내 하느님이 신호를 보내준 것일까? 《백년 동안의 고독》을 너무 생각하느라 내 삶이 마술적 리얼리즘으로 변했나? 나는 감상적이면서도 회의적인 미소를 지으며 일어나 누가 왔는지 보러 간다. 문을 향해 가는 동안 음성적 신호에 대한 어떠한 신의 개입도 배제한 채 실제적으로 추론해 본다. 우선 네 가지 가능성이 있다. 첫째는 이웃 사람이 초인종을 눌렀다. 둘째는 잘못 눌렀다. 셋째는 아버지다. 넷째는 아마 현재의 내 이상한 정신 상태를 감안해볼 때 일대일로 대화할 수 있을 것 같은 메기가 왔다. 방범창으로 내다본다. 아무것도 보이지 않는다. 첫째, 둘째 가능성이 더 힘을 얻는다. 셋째나 넷째 가능성을 확인하려면 문을 열어야 한다. 잠시 바라본다. 아무도 없다. 첫 번째나 두 번째 가능성이 확실하다면 내 상황은 아무것도 변하지 않는다. 의자로 다시 돌아갔다. 신의 계시. 좋다. 그건 몰래카메라였다. 신의 몰래카메라. 개 같은 몰래카메라.

딩동.

그건 아니다. 이제 또다른 가능성이 남았다. 어떤 아이가 장난으로 초인종을 누른게 틀림없다. 아, 그놈을 붙잡으면…… 다시 방범창으로 밖을 내다본다. 젠장! 아이 하나가 서 있다. 난 문을 활짝 연다.

"이 나쁜 놈! 네 집 초인종이나 눌러!" 하지만 그 애는 미동도 하지 않는다. 놀란 것 같지도 않다. 그냥 우두커니 서서 내 얼굴을 쳐다보고만 있다. 복도 끝에서 누군가 올라오고 있다. 세베리노다.

"뭔가요, 세베리노?"

"파게나이찌씨, 그 아이. 제가 붙잡았는데 다시 올라왔네요."

아이는 나를 계속 뚫어지게 보고 있다. 세베리노는 나가자고 손짓한다.

"하지 마요!"

"얘야, 뭐 때문이지? 이 건물에 사니?"

"당신이 주니오르예요?"

"씨팔. 누가 주니오르라고 하디?"

아버지일 가능성이 백 프로다. 이런, 잠깐, 진저일 수 있다. 내 얼굴을 한 번 보고 싶어서. 주니오르란 이름에 대해 메기에게 이야기했는지 기억이 잘 나지 않는다. 약을 같이 했던 그날 밤. 그랬을 수도 있다.

"누가 널 여기 보냈니?"

"몰라요."

진짜 짜증난다. '도시에서 가장 미친 여자애'가 성형수술을 해서 이 남자애로 변했나?

"이걸 전달하러 왔을 뿐이에요."

'도시에서 가장 미친 여자애'가 내 돈을 돌려주려는 것일까? 아버지가 다른 표지 그림을 보낸 것일까? 혹은 날 즐겁게 해줄, 그러니까 진저가 보고 싶다고 해서 날 놀라게 하려는 것일까? 기적이 한 번 일어나려는 것일까? 모든 게 다시 원점으로 돌아가는 것일까?

"누가 보냈는데?"

"몰라요."

"모르다니?"

"몰라요. 어떤 여자가 이걸 전해주라고 했어요. 받으세요. 갈게요. 늦었어요."

아이가 상자를 급히 건네준다. 어떤 여자. 아버지일 가능성이
사라진다. 두 가지 가능성만 남았다. 메기이거나 진저. 후자였으면
좋겠다.

급히 들어가서 테이블에 상자를 올려놓았다. 네모난 상자. 무의
식적으로라도 메기일 가능성은 포기했다. 아이 손에 돈을 보내지
는 않았을 테니까. 하지만 무얼 보냈을까? 만약 진저라면, 무얼 보
냈을까? 포장을 찢는다. 상자를 열자마자 내 두 눈은 눈물로 가득
찬다. 내가 너무 자주, 그리고 반복해서 눈물을 흘리고 있다는 건
잘 알고 있다. 하지만 이번에는 어찌할 수가 없다. 상자 안에는 시
디 한 장과 책 한 권이 있다. 뒷표지에 그려진 랭보 때문에 시디를
즉시 알아볼 수 있었다. 내가 그 시디를 샀기 때문이다. And You
will Know us by the Trail of Dead* 밴드의 음반이다. 네 번째
트랙의 '보들레르'라는 노래 때문에 찰리에게 생일 선물로 사준
시디였다. 책은 너무나 당연하게도 《악의 꽃》이다. 울음을 참을 수
없다. 떨리는 손으로 메모지를 들었다.

주니오르,

(마지막 농담이 네 거라고 생각하지?)

그래, 이제 알겠지. 이걸 네가 읽고 있다면 내게 문제가 생겼다는 걸

---

* 종종 Trail of Dead로 줄여 부르는 미국 텍사스 출신의 얼터너티브록 밴드로 1994년 처음 결성되었다.

의미할 거야.

날 찾으려 하지 마, 아마 나는 더러운 시궁창에서 끝났을 거야(그렇게 비극적인 결말은 너도 생각 못했지?)

내가 할 말은 짧고 거칠어.

첫째, 고맙다는 말을 하고 싶어. (이렇게 순서를 매기는 습관, 이건 네 특허지, 아냐? 거지같이 우리가 함께 지낸 결과지.)

보들레르가 날 구해줬지만 너의 그 확신 덕택에 난 살아 있을 수 있었어.

둘째, 난 널 믿어. 네가 쓰는 걸 믿고, 네가 말하는 걸 믿고, 네가 꿈꾸는 걸 믿어. 더 많은 사람들이 널 믿게 만들어야 해.

어떻게 하냐고? 간단해. 사람들에게 말해.

한 마디로 요약하자면, 글을 써. 필요한 걸 해, 너 자신을 표현하는 걸 멈추지 마.

포기하지 마. 너만이 그걸 할 수 있어.

제기랄, 포기하면 귀신으로 돌아와 밤새 네 발을 끌어당길 거야.

우리 부모님이 죽었을 때 나는 그저 한 가지만 생각했었어. "왜?"

이 질문에 대답한다면 내 탈출구를 찾을 거라고 생각했었어.

오랜 시간이 지난 뒤 질문이 잘못된다는 걸 깨달았어.

올바른 질문은 '누구'였어.

너도 누군가에게 보들레르가 됐으면 해.

결국 이 세상에서 그것만이 중요하니까.

해봐.

깊은 심연 속에서De profundis clamavi
찰리

추신: 내 말이 짧지도 거칠지도 않았지, 하지만 엿이나 먹어. 죽은 사람과 말싸움할 거 아니잖아, 주니오르?

이 책을 네가 좋아하는 사람에게 전달해. 그게 누구인지 찾는 건 네 몫이야.

웃다가 울면서도 난 내 느낌이 무엇인지 제대로 이해할 수 없었다. 찰리가 죽었다. 찰리가 죽었다. 눈물을 참을 수 없다. 내 인생에서 남는 게 이걸까? 어리석고 외로운 죽음? 인생은 우리 등에 맞는 총알과 같은 걸까? 내 손에 고통스러운 한 남자의, 한 친구의, 한 형제의 마지막 유품이 있다. 친구의 성경책, 친구의 진혼곡 그리고 친구의 유언이 있다. 하지만 친구야, 만약 나도 시간이 되어 등에 총을 맞는다면 구원을 위해 무엇을 남길 수 있을까? 찰리가 내 바지 주머니에 50헤알을 쑤셔 넣어주던 날이 기억났다. "이봐, 네가 말한 그 책 사라고 주는 거야. 술 마시는 데 쓰면 안 돼, 알았지?" 책장으로 눈을 급히 돌린다. 《라스베이거스를 떠나며》. 여기 있다. 여기 있다, 찰리. 네가 나한테 사준 책. 하지만 대답해봐, 이게 무슨 소용 있니? 무슨? 무슨 소용있어? 우리의 쓸모없는 인생이 무슨 소용 있냐고? 찰리, 난 무슨 소용이 있지? 우리가 무슨 소용 있지? 그저 계속 존재하려고? 고통받기 위한 거라면 난 죽는 게 더 좋아. 결국 우리에게 남은 건 이게 아닐까? 어리석고 외로운 죽음. 태어나면서 울었고, 살아가면서 울고, 떠나면서 울 거야. 삶은 고통의 연속이야. 아파트 전체가 뱅뱅 도는 것 같다.

찰리, 넌 장례식을 받을 만해. 자신의 삶을 예술 작품으로 승화시킨 예술가에 합당한 장례식 말이야. 내가 네 유일한 친척으로서, 고통의 형제로서 장례식을 이끌 거야. 부엌에 가서 컵 두 개와 위스키 병을 가지고 온다. 책, 시디, 메모지를 테이블에 올려놓는다. 제단이다.

"이 컵은 네 것, 다른 컵은 내 것." 내 제물이다.

단번에 컵을 비운다.

"이제 마지막 조사."

《악의 꽃》을 잡는다. 찰리를 삶으로 다시 돌아오게 만든 시가 이제 그의 가는 길을 인도해줄 것이다. 난 눈물을 흘리며, 목소리까지 떨며 읽는다.

오, 천사들 중 가장 박식하고 가장 아름다운 그대,
운명에 배반당하고 찬양을 빼앗긴 신이여

오, 사탄이여, 내 오랜 불행을 불쌍히 여기소서!

오, 귀양살이 왕자여, 상처받고 패하고도
언제나 굳건히 일어나는 그대,

오, 사탄이여, 내 오랜 불행을 불쌍히 여기소서!

모든 것을 아는 그대, 황천을 다스리는 대왕,
인간의 고통을 고쳐주는 그대,

오, 사탄이여, 내 오랜 불행을 불쌍히 여기소서!

문둥이에게도, 저주받는 천민에게도
사랑으로 천국의 맛을 알게 하시는 그대,

오, 사탄이여, 내 오랜 불행을 불쌍히 여기소서!

그대의 오랜 정부인 죽음에서
희망을 낳아준 그대 – 매혹적인 미치광이여!

오, 사탄이여, 내 오랜 불행을 불쌍히 여기소서!

단두대를 둘러싼 군중을 비난하는
침착하고 거만한 눈길을 사형수에게 주는 그대,

오, 사탄이여, 내 오랜 불행을 불쌍히 여기소서!

샘이 많은 신이 탐스러운 땅 어느 구석에
보석을 감추었는지 아는 그대,

오, 사탄이여, 내 오랜 불행을 불쌍히 여기소서!

수많은 금은보화가 파묻혀 잠자는 곳을
혜안으로 알아낸 그대,

오, 사탄이여, 내 오랜 불행을 불쌍히 여기소서!

높은 집 처마 따라 방황하는 몽유병자에게
큰 손으로 낭떠러지를 가려주는 그대,

오, 사탄이여, 내 오랜 불행을 불쌍히 여기소서!

미처 피하지 못해 말발굽 아래 짓밟힌 주정뱅이의
늙은 뼈에 마술처럼 탄력을 주는 그대,

오, 사탄이여, 내 오랜 불행을 불쌍히 여기소서!

신음하는 연약한 인간을 위로하려
초석과 유황의 배합을 우리에게 가르쳐준 그대,

오, 사탄이여, 내 오랜 불행을 불쌍히 여기소서!

매정하고 비열한 거부의 이마에 그대의 낙인을 찍은
교묘한 공범자 그대,

오, 사탄이여, 내 오랜 불행을 불쌍히 여기소서!

아가씨들의 마음과 눈 속에 상처에 대한 숭배와
누더기의 애정을 넣어준 그대,

오, 사탄이여, 내 오랜 불행을 불쌍히 여기소서!

망명자의 지팡이, 발명가의 등불,
사형수와 매국노의 고해 신부,

오, 사탄이여, 내 오랜 불행을 불쌍히 여기소서!

하느님 아버지의 분노를 사 지상 낙원에서
쫓겨난 자들의 양아버지,

오, 사탄이여, 내 오랜 불행을 불쌍히 여기소서!

감정을 추스를 수가 없어 여러 번 멈추고서야 읽기를 마쳤다. 한 잔을 더 비웠다.

이제 진혼곡이다.

한 잔 더. 시디를 집어 플레이어에 넣었다. 4번 트랙. 반복 설정. 보들레르. 우리의 증인은 하늘과 땅이다. 그리고 불쌍한 우리 어머니. 단 한 사람만 있는 장례 행렬. 안녕, 찰리. 이건 네 비밀 장례식이야. 볼륨을 높인다. 옆집 사람이 빗자루로 벽을 두드리기 시작한다. 통, 통. 음악 리듬이 빗자루 리듬과 일치한다. 통, 통, 통, 통. 음악 리듬에 맞춰 계속 춤을 춘다. 빗자루 소리가 거실에 울린다. 신 역시 이 기나긴 비참함에 연민을 가질 게다. 안녕, 찰리, 안녕. 평화롭게 쉬어. 잘 가. 안녕.

이야기가 의미를 갖도록 원고를 정리해야 한다. 이야기가 행복한 결말인지 비극적인 결말인지 끝까지 가봐야 알 수 있으니까. 하지만 등장인물들의 특정 기간을 이야기할 뿐인데 어떻게 영원히 행복할지 아닐지 알 수 있을까? 만약 특정 기간이 지난 후 둘이 싸워서 헤어진다면? 나는 언제나 동화를 의심했다. 그다음, 무슨 일이 일어날까?

이상하리만큼 정신이 맑은 채 깨어난다. 나는 이 세상에서 가장 평온한 자세로 테이블에 앉아서, 정확히 반시간 동안 하얀 종이들을 보며 이러한 질문에 정확히 답하려고 애쓴다. 확실한 동기가 무엇일까? 내 곁에 찰리가 있는데도 내가 다시 글을 쓰기까지 확실한 동기가 필요한 이유가 뭘까? 눈을 감고 집중한다. 내가 아주 평온하다는 걸 깨닫는다. 입학시험이 생각났다. 시험 보기 전에 가졌던 마지막 생각들이 기억났다. 아냐, 어머니를 생각하지는 않았다. 입학시험을 보기까지 얼마나 힘들었는지에 대해서도 생각하지 않았다. 그저 내 자취를 남기는 걸 생각했다. 내가 누구인지를 쓰려고만 생각했다. 내가 누구인지를 글로 옮겨놓는 것. 내 평생, 그리고 그 일 년 동안 내가 했고 내게 한 것. 그런 것들을 통해 내 시험지를 채점하는 사람이 내가 얼마나 노력했는지, 얼마나 배웠는지, 그리고 얼마나 나 자신에 의해 받아들여지기 원했는지를 알게 될 것이었다. 완전하지는 않을 것이다. 또 절대 그렇게 되지도 않을 것이다. 하지만 그게 전부라는 확신을 가지고 난 시험장에 있었다. 그저 내가 할 수 있는 것과, 또 내 삶의 이야기로 하얀 공간을 전부 채우면 긍지를 가질 거라는 확신. 모든 사람들은 내 바람이 불가능한 일이라고 했다. 시 외곽에 사는 학생이 입학 정원이 얼마 되지 않는, 가장 커트라인이 높은 학과의 시험을 통과할 거라고 생각하는 사람은 없었다. 더 쉬운 학과를 지원하라고 설득하고 회유하는 말을 종일 들었다. "넌 결코 좋은 학생은 아니었다고." "아냐, 난 계속할 거야." 그래, 나는 기회를 원했다. 기적이 일어나는 공간을 원했다. 나는 물러서지 않을 것이다. 내 지적 능력을 전부 잃는다 해도 그 어떤 것도 내가 의자에 앉아 시험 치는 걸 막지는 못할 터였다. 단순히 하나의 꿈을 실현한다는 것 이상을 넘어서서 할 준비가 되어있었다. 재능이 있건 없건, 지성이 있건 없건 그 무엇도 나를 막지 못할 거다. 실패할지도 모른다는 두려움이 있었지만 내 결점과 장점을 다 가진 채 내 믿음을 시험지에 다 쏟아부을 터였다. 내가 오직 바라는 건 내가 되는 것이다. 사실 시험 결과는 그 어떤 것도 바꾸지는 않는다. 교실을 나왔을 때 나는 할 일을 했다고 생각했다. 결과는 중요하지 않았다. 누군가 출구에서 물었다. "그래, 어땠니?" 나는 대답했다. "해냈어요."

펜을 집는다. 재능, 지성, 지식. 무엇도 중요하지 않았다. 내 모든 걸 글로 써야 할 뿐이다. 내가 결점과 의심으로 가득 찬 사람이란 걸 알고 있다. 그게 인생에서 배운 전부다. 실패냐 성공이냐는 그리 중요하지 않았다. 하얀 종이에 내 모든 믿음을 전심전력으로 쏟아내야 했다. 내 삶 그 자체를 옮겨 쓰는 것. 내 방식대로. '내 독특한 방법으로'. 내 목소리와 내 경험으로. 세상은 내 방식대로의 나를 받아들여야만 할 것이다. 재능이나 지성의 차이를 말하는 것은 아니다. 지식은 더 더욱 아니다. 그 모든 건 의지에 있었다. 무언가 하고 싶어하는 의지. 재능, 지성, 또는 지식 중 무언가가 부족할 때는 하고자 하는 의지로 채워야만 한다. 리처드 링클레이터*의 〈Walking Life〉**가 생각난다. "삶은 색연필 상자 같다. 신은 우리에게 4, 8, 12, 24 혹은 36가지 색연필이 든 상자를 준다. 넌

신이 준 연필로 최선을 다해야 한다. 그 상자에 몇 가지 색깔의 연필이 들어있는지 하는 것과는 상관없이 말이다." 내가 한 가지 색연필, 까만 색연필 하나만을 받았다 하더라도 상관없었다. 나머지를 채우면 된다. 부족한 색연필 대신 내 살아가는 의지로 말이다. 내가 가지고 있는 것으로, 내 까만 색연필로 나의 〈게르니카〉를 그려야 했으리라. 내 모든 의지를 모으려고 애를 쓴다. 이 삶이 아직은 가치 있도록 만든다. 단 한 번만 살 거다. 내가 믿는 것을 할 것이다. 현재의 내 삶을 살 거다. 내가 가진 모든 것으로 내가 할 수 있는 최선을 다할 거다. 최선을 다하는 게 충분하지 않다하더라도 그래야만 한다. 언젠가는 사람들이 내가 한 것을 알도록. 이 모든 결점에도 내가 싸웠다는 것을 알도록, 확실히 죽을 거라는 것을 알면서도 괴물이 있는 곳으로 갔다는 것을 알도록.

난 성공할 것이다. 사람들이 나를 이해하도록 할 수 있을 것이다. 왜냐하면 내가 하는 모든 것이 살아가려는 순수한 의지에서 나왔다는 걸 이해하기 때문일 거다. 현재의 내가 거친 의지라는 원석임을 인정하고 내게 갈채를 보낼 것이다. 시도 끝에 내가 죽는다 해도. 마침내 내가 무엇을 원하는지 사람들이 알아주고 나를 지지할 것이다. 죽은 나를 데리고 가서 외로운 침상에서 쉬게 하고, 내 영혼을 위해 밤을 지샐 것이다.

나는 그저 너와 마찬가지로 출구를 찾으려는 인간일 뿐이다. 나

* Richard Linklater. 영화 〈비포 선 라이즈〉의 감독.

** 2000년에 제작된 애니메이션

는 계속 살아야 하는 이유를 찾는, 우주의 크기만 한 불확실성을 지닌 한 남자일 뿐이다. 내 권리, 내 유일한 권리는 시도하는 것이다. 누구도 내게서 이걸 뺏을 수는 없다.

나는 글을 쓰기 시작한다.

글을 쓰는 동안 어머니가 생각난다. 내가 아이들에게 했던 말들이 전부 생각난다, 진저와 가졌던 대화, 메기와의 불행한 만남, 아버지와의 만남, 아버지가 내게 그려준 책 표지, 패신저 클럽의 모든 사람들이 해준 선물, 찰리의 메모……. 멈추지 않고 계속 글을 써내려간다. 정신없는 사람처럼 써내려간다. 하루가 지났지만 나는 계속 써내려간다. 배고픔도 갈증도 느끼지 않는다. 글을 계속 써나가는 것만을 원할 뿐이다. 어둠이 내려도 나는 계속 써내려간다. 잠시 멈추고 창을 본다. 두 눈이 아프다. 하지만 내가 그렇게 느끼는 것일까 밤이 정말 뜨거운 걸까? 나는 행복하다. 내가 하고 싶은 것을 하고 있기 때문에. 내가 좋아하는 일을 할 기회를 갖고 있기 때문에. 내가 있고 싶은 곳에 있기 때문에, 그리고 내가 되고 싶은 사람이 정확히 되고 있기 때문에 행복하다. 나는 할 수 있다. 새벽 내내 계속 글을 써내려간다. 어떻게 된 건지는 모르지만 잠에 빠지면서도 계속 써내려간다. 꿈속에서도.

깜짝 놀라 깨어난다. 화장실에 가서 얼굴을 씻는다. 거울에 비친 내 모습이 좋다. 끝까지 얼마를 더 써야 할지는 모르겠다. 이를 닦고, 물 한잔을 마시고, 책상으로 돌아간다. 글을 쓴다. 이런 속도로 이루어진 단어. 글자. 넌 이미 알고 있지, 모든 게 엉망일 때 두 글자로 된 이 단어를 기억해. GO. 글을 써, 그림도 그려, 사진 찍어, 춤춰, 연기해, 노래해. 그렇지만 모든 게, 모든 게 잘못될 때는 두 글자로 된 단어 하나만 기억해. GO. 가, 앞으로 가. 한 번 해보는 거야.

포기하는 건 인생에서 맞이할 수 있는 가장 나쁜 형태의 죽음 이다. 안주하는 건 시도하는 것보다 더 쉽다. 그래서 전혀 예상하 지 않았을 때, 이미 시절이 지나가버렸다는 서글픈 감정에 부닥 친다. 낙담했을 때도 마찬가지다. 그러니 시도해봐. 한 번, 두 번, 열 번, 백 번, 천 번, 필요하다면 수백만 번이라도. 해봐. 제대로 될 때까지.

나는 분명 기쁘고 즐겁게 네 책을 읽을 것이다. 무척 즐거워하며 네 전시회에 가고, 네 옷을 입고, 네 연극을 보러 가고, 네 쇼에 갈 것이다. 부디 날 초대해줘. 나는 네 책에 사인해달라고 할 것이고, 네 아이디어와 고민을 들어줄 것이고 네 모든 이니셔티브에 대해 일어나 박수쳐줄 준비가 되어 있으니. 친구가 내게 이런 말을 해주 었다. 포기하지 마. 너만이 할 수 있어. 기억해. GO. 가. 앞으로 가. 그냥 하는 거야.

우리는 기적을 일으켜야 한다. 우리의 규칙을 예외로 만들어야 한다. 우리가 그냥 받아들인 규칙이 틀렸다는 것을 입증해야 한다. 지금 이 순간, 규칙을 부수고 삶을 새로 만들자.

이어서 나는 창문을 열고 팔을 펼친 채 미소 짓고 있다.

로 계속 써나간다면 아마 오늘 새벽 무렵이면 끝맺을 것 같다. 모든 이야기가 이미 머릿속에 있다. 정오쯤, 내일 할 디제잉을 생각한다. 처음으로 패신저 클럽에서 'The Passenger'를 틀 거다. 이기 팝의 오리지널 버전으로. 당연하다. 왜냐고? 왜냐하면 내가 머물 수 있다는 것을 이제 깨달았기 때문이다. 멈춰 있어도 지나가는 사람이 되는 방법을 마침내 나는 이해하게 됐다. 그 안에 속하는 것이다. 이제 나는 속해 있다. 글을 써내려가며 나는 어머니와 찰리의 존재를 느낀다. 두 사람은 내 어깨너머로 내가 글을 쓰는 걸 보며 미소하고 있다. 동시에 상상의 벽을 찾으러 떠난 내 천상의 육체를 생각한다. 난 그 벽에다 삶에서 배운 유일한 말인 '사람만이 사람을 구원할 수 있다Just people can save people' 라고 쓴다. 그 밑에 똑같은 글씨로 '그러나 너만이 너 자신을 구원할 수 있다but just you can save yourself' 라고 덧붙인다.

마지막 마침표를 찍기 전에 깊은 숨을 내쉰다. 헌사를 쓰려고 2페이지로 돌아간다.

"찰리에게, 누군가에게 보들레르가 되기를 바라며."

이렇게 해서 나는 삶으로 돌아온다. 마음속 깊은 곳에서 내 책이 더 많은 사람들을 삶으로 돌아오도록 해주길 바라본다. 솔직히 "당신 책이 나를 살렸어요"라는 말보다 더 큰 칭찬은 이 세상에 없을 것이다.

한 가지만 더 말하겠다. 인생에 대한 내 유일한 충고. 두 글자

'Mississipi Golddamn', 이 노래가 창밖으로 흘러나갈 수 있도록.

　난 서점 앞에 서 있다. 일주일 후에는 내 책이 진열되어 있을 것이다. 오늘은 미리 축하하기 위해 내…… 친구들(경우에 따라, 아직 입 밖으로 말하기가 조금은 힘들다. 하지만 적응하고 있다)과의 '해피 아워' 즉 비공식 파티를 약속했다. 지미, 쟈크린느, 조나스, 파울라 웅(그래 파울라웅), 에두(화해했다), 호베르투, 카롤, 심지어 아버지까지 올 것이다. 출간의 밤, 그러니까 출간기념회도 준비했다. 내가 디제이인데 평범한 사인회를 할 순 없잖아, 안 그래? GB가 나랑 음악을 나눠 틀고 더글라스가 모든 걸 준비할 거다. 올해 내가 응원하고 있는, 브라질 사람이 속해 있는 밴드의 음악이 첫머리를 장식하리라. 아니, 스트록스The Strokes는 아니다. 영국 밴드 길레모츠 Guillemots*다. 시작은 틀림없이 'Trains to Brazil'이 될 것이다. 'Trains to Brazil'. 쿠비코바……. 완전하지 않니? 하지만 지금 나는 정말 있고 싶은 장소에 와 있다. 바로 진저의 집 대문이다.

　"너…… 네가 왜?" 진저가 놀란 얼굴을 한다.

　"날 쫓아내지 마. 딱 한마디만 하러 왔어."

　"뭔데?" 그녀는 가슴 앞으로 단단히 팔짱을 낀다.

　"내 책이 다음 주에 서점에 나올 거야."

* 영국 출신의 록 밴드

"해냈네?" 팔짱을 풀며 진저는 뛸 듯이 좋아한다.

"그래. 이 말 하려고 왔어. 잘 있어."

나는 등을 돌려 떠난다.

"이봐, 여기 좀 봐."

몸을 돌린다.

"왜?"

"이제 가졌네?"

"뭘?"

"살아갈 의지. 네 두 눈에 있어."

난 활짝 웃는다.

"고마워."

다시 등을 돌린다.

"저……."

내 몸이 다시 그녀에게 향한다.

"혹시 우리 다음에 만나서 한잔할 수 있을 것 같지 않아?"

난 오랫동안 잊고 있었던, 이 세상의 크기만 한 미소를 짓는다.

이제 내 이야기는 끝났다. 아, 포르셰 이야기가 빠졌다.

언젠가 나는 포르셰를 가진 여자애의 꿈을 꾼 적이 있다. 빨간색 몸체에 까만 시트. 그녀는 내가 세상에서 만난 가장 슬픈 여자였다. 가끔 그녀는 내가 차를 몰도록 해주었다. 그녀는 언제나 단음절로 이야기를 해서 나와 대화를 이어가지 못했다. 어느 날 무언가 이야기하려고 그녀를 보았을 때, 나는 말을 잃었다. 그녀의 고독 또한 내 고독이라는 걸 깨달았다. 깨어나서 그것에 대해 시를 썼고, 오래, 아주 오래 그녀를 생각하게 되었다. 그래서 그 꿈을 꾼 후 빨간 포르셰를 갖기로 작정했다. 검은 시트가 있는 포르셰. 내 책을 팔아 번 돈으로 사려고 한다. 어쩌면 그 생각이 쓸모없다는 둥 혹은 겉치레이며 미쳤고 불가능하다는 말을 들을지도 모르겠다. 하지만 내게 포르셰는 가장 큰 고독의 상징이 될 것이다.

이미 말했듯 내게는 계획이 하나 있다.

한 남자가 소설을 쓰고 있다. 그는 글을 쓰는 동안 엉클어진 사랑을
해결하고, 책을 써야하는 이유를 찾으며, 끝없는 고독을 채워야 한다.
《GO》는 이렇게 고독 속에서 꿈과 사랑, 친구를 잃으며 상실의 아픔을
겪는 세상 모든 청춘을 위한 소설이다. 저자의 자전적 소설이기도 한
이 작품에서 작가는 누구나 젊은 시절 겪었을 법한 사랑의 떨림과 방
황, 질투, 미움 그리고 외로움을 탁월하게 그려냈다. 소설을 옮기는 내
내 보편적이지만 흔하지 않은 어떤 시절의 초상화를 보는 듯했다.

성격과 행동이 모나고 때로는 과시적이며 몽환적인 주인공. 그가 겪
는 사랑과 갈등, 삶과 죽음, 희망과 좌절은 서로 만나고 엇갈리며 진정
한 삶에 대한 질문을 던진다. 아직은 못나고 모자란 존재들이지만 절
대 삶을 포기하지 말자고, 삶의 의미를 찾자고 진심으로 이야기한다.
무언가 해보자고, 시작하자고 우리를 초대한다. 그 초대를 받아들여
산다는 것은 물론, 사람이 사람을 사랑한다는 것에 대한 의미를 되새
겨보는 것 또한 이 작품이 선사하는 감동이 될 것이다.

《GO》를 읽다 보면 한 편의 음악 영화 같다는 인상도 받게 된다. 이

는 주인공이 디제잉하는 상파울루의 바를 중심으로 이야기가 전개되기 때문이기도 하지만, 소설 전반에 깔려 있는 팝 컬쳐Pop Culture 때문이기도 하다. 특히 척추처럼 소설의 전개를 지탱하는 롤링스톤스와 스트록스, 켄트, 카르톨라 등 다양한 밴드와 가수들의 노래는 새로운 형식의 내러티브를 완성한다. 부디 음악과 함께 읽어보기를 권한다.

이 모든 즐거움에도 《GO》의 번역은 결코 쉽지 않았음을 이 지면을 통해 고백하고 싶다. 포르투갈어 특유의 중의적 의미에, 생생한 현장감을 담은 속어와 은어가 난무했기 때문이다. 종종 예기치 않은 벽에 부딪혀 궁리에 궁리를 거듭했다. 번역이 쉽다고 생각한 적은 없지만 이번에 느낀 괴로움과 고통은 새롭고 낯설었다. 그러나 내 답답함은 작가와의 대화로 해소할 수 있었다.

1963년은 한국과 브라질 모두에게 역사적인 해이다. 103명의 한국인을 태운 네덜란드 선박 치차렌카 호가 브라질 산투스 항에 도착한 해이기 때문이다. 대한민국 정부 수립 후 처음 실시된 공식 이민의 시작이었다. 그리고 2013년. 브라질 한인 이민 50주년이 되는 해에 이민 세대의 손으로 쓰여지고 브라질 현지에서 뜨겁게 읽힌 소설 《GO》를 작업할 수 있어 행복했다. 한국에서 브라질이란 다른 토양에서 성장한 작가의 아름다운 글을 읽는 경험을 이제 독자 여러분과 나누고 싶다.

2013년 가을
김용재

OST

Joe Cocker - Bye Bye Blackbird
Pixies - Wave of Mutilation
The Smiths - Heaven Knows
New Order - Bizaree Love Triangle
The Jet - You Gonna Be my Girl
The Vines - Ride
The Strokes - Reptilia
The Stills - Lola Stars and Stripes
Smashing Pumpkins - Today
Kent - Revolt III
Franz Ferdinand - Jacqueline
Manic Street Preachers - Little Baby Nothing
Weezer - Good Life
T. Raumschniere Feat Mis Kittin - The Game is Not Over
Goldfrapp - Twist
Primal Scream - Miss Lucifer
Rolling Stones - Ruby Tuesday
Cartola - O Mundo e um Moinho
Pixies - Here Comes your Man
Ministry - Tente adivinhar
Prodigy - Tente adivinhar
Lulu - To Sir With Love (Mr. Fahrenheit Remix)
Norah Jones - I've Got to See you Again
The Flaming Lips - Do You Realize?
Rent - 525,600 minutes
Elvis Costello - Candy
Queen - Don't Stop me Now
Chet Baker - Tenderly
Juliet - Avalon (Jacques Lu Cont Remix)
New Order - Jet Stream (Tom Neville Remix)
Ethan - In my Heart
Billy Idol - Dancing With Myself
Lauryn Hill - Can' t Take my Eyes Off of You
Nada Surf - Inside of Love
And You Will Know us by the Trail of Dead - Baudelaire
Nina Simone - Mississipi Goddamn
Iggy Pop - The Passenger
Guillemots - Trains to Brazil